ハヤカワ文庫 SF

〈SF2045〉

中継ステーション
〔新訳版〕

クリフォード・D・シマック
山田順子訳

JN257345

早川書房

7689

日本語版翻訳権独占
早　川　書　房

©2015 Hayakawa Publishing, Inc.

WAY STATION

by

Clifford D. Simak

Copyright © 1963 by
Clifford D. Simak
Copyright © 1991 by
The Estate of Clifford D. Simak

Translated by
Junko Yamada

Published 2015 in Japan by
HAYAKAWA PUBLISHING, INC.
This book is published in Japan by
arrangement with
THE ESTATE OF CLIFFORD D. SIMAK
c/o PETERS, FRASER AND DUNLOP LTD.
in association with POLLINGER LIMITED
through TUTTLE-MORI AGENCY, INC., TOKYO.

中継ステーション〔新訳版〕

1

騒音が静まった。痛めつけられた大地やひしゃげたフェンス、そしてカノン砲によって爪楊枝《つまようじ》のように細くけずられた桃の木の上を、灰色の霧が薄く帯状にたなびくように、煙が流れている。つい先ほどまで男たちが絶叫し、憎悪に狂ってせめぎあっていた数マイル四方の大地に、平和とはいえないまでも、つかのまの静寂が垂れこめた。双方ともにむかしながらの激しい戦いに満足し、疲労しきって、それぞれ後方に退いている。

つい先ほどまで、永久に終わらないような長い時間、地平線から地平線へと砲音が轟き、砲弾が地面をえぐって破裂しては空中に土を噴きあげ、何頭もの馬の悲鳴や男たちの絶叫が響きわたっていた。空を切って飛ぶ銃弾の金属的な音がやむと、兵士がどさりと音をたてて倒れる。炎が燃えあがり、鋼《はがね》がきらめく。血の色の炎は戦場の風に煽《あお》られる。

そして、すべてが終わり、静寂が訪れた。

だが、この日この戦場では、静寂は異質の調べであって、長く奏でられる権利をもたなかった。静寂は、哀れっぽい泣き声や苦痛を訴える声、水を求める悲痛な声、死者を悼む祈りの声に破られた。ぎらつく夏の太陽のもと、何時間にもわたり、泣き声も苦痛の声も祈りの声もえんえんとつづいた。背を丸めてちぢこまった体はやがて声も出さずに動かなくなり、そばを通ると胸が悪くなるような悪臭をはなちはじめ、やがて浅い墓が増えていくことになる。

収穫されることのない小麦、春がきても新芽も蕾《つぼみ》もつけることのない木々。尾根に至る斜面は、声なきことばや動きなき行為で埋めつくされ、涙に濡れそぼった人々の、むなしさを、むだな死を嘆く声が満ちる。

後世では誇りある名称となるが、いまはまだ、ただの名称でしかない〈鉄の旅団〉。すなわち、ニューハンプシャー第五部隊、ミネソタ第一部隊、マサチューセッツ第二部隊、メイン第十六部隊。

そしてイーノック・ウォレス。

イーノックは片手にこわれたマスケット銃を握りしめていた。もう一方の手には火ぶくれができている。顔は火薬で黒く汚れている。靴は泥と血で固まっている。

イーノックは生きていた。

2

アーウィン・ハードウィック博士はいらだちを示すように、手のひらの上で鉛筆をころがしていた。デスクの向こう側の男を、測るような目でじっとみつめている。

「どうしてもわからないのは」ハードウィック博士はいった。「なぜきみがここに来たのかということだ」

「ええと、それは、ここがナショナル・アカデミーなので……」

「きみは情報員だろう」

「いいですか、博士、そのほうがお気に召すなら、この訪問を非公式とお考えになってくださってけっこう。わたしを、博士に助けてもらえるかどうかお訊きしたくてやってきた、途方に暮れた一市民だと思ってください」

「そりゃあ、助けてやらんではないが、どうすればいいのか、かいもく見当がつかないんだ。この件ぜんたいが漠然としていて、なにもかも推測ばかりじゃないか」

「なにをいってるんです」クロード・ルイスはいまいましそうにいった。「証拠は否定できませんよ。といっても、ほんの少ししかありませんが」

「わかった、わかった。それなら、もう一度最初から、ひとつひとつ検証してみよう。この男は……」

「男の名前はイーノック・ウォレス。年代的にいえば、年齢百二十四歳。一八四〇年四月二二日、ウィスコンシン州のミルヴィルという町から数マイル離れた農場で生まれた。ウォレス夫妻、ジェデダイアとアマンダのひとりっ子。エイブラハム・リンカーンが発した第一回目の志願兵呼集に応じて入隊。〈鉄の旅団〉に配属。この旅団は一八六三年ゲティスバーグにて事実上壊滅。しかしウォレスはなんとか生き残り、ほかの部隊に転属して、グラント将軍の指揮下で戦った。ヴァージニア州アポマトックスの前線で――」

「よく調べたな」

「彼の軍歴を調べたんです。ウィスコンシン州都マディソンの入隊記録を。あとは、除隊の記録も含めて、ここワシントンで調べました」

「その男は三十歳にしか見えないといったな」

「一日たりとて、それ以上には見えません。もしかすると、もう少し下かもしれません」

「その男と話したわけではない」

ルイスはうなずいた。

「ひょっとすると、人間ではないのかもしれんな。指紋が登録されていれば……」

「南北戦争当時は」ルイスはいった。「指紋のことなど知られていませんでした」

「南北戦争を体験した最後の兵士は」ハードウィック博士はいった。「数年前に亡くなった。南軍の少年太鼓手だったと思う。いや、やはり、なにかのまちがいに決まっとるよ」

ルイスはふたたびうなずいた。「この任務を命じられたとき、わたしもそう思いました」

「どうしてきみがこの任務を命じられたんだ？　どうして情報部がこんな問題に巻きこまれたのかね？」

「そうですね、異例だということは認めます。ですが、複雑な問題がからんでいて……」

「〝不死〟という問題だな」

「おそらくそれが上層部の頭をよぎったのだと。その可能性が。ですが、偶然ということもある。ほかにも考慮すべき点があります。あまりにも奇妙な事態なので、調査せざるをえないんです」

「といって、情報部が……」

ルイスはにやりと笑った。「なぜ科学部が出張ってこないのか、と不審にお思いですね？　論理的にいえば、わたしもそうすべきだと思います。ですが、うちの部員のひとりが偶然にこの件にぶつかりましてね。休暇で、ウィスコンシン州の親類の家に行ってたんです。当該地域からは三十マイル離れたところです。そこで彼は噂を聞いた――とらえどころのない、漠然とした噂です。で、少しばかり嗅ぎまわってみた。たいしたことはわかりませんでしたが、それでも、なにかあると判断できるだけのことは嗅ぎつけたんです」

「不思議なんだよなあ」ハードウィック博士はいった。「百二十四歳の男が、これまで一度も世間の耳目を集める有名人になることもなく、片田舎で暮らしていられるものかね？　報道関係が嗅ぎつけたらどうなるか想像できるだろ？」

「それを考えるとぞっとします」

「まだ聞かせてもらってないことがあるんだな」

「じつに説明しにくいんですが。とにかく、あの地域のようすとそこの住人たちのことを知っておく必要があります。ウィスコンシン州南西部の端は、ふたつの川で区切られています。西にミシシッピ川、北にウィスコンシン川。川から離れたところは平野、つまり広々とした大草原で、農場や町が栄えている地味豊かな土地です。しかし、川沿いは荒れ地で、土地の凹凸が激しい。けっこうな高さの山や、切り立った崖、深い峡谷が数多くあり、ぽつんぽつんと孤立した土地が、何カ所もあるんです。舗装されていない道路が通っていて、ほそぼそとやっている小さな農場もいくつかあり、農場の住人たちは、どちらかといえば、二十世紀ではなく、百年前の開拓時代を生きているような暮らしをしています。もちろん、車もラジオも持ってますし、そのうちテレビも買うでしょう。ですが、内面は保守的で排他的。もちろん、全員がそうだというわけではなく、そもそも人数もそれほど多くない――なんといっても孤立した環境なので、隣人などいないに等しいんです。ひとところは孤立した土地に農場がたくさんあったんですが、現在、そういう農場はやっていけません。経済的事情により、人々は少しずつそのエリアから離れていってます。農場を売って現金を手にし、どこかほかの土地、主に、暮らしの立ちやすい都会に移っています」

ハードウィック博士はうなずいた。「で、当然ながら、残っているのは、がちがちに保守的で排他的な連中ばかりということか」

「そのとおりです。いま、その土地のほとんどは、農業をするふりすらしない不在地主たちのものです。何頭か家畜を飼っている者もいるかもしれませんが、それだけです。税金逃れをしたい者にはうってつけというか。土地開発銀行が隆盛だったころは、銀行が多くの土地を買い受けました」

「そこの人々――その僻地《へきち》の人々が沈黙を守るという申し合わせをしているといいたいのか？」

「表だってはべつになにもしていませんし、なにか手の込んだことをしているわけでもありません。むかしの勇気ある開拓者精神の遺物というか、それを守っているだけです。むかしの開拓民はそれぞれが独自の流儀を貫くことを心がけました。他者に干渉されるのを嫌い、彼らも他者に干渉しなかった。この仮定自体がありえないかもしれませんが、たとえば開拓者の誰かが千歳まで生きたいと望めば、それが彼の流儀なのです。そしてまた、ひとりで暮らしたいと望めば、それもまた彼の流儀なので、好きにさせるしかない。地域内の住人同士で話をすることはあっても、よそ者にはしゃべりません。よそ者がなにか訊きだそうとすれば、猛烈に腹を立てるでしょう。

わたしが思いますに、長い時がたつうちに、自分たちは歳をとるのに、ウォレスは若いままだという事実を、彼らも受け容れるようになったんでしょうね。不思議に思う気持は徐々に薄れていき、仲間内でさえ、話題にすることもなくなった。年長者たちがごくあたりまえに受けとめているために、若い世代もそれに慣れていった。それに、ウォレス自身が徹底的に用心しているので、彼をよく見た者はいないんです。

あれこれ考えあわせると、近隣の地域ではこれが伝説と化していったようです――調べる価値もない、とんでもないばか話に。ダーク・ホロウ街道沿いの人々のあいだでは、単なるジョークになっているようです。真実などひとかけらもない、リップ・ヴァン・ウィンクルまがいのおとぎ話ですね。その話を本気にして穿鑿《せんさく》する者は、さぞ愚か者に見えることでしょう」

「だが、きみの部下は穿鑿した」

「そうです。理由は訊かないでください」

「しかし、その部下は任務の続行を命じられなかった」

「ほかの場所で必要になったもので。それに、彼はあのあたりでは顔を知られすぎてしまいましたからね」

「で、きみは？」

「二年がかりの任務でした」

「だが、きみはもう事情を知っている」

「すべてを知っているわけではありません。いまは、当初より疑問が増えています」

「きみもその目で彼を見たんだな」

「何度も」ルイスはいった。「ですが、話をしたことはありませんし、わたしの存在を彼に気づかれたとも思いません。彼は毎日、散歩がてら郵便物を受けとりに家を出ます。決して長い時間、家を空けることはないんです。郵便配達人は郵便物以外にも、彼が注文したささやかな品を届けています。小麦粉をひと袋、ベーコンを一ポンド、卵を一ダース、葉巻。ときどきは酒を」

「だがそれは郵便局の業務規定に反している」

「そのとおりです。でも、郵便配達人は何年もそういう配達を請け負っています。誰かが違反だと声を大にしてわめかないかぎり、なんら支障は生じません。そんな糾弾をする者もいませんし。歴代の郵便配達人だけが、彼の友人といえるでしょう」

「その話から察するに、ウォレスは農作業はしていないんだな」

「なにもしていません。小さな野菜畑は作ってますが、それだけです。土地の大半は以前の野原にもどってます」

「だが、彼も生きていかなければならない。どこからか現金を得ているにちがいないな」

「そうです」ルイスはうなずいた。「五年か十年にいっぺん、ニューヨークの宝石商に、ひとつかみ程度の宝石を送っているんです」

「合法的に？」

「盗品かなにかかというお尋ねなら、そうではないと思います。問題視するなら、それは違法だという点でしょうね。むかしは、彼が宝石を送りはじめた当時は、違法ではありませんでした。しかし、法律が変わっても、彼も買い手《バイヤー》も法律なんぞ無視しているむきがあります」

「きみも気にしない？」

「その宝石商を調べましたよ。買い手側はかなり動揺してました。ひとつには、ウォレスの宝石を二束三文で買いたたいていたからです。わたしは宝石を買いつづけるよう命じ、もし誰かが捜査にくるようなことがあれば、わたしに直接訊くようにいえといっておきました。そして口をしっかり閉じて、なにひとつ変えるなとも命じました」

「彼が不審に思うようなことになってほしくないから」ハードウィック博士は指摘した。

「まったく、そのとおり。それはごめんです。郵便配達人が便利屋の役目をつづけ、ニューヨークの宝石商が宝石を買いつづける、わたしはそれを望んでいます。すべてを従来どおりにしておきたい。訊かれる前にいっておきますが、彼が宝石をどこで手に入れるのか、さっぱりわかりません」

「宝石の鉱床でも持ってるのかもしれんな」

「だとすれば、たいした鉱床ですよ。ダイヤモンドにルビーにエメラルド、種々さまざまな宝石がひとつの鉱床から採れるとすればね」

「ぼったくられているにしても、相当な収入になるんじゃないか?」

ルイスはうなずいた。「宝石を送るのは、現金がなくなりかけたときだけだというのは、確かです。おそらく、金はそれほど必要ではないのでしょう。買っている食品から判断しても、質素な暮らしぶりですし。ですが、種々の新聞やニュース誌、数十種類の科学関係の専門誌などを購読しています。本も大量に購入しています」

「専門技術誌かね?」

「もちろん、それもありますが、主に新開発関連のものを追いかけています。物理学、化学、生物学——そういう分野を網羅しています」

「どうもわからん……」

「そうでしょうね。わたしにもわかりません。彼は科学者ではありません。少なくとも、学校教育で科学を学んだことはないんです。彼が学校に行っていたころは、そういう分野の教育はあまりおこなわれていませんでした。いまの科学教育という感覚では。それに、たとえそのころなにを学んだにしろ、いまとなっては古すぎて、なんの役にも立たないはずです。彼は小学校――田舎によくあった教室がひとつしかない学校です――を卒業したあと、ひと冬だけミルヴィル村立の中等学校《アカデミー》に通いました。この村立中学は一、二年で閉校になりましたが。ごぞんじないかもしれませんが、一八五〇年代当時では、これは教育を受けたほうだといえます。まちがいなく、彼は頭のいい優秀な少年だったのでしょう」

ハードウィック博士は頭を振った。「どうも信じられん。そんなことをすべて調査できたのかね？」

「できるかぎりは。調査はきわめて慎重にやらざるをえませんでした。誰にも気づかれたくなかったので。あ、そうだ、ひとつ申しあげるのを忘れていたことがあります――彼は膨大な量の書きものをしています。大判のりっぱな装丁のノートを買いこんでいるんです。いちどきに、十冊以上まとめて。インクはパイント単位で買ってます」

ハードウィック博士は立ちあがり、デスクを離れて、部屋の中を行ったり来たりしはじめた。「ルイス、きみの身分証明書を見せられていなかったら、そしてわたしがそれを確認していなかったら、わたしはこの話をおもしろくもない大がかりなジョークだと思っただろう」

ハードウィック博士はデスクにもどり、椅子にすわった。鉛筆を取りあげ、また手のひらの上でころがしはじめる。「きみはこの件に二年間もかかりきっていた。なにか決め手になるような考えはないのかね?」

「なにひとつありません。まるっきりお手あげです。だからこそ博士をお訪ねしたんです」

「彼の履歴をもっと教えてくれ。南北戦争後のこととか」

「彼が従軍しているあいだに母親が死亡。父親と隣人たちが農場の一角に埋葬しました。そういう風習がまだ残っていたんです。イーノック・ウォレスは休暇許可を得ましたが、葬式にはまにあいませんでした。当時は死体防腐処理《エンバーミング》は発達していませんでしたし、長距離の移動にも時間がかかったからです。ともあれ、イーノックはまた軍隊にもどりました。わたしが調べたかぎりでは、休暇を取ったのはその一度かぎりです。父親はひとりで農場を守り、しっかり切り盛りしていました。あれこれ鑑《かんが》みるに、父親はなかなかりっぱな農夫だったようです。当時の状況を考えれば、相当に進取の気性にとんだ農夫だったといえます。農業誌を定期購読し、進歩的なアイディアを取り入れていたようです。輪作とか、根腐《ねぐさ》れの予防とか、そういった新しいやりかたを重視したんです。農場自体は、現在の基準からいうとたいした規模ではありませんが、生計が立ち、わずかながらも貯えにまわせる程度の収入がありました。

南北戦争が終わると、イーノックは故郷に帰り、一年かそこいら、農場で父親といっしょに働きました。父親は草刈り機を購入。馬に曳《ひ》かせて、干し草にする牧草や穀物を刈り取る装置です。横棒にいくつも鋼鉄の刃がついたもので、いっぺんに大量の草を刈り取れます。当時としては画期的な装置でした。手作業の大鎌の比ではありません。

ある日の午後、父親は牧草を刈りに牧草地に行きました。すると、いきなり馬たちが暴走してしまった。なにかに怯《おび》えたんでしょう。父親は操業台から前方に投げだされ、刈り取り装置のまん前に落ちました。きれいな死にかたとはいえませんね」

ハードウィック博士は顔をしかめた。「むごいな」

「イーノックは父親のずたずたに切り裂かれた遺体を集め、家の中に運びました。そして銃を手に、馬たちを捜しにいきました。牧草地の片隅で草刈り機を曳いた馬たちをみつけると、その二頭の馬を撃ち殺し、死骸はその場に放置しました。ええ、そのとおりの意味ですよ。二頭の馬は、イーノックに撃ち殺された、まさにその場所で骨になったんです。草刈り機につながれたまま、馬具が腐ってしまうがままにまかせて。

イーノックは家にもどり、ばらばらになった父親の遺体をきちんと並べ、洗い清め、一張羅《いっちょうら》の黒い服を着せてから、板の上にのせました。それから納屋に行き、棺をこしらえました。棺ができあがると、母親の墓の隣に穴を掘りはじめました。暗くなってからは、ランタンの明かりをたよりに穴を掘りあげると、家にもどって、父親の遺体のそばで通夜をしました。朝になると、イーノックはいちばん近い隣人の家に行って事情を話しました。

その隣人は近隣の人々に父親の死を伝えることと、誰かに司祭を呼びにいかせることを引き受けました。そしてその日の午後遅く、父親の埋葬がすむと、イーノックは家にもどりました。それ以来、彼はひとりで暮らしましたが、農作業をすることは二度とありませんでした。ささやかな野菜畑を作る以外は。とまあ、そういうことです」

「きみは先ほど、その地域の住人たちはよそ者とは話をしようとしないといったな。それにしては、ずいぶんくわしく知っているじゃないか」

「二年がかりですよ。二年かけてじっくりと地元の人々に溶けこんだんです。オンボロの車を買い、なんとかミルヴィルまでころがしていき、薬用ニンジンを捜しているプラントハンターだとふれこんだんです」

「は？」

「薬用ニンジンのプラントハンター。薬用ニンジンってのは、植物《プラント》ですからね」

「それは知っている。だが、もう何年も前にその市場は閉ざされたんじゃないかね？」

「ときどきこぢんまりとした市場が立つんですよ。いずれ、一部は輸出にまわされることになるでしょうが。しかし、わたしはほかの薬草も採取し、薬草の種類とその使用方法に関して該博な知識をもっているふりを通しました。〝ふり〟というのは正確な表現ではありませんね。薬草の知識を徹底的に頭にたたきこみましたから」

「保守的で排他的な人々には」ハードウィック博士はいった。「一本気な人間のほうが理解しやすいだろうな。一種の文化的先祖返りってやつだ。それに不快感ももたれにくい。おそらく、頭ではそれほどはっきり認識していないだろうが」

ルイスはうなずいた。「わたしが思ったよりもうまくいきました。そこいらをうろついていると、彼らのほうから話しかけてきたんです。なんと、薬用ニンジンだってみつけましたよ。ある一家のおかげでね――フィッシャーという一家ですがね。イーノックの農場は崖の上にあるんですが、フィッシャー一家は、その崖の下の川岸で暮らしてるんです。彼らの一族もウォレス一族とほぼ同じぐらい長いあいだ、そこで暮らしてきたんですが、開拓民は開拓民でも、まったく毛色が異なるタイプなんです。アライグマを捕らえ、ナマズを漁り、密造酒《ムーンシャイン》をつくる一族。そういう連中なので、プラントハンターのわたしに、同類のにおいを嗅ぎとったというか、親近感をもってくれましてね。わたしも彼らと同じく、日々勤勉に働くのではなく、いわば、やくざな仕事をしているわけで。密造酒にも関わりましたよ――飲むのと造るのと両方。たまに密売も手伝いました。一緒に魚を釣り、狩りに出かけ、腰をすえておしゃべりをして。薬用ニンジンが生えていそうな場所もいくつか教えてもらいました。彼らは薬用ニンジンのことを〝ニンジン〟といってましたが。社会科学者なら、彼らを黄金の鉱山だとみなしたでしょうね。一家には娘がひとりいて、聾唖《ろうあ》のかわいい子で、イボを取るまじないを知ってて――」

「そういうタイプはよく知っている」ハードウィック博士は口をはさんだ。「わたしは生まれも育ちも南部の山間だからな」

「わたしに馬や草刈り機の一件を話してくれたのは、その一家なんです。それを聞いたあと、ある日、ウォレス農場の牧草地に行き、土を少し掘ってみました。馬の頭蓋骨とほかの部位の骨が出てきましたよ」

「だがそれがイーノックが撃ち殺した馬の骨だと、確認する方法はない」

「おそらく。しかし、草刈り機の残骸もみつけました。全部ではありませんでしたが、それがなにか見分けがつく程度には残ってました」

「イーノックの履歴にもどろう」ハードウィック博士はうながした。「父親の死後、イーノックはひとり、農場で暮らした。農場を出ようとはしなかったのかね？」

ルイスはうなずいた。「ずっと同じ家に住んでいます。なにひとつ変えることなく。家自体は、主《あるじ》のイーノックよりもはるかに歳月の重みを感じさせていますが」

「きみは家の中に入ったのかね？」

「いいえ。そばに近づいただけです。どんな家か、それをお話ししましょう」

3

ルイスに与えられた時間は一時間だ。一時間といえるのは、この十日間、毎日きっちりとイーノック・ウォレスの行動時間を計ってきたからだ。イーノックが家を出て、郵便物を受けとり、家に帰るまで、およそ一時間弱。ときには郵便配達人が遅れたり、会話がはずんだりして、もう少しかかることもある。しかしルイスは、許容時間は一時間だと、自分にいいきかせた。

家を出たイーノックは斜面を下っていき、やがてその姿が見えなくなった。ふもとをウィスコンシン川が流れている崖の突端の、小さな岩場に向かっているのだ。イーノックは斜面を登ってその岩場まで行き、小脇にライフルをかいこんで、川の向こう岸の森や荒野を眺めわたす。しばらくすると、岩場を降りて、板を敷いた小径《こみち》を進んでいく。その先は婦人靴《レディスリッパ》と呼ばれる蘭の自生地になっていて、季節になるとピンクの花が咲き乱れる。そこからふたたび斜面を登っていき、およそ百年間、耕作されていない、かつては畑だった野原のすぐ下に湧き出ている泉まで行く。そこから斜面に沿って進み、ぼうぼうとおい茂った草にほとんど埋もれている小道に出ると、郵便箱を設置してあるところまで下っていく。

この十日間、ルイスはイーノックを観察し、彼の日課にまったく変化のないことを確認した。もう何年も変わっていないのかもしれない、とルイスは思った。イーノックは決して急がない。自分にはいくらでも時間があるとでもいうように、じつにゆっくりと歩く。そして、そこここで足を止め、むかしなじみの友人——木やリスや花——と旧交をあたためる。イーノック本人は武骨な男で、いまだに兵士らしさが残っている。多くの指揮官たちのもとでたたきこまれ、苦節の数年につちかわれた、兵士としての要領や習慣が抜けないのだ。頭を高くあげ、肩をうしろに引いて胸を張って歩き、行進さながらに大きなストライドで進む。

ルイスは密生した林からしのびでた。かつては手入れされた果樹園だった林で、果樹のなかには、ねじれて節くれだち、歳を経て灰色になっている木々もあるが、いまだに、悲しみと苦しみの結集のようなリンゴの果実をつける木々も多い。

低木の林の端で立ちどまり、ルイスは丘の上に建つ家を見あげた。ほんの一瞬、その家は特別な光につつまれているように見えた。宇宙という深海を渡ってきた太陽の光が純化されて、その稀少で純粋な光が崖の上をひとなでしてイーノックの家に降りそそぎ、世界にふたつとない家に見せているかのようだ。純粋な陽光につつまれた家はどことなく浮き世離れしていて、特別な存在としてくっきり浮きあがっているように思える。目の錯覚ではなかったとすれば、その光は一瞬にして消え、いまはイーノックの家も、野や森に降りそそいでいるのと同じ陽光をあびている。ルイスはくびを振り、ばかげた考えだ、目の錯覚にちがいないと自分にいいきかせた。そんな特殊な陽光などありえないし、驚くほど長らえているとはいえ、家は家にすぎない。

その家は、現代ではあまり目にすることのない建物だ。ひとことでいうと、直方体だ。横に長く、奥行きが短くて、高さがある。軒《のき》や破風《はふ》の縁には、旧式のはでな装飾がほどこされている。家全体に、歳月とは無関係なもの寂しさがただよっている。建てられた当初から寂しい家だったのだ——そこに住まう人々と同様に、寂しくて、簡素で、頑丈な家。しかし、寂しい感じはするものの、荒れているわけではなく、どこもきちんと整っている。塗料は剝げていないし、風雨に傷《いた》めつけられたようすもないし、長い歳月を経てきたようにも見えない。

家の側面によりかかるように、差しかけ小屋が建っている。どこかよそから荷馬車で運んできて、家の側面にぎゅっと押しつけたような形で、母屋の横手のドアをふさいでいるようだ。おそらくそのドアは、元は台所に通じている勝手口だったのだろう。差しかけ小屋は、雨具や防寒具などを掛けておいたり、オーヴァーシューズやブーツを着脱したりするのに使われたのだろう。また、ミルクの缶やバケツ、集めた卵の入ったバスケットを置いておく、ベンチがしつらえられているにちがいない。小屋の屋根の上に、三フィートほど、ストーブの煙突が突きでている。
ルイスは家に近づき、差しかけ小屋の周囲をめぐってみた。小屋の横手にあるドアが少し開いている。ステップを昇り、ドアをもう少し広く開けて、中をのぞいた。驚いた。というのも、それはいわゆる差しかけ小屋ではなかったからだ。明らかに、イーノックの住まいだった。

片隅に、屋根の上に煙突が突きでているストーブがある。むかしふうの料理用ストーブだ。旧式のキッチンレンジより小さい。ストーブの上にはコーヒーポットとフライパン、それにホットケーキなどを焼く鉄板《グリドル》がのっている。ストーブの背後のボードにはいくつかフックがついていて、数種類の調理用器具がぶらさがっている。ストーブと逆側の隅には、壁にぴったり押しつけるようにして置かれた、四本柱の幅の狭いベッド。ベッドの上には、中の詰め物があちこちで固まってでこぼこしている、キルトの上掛けがかかっている。百年ほど前、婦人たちがいろいろな色の端切れを組み合わせて、楽しみながら華麗な模様に縫いあげたキルトの一枚だ。三つ目の隅にはテーブルと椅子が一脚。テーブルの上方の壁には、扉のない小さな食器棚が取りつけてあり、棚には数枚の皿が重ねてある。テーブルには灯油のランプ。ランプは使い古されて、形が多少ゆがんでいるが、今朝洗って磨いたかのように、ホヤはきれいに掃除されていた。

母屋に通じるドアはない。ドアがあったという痕跡もない。母屋の外壁にあたる下見板《したみいた》が、差しかけ小屋の四面目の壁となっている。この差しかけ小屋からは、母屋に入れないのだ。

ルイスは思った——これは驚きだ。ちゃんと家があるのに、イーノックがこの差しかけ小屋で暮らしているとは。なんらかの理由があって、家には住めないけれども、家から離れたところで暮らしたくないからだろうか。あるいは、贖罪《しょくざい》でもしているのだろうか。中世の隠者が森の奥深くの丸太小屋や、荒野の洞窟で暮らしていたように、イーノックもこの粗末な差しかけ小屋で暮らしているのだろうか。

ルイスは差しかけ小屋のまんなかに立ち、この異様な暮らしぶりの謎を解く手がかりはないかと、周囲を見まわした。しかし、なにもなかった。余分なもののない、質素な暮らしぶりだということがわかっただけだ。暮らしに最低限必要な品しかない——調理と暖をとるためのストーブ、眠るためのベッド、食事をするためのテーブル、そして、明かりを灯すランプ。予備の帽子もなければ（といっても、そもそもイーノックは帽子をかぶらない）、替えの上着もない。

雑誌や新聞は見あたらないが、毎日、郵便箱をのぞいているイーノックが、手ぶらで家にもどることはないのだ。イーノックは、《ニューヨーク・タイムズ》と《ウォールストリート・ジャーナル》と《クリスチャン・サイエンス・モニター》と《ワシントン・スター》を定期購読しているほかに、さまざまな専門的な科学雑誌や技術雑誌を取りよせている。だのに、ここにはそんなものは一冊もないし、大量の書籍類もない。りっぱな装丁のノートもない。なにか書きつけることのできるメモ用紙のたぐいすらないのだ。

ルイスはさらに考えをめぐらせた――おそらく、なにやら不可解な理由があって、この差しかけ小屋を見せかけだけの場所にしているのかもしれない。イーノックがここで暮らしていると他人に信じこませるために、慎重にしつらえられた舞台なのではないだろうか。おそらく、彼は母屋に住んでいるのだ。とはいえ、もしそうならば、なぜ、そうではないと思わせるような、手の込んだ細工をしているのだろうか。しかも、その細工は成功しているとはいいがたい。

ルイスはドアを開けて外に出た。差しかけ小屋をまわって、母屋の玄関ポーチのステップまで行く。ステップのふもとで立ちどまり、周囲をうかがう。静かだ。太陽は午前のなかほどを示す高さにまで昇り、空気は暖かい。世間から隔絶されたようなこの土地も、陽光に暖められるのをゆったりと静かに待っている。

腕時計を見てみると、まだ四十分残っていた。ルイスはステップを昇り、ポーチを進んで玄関ドアに近づいた。手をのばしてドアノブをつかんで回す――だが、ドアノブは回らない。ドアノブは頑として動かず、ルイスの手だけが半回転した。

不審に思いながら、ルイスはもう一度ドアノブを回してみた。ドアノブになめらかですべりやすいなにかを塗ってあるらしく、手にどんなに力をこめても、氷の層でおおわれているかのようにドアノブはつるりと逃げてしまう。

なにか塗ってあるのかどうか確認しようと、ルイスは前かがみになり、ドアノブをよく観察したが、目につくようなものはなにもない。ありふれたドアノブにしか見えない——ごくふつうの、どこにでもあるドアノブにしか見えない。いつもきれいに拭われ、磨かれているかのように、ぴかぴかと清潔なドアノブ。塵ひとつついていないし、風雨による錆も腐食もない。

ルイスは親指の爪でドアノブの表面をひっかいてみようとしたが、爪はつるりとすべり、ドアノブの表面には傷もつかなかった。次に、木のドアの表面をなでてみると、やはりつるつるしている。摩擦なしに手のひらがすっと動く。油でも塗ってあるかのように。手のひらはなめらかにすべるが、ドアの表面に油が塗ってあるわけではない。ドアの表面をすべらかにしてある細工を示す痕跡は、なにも見あたらない。

次にドアの横手の下見板を調べてみると、下見板もつるつるしていた。手のひらでなで、親指の爪を立ててみたが、結果はドアノブやドアの表面と同じだった。この家全体が、なにやらなめらかですべらかなものでコーティングされているのだ——塵や埃を寄せつけず、風雨による損傷も受けないコーティング剤で。

ポーチを移動し、窓まで行く。窓の前に立つと、ルイスはそれまで気づかなかったことを発見した——この家は、じっさいよりも古ぼけているように見せかける偽装がしてあることを。窓は黒い。カーテンはなく、日よけもない。ただ単に黒い矩形《くけい》でしかない。じっとこちらを見ている、家という頭蓋骨のからっぽの眼窩《がんか》のようだ。

ルイスは窓に顔を寄せた。陽光をさえぎるために、まず両方の目の横を手でおおい、次に目の上に手でひさしをこしらえる。しかし、それでも窓の向こう、家の内部は見えなかった。それどころか、まっ黒な水溜まりをのぞきこんでいるのと同じだった。それも、反射作用のない黒。窓ガラスに自分の顔すら映らないのだ。ただ黒いばかりで、陽光は黒い窓ガラスに吸いこまれて貯めこまれているかのようだ。窓にあたった陽光が反射することはない。

ルイスはポーチを降りて、ゆっくりと観察しながら家の周囲を回った。窓という窓はすべて黒い矩形で、陽光を反射せずに吸収し、家の木材の外壁は、どこもかしこもすべすべつるつるしている。

軽く手を握って、関節で下見板をたたいてみる。まるで岩をたたいているようだ。むきだしになっている地下室の石壁を調べる。石壁なのに、すべすべつるつるしている。石と石のあいだのモルタルの化粧目地の表面は、決して平らではないのに、指でさわってもざらざらした感触はない。

石の壁全体にも、目に見えないなにかがコーティングしてあり、石の穴やでこぼこをきっちり埋めている。だが、どんなコーティング剤か、見当もつかない。それどころか、実在する物質ですらないように思える。

石の壁の調査を終えると、ルイスは立ちあがり、腕時計をのぞいた。もうあと十分しか残っていない。急いで撤退しなくては。

斜面を下《くだ》り、古い果樹が密生している林まで急ぐ。林の手前で立ちどまると、ルイスは家をふりかえった。いまは前とちがって見える。もはや単なる建物ではない。個性を有し、見る者の目を欺き、なおかつ、横目でこちらを盗み見ている。意地の悪いくすくす笑いをしながら、わっと笑いをはじけさせる時機を待っているようだ。

ルイスは頭を低くして林の中にもぐりこみ、枝を押しのけながら奥へと進んだ。道はなく、木々の下には草がおい茂っている。頭をさげて垂れさがった枝をかいくぐり、何年か前に風に吹き倒されて根こぎになった、一本の木をまわりこんでさらに進む。

歩きながら、ルイスは枝に手をのばして何個かリンゴの実をもぎとった。いじけた酸っぱいリンゴで、どれもひとくちかじっただけで吐きだし、すべて捨ててしまう。手入れもされていない土壌から、苦渋のエッセンスだけを吸いとって実ったかのようなリンゴは、とうてい食べられるものではなかった。

林のはずれに柵で囲った一角があった。墓地だ。ここには丈高い草は生えていないし、わりに最近柵を修理したあとも見受けられる。三つある墓の頭部にあたる箇所には、天然のままの石灰石が一個ずつ置かれ、墓の足もとにはシャクヤクの茂みがある。どちらの茂みも何年も手入れがされないまま傍若無人に育ち、何本ものシャクヤクがたがいにからまりあって、ひとつの大きな株のようになっている。

風雨にさらされた柵の前で立ちどまったルイスは、ここがウォレス家の埋葬場所だと気づいた。

しかし、ここに墓はふたつしかないはずだ。墓が三つあるのはなぜだろう？

ルイスは柵に沿って進み、傾《かし》いだゲートから、墓地の中に足を踏み入れた。三つの墓の前に立ち、墓碑銘を読む。彫りこまれた文字はふぞろいで角ばっており、素人の慣れない手で彫られたものだとわかる。墓石には信心深い句も詩の一節もないし、天使や仔羊の彫刻もなければ、一八六〇年代には慣習的だった宗教的なシンボルも彫られていない。名前と生年と没年だけ。

最初の墓石には〈アマンダ・ウォレス　一八二一～一八六三〉。

二番目の墓石には〈ジェデダイア・ウォレス　一八一六～一八六六〉。

三番目の墓石には――。

4

「その鉛筆を貸してください」ルイスはハードウィック博士にたのんだ。

ハードウィック博士は手のひらの上でころがすのをやめ、鉛筆をルイスに渡した。

「紙もいるか？」ハードウィック博士は訊いた。

「よろしければ」ルイスは答えた。

ルイスは前かがみになると、すばやく鉛筆をはしらせた。「これを見てください」博士にさしだす。

ハードウィック博士は、眉間にしわを寄せた。「だが、こいつは意味をなさんぞ。数字は別にして」

「8という数字が横向きに彫ってありました」ルイスはいった。「ええ、わたしも知っています。無限大を意味する記号です」

「だが、ほかは？」

「わかりません。墓碑銘だと思うんですが。書き写して……」

「暗記したんだろう」

「そうです。じっくりと調べましたから」

「こんなものは見たことがない。わたしはその筋の専門家ではないんだ。その分野の知識はほとんどない」

「ご安心ください。こんなもの、誰にもわかりはしません。どんな言語であろうと、どんな墓碑銘であろうと、これに似たものはもちろん、少しでも似ているものすらないんです。専門家たちに訊いてみましたよ。十人以上のひとに訊いたんですが、誰ひとりとしてわかりませんでした。彼らには、とある岩の崖に彫られているのをみつけたといっておきました。たいていの者に変人だと思われたのは確かです。専門家たちの見解はばらばらでしてね。ラテン語とか、フェニキア語だとか、アイルランド語だとか、コロンブス以前のアメリカ先住民の文字だとか、各自が自説を証明しようとしましたよ」

ハードウィック博士はメモをおろした。「きみのいいたいことはわかる。この件に手をつけたときより、いまのほうがずっと疑問が増えているというわけだな。百歳を超す青年に関する疑問だけではなく、家をつるつるすべにコーティングしている物質のことと か、解読不能な墓碑銘のある三つ目の墓のこととか。そういえば、イーノックとはことばをかわしたことはないんだな？」

「彼と話をする者はいません。例外は郵便配達人だけです。イーノックは毎日散歩に出ますが、必ずライフルを持っています」

「近隣のひとたちは彼と話をするのを恐れている？」

「ライフルのせいで、という意味ですか？」

「まあ、そういうことだ。なに、意識の隅にそれが引っかかっててね。なぜ彼は銃を持ち歩くのかという疑問がね」

ルイスは頭を振った。「わかりません。わたしもあれこれ考えて、彼がなぜライフルをつねに持ち歩くのか、その理由をつきとめてみようとはしたんですが。わたしの知るかぎりでは、イーノックが発砲したことはありません。ですが、他者に話しかけられないために銃を持ち歩いているとは思えない。前世紀から生きている者だからか、イーノックは時代錯誤《アナクロニズム》なところがあります。しかし、誰も彼を恐れてはいません。それは確かです。イーノックがあまりにも長いことそこにいるので、みんなは恐怖なんか感じなくなっているんです。見慣れてしまっていますからね。木や岩のように、イーノックは風景の一部にしっくりとおさまっているんですよ。

といっても、彼と気安くできる者はいないんじゃないでしょうか。面と向かうことがあったら、ほとんどの者がおちつかない気分になるんじゃないかと思います。それというのも、イーノックはどこか異質なんです――一般の人々よりとても優れたところがあると同時に、ひどく欠落している点もある。そうですね、本来属する社会からはみだした者、という感じです。

わたしはひそかに、隣人たちはイーノックのことを少しばかり恥じているのかもしれないと考えています。彼が歳をとらないのを一種の罰ととらえ、不面目なことだとみなしている。歳をとるのは人間の権利のひとつだと考えているからでしょう。おそらくは、彼を恥じる気持が、彼のことを話したがらない傾向を助長する一因になっているのではないかと」

「きみはずいぶん時間をかけて彼を観察してたんだよな？」

「はい、時間をかけて。でも、いまは何人も部下がいて、部下たちが交替で見張っています。十カ所程度、観察場所を定めて、順番に定点観測をおこなっています。明けても暮れても、一時間たりとて、イーノックの家が監視の目を逃れることはありません」

「きみたちはこの事件に取り憑かれてるな」

「理由はあります」ルイスはいった。「もうひとつ、見てほしいものがあるんです」

ルイスは上体をかがめて、椅子の横の床に置いてあったブリーフケースを取った。留め金をはずし、写真の束を取りだして、ハードウィック博士に渡す。「これをどう思いますか？」

ハードウィック博士は写真の束を手に取った。そして凍りついた。顔から血の気が引く。手が震えだした。博士は慎重に写真の束をデスクに置いた。まだいちばん上の写真しか見ていない。ほかの写真は見ていないのだ。

ルイスは博士の顔いっぱいに疑問符が浮かんでいるのを見た。「墓の中のものです。おかしな碑銘のある三つ目の墓の」

5

メッセージマシンがピーピーとうるさい音をたてた。イーノック・ウォレスはなにやら書きこみをしていたノートを置き、デスクの前から立ちあがった。ピーピー鳴っているメッセージマシンに近づく。ボタンを押し、キーをたたくと、うるさい音は止んだ。初めはハム音をたて、メッセージがプレートに出てきはじめる。初めは文字が薄れていたが、だんだん濃くなり、明瞭になってくる。メッセージはこうだ。

四〇六三〇一からステーション一八三二七へ。一六〇九七・三八時に旅人が行く。サバンⅥ星出身。手荷物なし。第三溶液タンク。溶液番号二七。一六四三九・一六時にステーション一二八九二に出発。確認。

イーノックは、壁に架けてある大きな銀河クロノメーターを見あげた。出発まで三時間弱しかない。

イーノックがボタンを押すと、マシンの側面からメッセージを記した薄い金属シートが出てきた。通常、写しは自動的に記録ファイルに送られる。マシンがクスッと笑うような音をたてると、メッセージプレートはクリアになり、待機モードにもどった。

イーノックは金属シートを手に取り、二本のファイル心棒を穴に通し、キーボードに指を走らせた。

四〇六三〇一へ　受信。即刻、確認。

メッセージが金属シートに書きこまれる。イーノックはシートをそのままにしておいた。サバンⅥ星？　これまでに、そんな星から旅人が来たことがあっただろうか？　イーノックは旅人を迎える準備を終えたらすぐに、ファイリングキャビネットに収納してある日誌をチェックすることにした。

溶液タンク使用のケースは、もっともおもしろくない仕事だといえる。このケースの旅人とは会話がしにくい。彼らの言語がむずかしくて、イーノックには容易にあやつれないからだ。それに、彼らの思考プロセスがあまりにも異なっているため、意思の疎通を図るための共通基盤を求めることすらできない。

とはいえ、いつもそうだとはかぎらない。数年前にも、ヒュドラー（いや、ヒュアデスだったか？）星から、溶液タンク使用の旅人がいた。イーノックはその旅人に徹夜でつきあい、何時間もおしゃべりに興じ、あやうく時間どおりに送りだすのに失敗するところだったのだ。コミュニケーション（ことばによる会話とはいえないが）はうまくいき、短い時間にたっぷりおしゃべりができたばかりか、友情が生まれた。兄弟愛らしきものも生じたぐらいだった。

彼、あるいは彼女、あるいはそれ——旅人の性別を確かめることはない——に再会することはないだろう。そういうものだとイーノックは思っている。ここにもどってくる者はほとんどいないのだ。これまでのところは、ここを通過するだけの者が絶対多数を占めている。

しかしイーノックは、彼あるいは彼女あるいはそれ（なんであろうと）のことを、すべて書き留めてある。出会った全員を、ひとり残らず、日誌用に使っているノートにきちんと書き記してある。次の日にほぼ丸一日デスクにへばりつき、せっせと書き記すのだ。旅人から聞いたこと、おぼろにかいま見える、遠くの美しい、興味をそそられる場所（興味をそそられるのは、イーノックにはほとんど理解できないからだ）のこと、異星から来た、ぶかっこうでねじれていて、醜悪な生きものとのあいだに生じた暖かい関係や、仲間意識のことを。いつでも好きなときに、ずらりと並んだ日誌の列から一冊を抜きだして読み、過ぎし夜をなつかしく思い起こして脳裏で再現できるように。だが、じっさいにそうしたことはない。おかしなことに、なぜかそのために割《さ》ける時間がないのだ。何年にもわたって書き記した記録をぱらぱらとめくって、記述の一部だけでも読むための時間など、なぜかないように思える。

イーノックは第三溶液タンクを実体化装置の下の所定の位置までころがしていき、きっちりと正確な場所に立てて、ずれないようにロックをかけた。そして壁に収納されているホースを引き出し、選択目盛りの二七を押す。タンクを溶液でいっぱいにすると、ホースを壁に引っこませた。

メッセージマシンにもどり、プレートをクリアにすると、サバンⅥ星からの旅人を迎える準備が整ったことを確認するメッセージを送った。マシンの側面から確認の確認を記したメッセージを取りだしたあとは、マシンを待機モードにして、次のメッセージを受けられるようにしておく。

イーノックはデスクのわきにあるファイリングキャビネットまで行き、ファイリングカードがぎっしり詰まっている引き出しを開けた。調べてみると、サバンⅥ星のファイルがあった。記録入力は一九三一年八月二二日。イーノックは部屋の反対側の書棚に向かった。床から天井まである書棚には、雑誌や日誌がずらりと並んでいる。そのなかから、該当する日誌を抜き出し、それを手にデスクにもどる。

一九三一年八月二二日――記録をみつけた。イーノックがいまより暇だったころだ。サバンⅥ星からの旅人はひとりだけだった。そのページは、イーノックの小さくて読みにくい筆跡で埋まっているが、その旅人に関する記入はほんの一段落しかない。

本日、サバンⅥ星から、ぼよんとした塊（と書いてある）がやってきた。ぼよんとした塊としか形容できない。早い話が、これはなんらかの物質の塊、おそらくは肉の塊で、この塊はどうやら周期的に形が変わるらしい。というのは、最初見たときは球体だったが、それがだんだん平べったくなっていき、やがて、パンケーキのように平らになって、タンクの底にへばりついてしまった。それからちぢみはじめ、ぎゅっと収縮していったかと思うと、また球体にもどった。この変化はゆっくりしたもので、明らかに一定のリズムがあるが、それも同じパターンをくりかえすという意味においてのみ、いえることだ。どうやら時間とは関係がないようだ。時間を計ってみたが、周期に関しては、パターンをみつけることができなかった。ワンサイクルに要した、いちばん短い時間は七分で、いちばん長いときは十八分。もっと時間をかければ、変身時間のリズムをつかめるのかもしれないが、あいにく、こちらにはその時間がない。この生きものには、言語翻訳機を使えない。だが、わたしに向かって、一連のするどい音を発してくる。かぎ爪をかちかちと鳴らしているような音だが、見るかぎり、かぎ爪らしきものはない。なにを伝えようとしているのか、意思伝達学のマニュアルで確かめてみると、〝だいじょうぶだ、注目しないでほしい、放っておいてほしい〟といっているとわかった。なので、そのあとは放っておいた。

その段落のあと、わずかばかり残ったスペースに、注意書きがあった。いわく、一九三一年一〇月一六日を参照。

イーノックは一〇月一六日のページをめくった。その日はちょうど、ユリシーズがステーションの視察にやってきた日だった。

もちろん、ほんとうの名前はユリシーズではない。じつをいえば、彼には名前などなかった。彼の同胞のあいだでは、名前など必要ないのだ。名前よりもはるかに豊かな表現ができる、本人確定術語法があるからだ。しかし、その術語法は、人類には一般的な概念すらみつからず、ましてや、使用することなどとうてい不可能といえる。

「あんたをユリシーズと呼ぶことにする」イーノックはその最初の日に、彼にそういったことを思い出した。「名前がないと不便なんだ」

「同意する」見知らぬ生きもの（その後は見知らぬ生きものではなくなったが）はそういった。「なぜユリシーズなのか、訊いてもいいか？」

「人類にとって偉大な人物の名前だからだ」

「その名を選んでくれてうれしいよ」新たに人間の名前を得た生きものはいった。「わたしには、威厳があって高貴な響きに聞こえる。きみとのあいだでは、わたしは喜んでこの名前で呼ばれよう。この星の暦で、この先何年も、いっしょに仕事をすることになるのだから、わたしはきみをイーノックと呼んだほうがいいね」

三十年以上前の一〇月の日誌を開いたまま、イーノックは長い年月が過ぎたなと感慨深く思った。過ぎ去った年月というものは、記憶がすべてよみがえると、それまでは想像もできなかったほど満足のいく豊かなものとなる。

そして、これはつづくのだ。過ぎた年月よりもさらに長い年月——おそらくは、この先、何百年も何千年も——が。何千年もたったとき、イーノックはなにを知ることになるのだろう？

たぶん、なにをどれほど知ろうと、知識がいちばん重要だとはいえないだろう。

だが、いま現在、ここに障害が発生しているので、この先は誰もここを通過しなくなるかもしれない。監視者たちがいるのだ。少なくともひとりは確実にいる。そして、その監視者が何者であれ、イーノックに接近してくるのは、あまり遠い先のことではないだろう。イーノックがその脅威にどう対応するか、あるいは、どういうふうに脅威に出くわすかは、そのときになってみないとわからない。長い年月、イーノックはそういう事態を想定して、それに備えてきた。近いうちにそういう事態が現実に起こらないとはかぎらないのだ。

ユリシーズとは、初めて会ったときに、この危険について話しあった。記憶を探ると、玄関ポーチのステップに腰をおろし、ユリシーズにその話をしたときのことを、イーノックはまるで昨日のことのように鮮明に思い出すことができた。

6

その日、午後の遅い時間に、イーノックは玄関ステップに腰をおろしていた。川の向こう、アイオワの山々の上空にむくむくと湧きあがる、大きな白い入道雲をみつめていたのだ。蒸し暑い日で、風はそよとも吹かない。納屋の前庭では、六羽ほどの薄汚れたニワトリがものうげに地面をつついている。餌を求めているというより、習慣的な動作にすぎないようだ。農場と表の道路との境目のスイカズラの生け垣と、納屋の軒とのあいだを飛びかうスズメたちの翼の羽根が、熱気でこわばってしまったかのように、がさがさと乾いた音をたてている。

玄関ステップに腰をおろして、入道雲を眺めているイーノックには、やるべき作業が山とあった——畑を耕してトウモロコシの種をまく準備をするとか、干し草用の牧草を刈るとか、小麦を刈りとって束にするとか。

たとえなにが起ころうと、ひとは生きていかなければならないし、一日一日をせいいっぱい過ごすべきだ。この数年、いやというほどそれを学ぶしかなかったことを思い、これは試練だ、とイーノックは自分にいいきかせた。しかし、戦場とここはちがう。戦場では、すべてを意識していたし、予想もしていたし、いざというときの覚悟もしていたが、ここは戦場ではない。彼は平穏を求めてもどってきたのだ。人間には、暴力と恐怖を締め出す平穏な世界を求める権利がある。

これまでひとりぼっちだったことはなかったのに、イーノックはいま、ひとりぼっちだった。いまこそ新しく始められるときだ。たぶん、いまこそが新しい始まりになるときなのだ。しかし、何エーカーもの自作農場をやっていくにしろ、よその土地でなにかを始めるにしろ、苦渋に満ちた始まりになるだろう。

イーノックは玄関ステップにすわり、膝に両の手くびをのせて、西の空にむくむくと湧きおこる入道雲を眺めていた。雨が降る兆《きざ》しかもしれない。ならば、大地の役に立つ。あるいは雨は降らないかもしれない。いくつかの川が合流している箇所の上空では、空気の流れが不安定で、雲がどちらの方向に流れていくか、わからないからだ。

川の向こうを眺めていたイーノックは、ゲートのほうに目をやるまで、見知らぬ男が近づいてくるのに気づかなかった。背の高い、ひょろりとした男で、埃まみれの服装から、遠くから歩いてきたのだとわかる。男がゲートを通り、小道を歩いてくるのを、イーノックは身じろぎもせずに見守るだけで、玄関ステップから降りて出迎えようとはしなかった。

「こんにちは」ようやくイーノックはあいさつのことばを口にした。「こんな暑い日は歩くのに向いてませんね。ちょっと腰をおろして休まれてはどうです？」

「ありがたい、喜んで」男はいった。「だがその前に、水を飲ませてもらえないだろうか？」

イーノックは立ちあがった。「おいでなさい。汲みたての水をあげよう」

イーノックは先に立って、納屋の前庭のポンプ式の井戸まで歩いていった。ボルトに吊してある柄杓《ひしゃく》を男に渡す。そしてポンプの柄をつかむと、せっせとこぎはじめた。

「しばらく水を出しっぱなしにしておかないと」イーノックは説明した。「冷たい水が出てくるまで、ちょっと時間がかかるよ」

ポンプの口から水が流れだし、井戸の板蓋を濡らした。イーノックの腕の動きにつれ、水が勢いよく流れだした。

「雨が降ると思うかね？」男が訊いた。

「なんともいえないな」イーノックは答えた。「待ってりゃわかるさ」

男には、イーノックの心をざわめかせるところがあった。それがなにか、はっきり指摘できるわけではないが、漠然と不安をかきたてられる奇妙な感じがするのだ。ポンプをこぎながら、イーノックはじっくりと男を観察し、その耳の先端が異様に尖っているせいかもしれないと思ったが、それは目の錯覚だったようだ。というのは、もう一度よく見てみると、ごくふつうの耳だったからだ。

「さあ、もう冷たい水が飲めるよ」

男は柄杓を放水口に向け、水が満たされるのを待った。そして柄杓がいっぱいになると、まずイーノックにさしだした。イーノックはくびを横に振った。

「お先にどうぞ。あんたのほうがおれより喉が渇いてるはずだ」

男はむさぼるように、ごくごくと喉を鳴らして水を飲んだ。

「もう一杯？」イーノックは訊いた。

「いや、もう充分だ。だが、きみが飲むのなら、わたしが柄杓で水を受けよう」

イーノックはポンプをこいだ。男は柄杓を満たすと、それをイーノックに渡した。水は冷たくて、イーノックは初めて自分も喉が渇いていたことに気づき、一滴も残さずに飲みほして柄杓を空にした。

柄杓をボルトに吊し、イーノックは男にいった。「それじゃあ、腰をおろしてゆっくりしよう」

男はにやりと笑った。「ぜひとも」

イーノックはポケットからバンダナを引っぱりだして、顔をごしごしこすった。「空気が重たくなってきた。雨が降る前兆だ」

バンダナで顔を拭いているうちに、イーノックはなぜ男に漠然と不安を感じるのか、その理由がふいにわかった。男の服はよれよれで、靴は土埃にまみれていて、雨の前の湿気の強いなかをいかにも長時間歩いてきたといわんばかりなのだが、本人は汗ひとつかいていない。春からずっと木陰でのんびりと横になっていたかのように、いきいきとして、涼しげなのだ。

イーノックはバンダナをポケットに突っこみ、男をうながして玄関ステップにもどると、並んで腰をおろした。

「遠くから旅をしてきたんだね」イーノックはおだやかにかまをかけた。

「ああ、とても遠くから」男はうなずいた。「故郷を離れて、たったひとりで」

「これからまた遠くに行くのかい？」

「いいや。目的地に着いたようだ」

「ということは……？」イーノックの問いは空中に浮いた。

「ここだということだ。わたしはいま、この玄関ステップに腰をおろしている。わたしはひとを捜していたんだが、それはきみだった。尋ねびとの名前もわからなければ、どこを捜せばいいのかもわからなかったが、必ず捜しているひとに会えるのはわかっていた」

「おれだって？」イーノックは仰天した。「なんだっておれを捜してたんだ？」

「わたしが捜していたのは、多くの点でほかのひととはちがう者だ。ことに、星を見あげて、あれはなんだろうと不思議に思うような人間でなければならない」

「うん、それはよくやった。幾夜も野営をしていたとき、毛布にくるまって夜空を見あげ、星を見ては、あれはなんだろう、どうしてそこにあるのだろうと不思議に思った。なによりも重要なのは、なぜ空にあるのかってこと。夜空で光ってる星は、地球を照らす太陽と同じで、また別の太陽なんだというひとがいるけど、おれにはよくわからない。星々のことをくわしく知ってるひとなんか、誰もいないんじゃないかな」

「少しはいるよ。星々のことをかなりよく知ってる者は」

「たとえば、あんたかい？」イーノックは少しばかりからかうようにいった。どう見ても、男が星々のことをくわしく知っているようには思えないからだ。

「ああ、そうだ」男はうなずいた。「ほかの者たちほどくわしいわけではないがね」

「ときどき考えてしまう」イーノックはいった。「もし、あのたくさんの星が全部、別の太陽なら、どこかに地球みたいな惑星があって、生きものがいるんじゃないのかなって」

イーノックは野営の焚き火を囲んでいた夜のことを思い出した。戦友たちとたあいもない話をしながら、時間がたつのを待っていたときのことだ。イーノックがつい、別の太陽の周囲を回っている惑星にひとがいるかもしれないという考えを口にしたら、戦友たちにばかにされて笑いものになり、そのあと何日もからかわれたものだ。その後イーノックは、二度とその考えを口にしたことはない。彼自身、そう信じていたわけではないので、その考えにしがみつく気はなかった。野営の焚き火を囲んでの、いっときの想像にすぎなかったのだ。

それがいま、イーノックはその考えを口にしていた。それも、見知らぬ男に。なぜなのか、我ながら不思議だった。

「きみはそう信じている？」男は訊いた。

イーノックはいった。「ただのつまらない思いつきだよ」

「つまらない思いつきとはいえないね。空にはたくさんの惑星があり、そこにはその星の人々が暮らしている。わたしもそのひとりだ」

「まさか……！」イーノックは思わず叫んだが、すぐに黙りこんだ。

というのは、男の顔が裂けて崩れ、その下から別の顔が現われてきたからだ。人間ではない顔が。

偽の人間の顔がすっかり剝がれ落ちて別の顔が現われた、まさにそのとき、大きな稲妻が空を引き裂き、雷鳴が轟《とどろ》いて大地が揺れ、遠くで雨の音がしはじめたかと思うと、丘陵を越えて、その雨音が急速に近づいてきた。

7

それが始まりだった。百年ほど前のことだ。野営の焚き火を囲んでなにげなく想像したことが、事実だとわかった。いまや地球は銀河地図に記載された、多くの異星人たちが星から星へと旅をするための中継ステーションになっている。来ては去っていく旅人たちは、かつては見慣れぬ異形の生きものとしか思えなかったが、いまはちがう。異形の生きものではない。どのような姿かたちであろうと、どのような目的で旅をしていようと、彼らはみな、どこかの星の住人なのだ。

イーノックは一九三一年一〇月一六日の日誌にもどり、さっと目を走らせた。記述の終わり近くに、こんな文章があった。

ユリシーズによると、惑星Ⅵのサバン星人は、おそらくは銀河のなかでもっとも数学に長《た》けている種族だそうだ。彼らは現存する計算システムをはるかにしのぐ、優れたシステムを編みだした。特に、統計学の応用において非常に価値のあるシステムだという。

イーノックは日誌を閉じ、静かに椅子にすわったまま、ミザルX星の統計学者たちはサバン人の偉業を知ったのだろうかと考えた。たぶん知ったのだ。ミザル星人が使っている数学の一部は、慣例にとらわれていないからだ。

日誌をデスクの上に押しやり、イーノックは引き出しを開けて、自分のチャートを取りだした。デスクの上にチャートを広げ、当惑の目で眺める。確信がもてればいいのだが。ミザル星の統計学のことがもっとよくわかればいいのだが。この十年かそこいら、イーノックはチャート作りのために懸命に学習した。ミザル・システムに関するファクターをすべて、何度も何度もチェックし、テストした。彼が使っているファクターが然《しか》るべきファクターなのか、判断するために。

こぶしを振りあげ、デスクにどんと打ちつける。確信がもてさえすれば。異星人に相談ができさえすれば。しかし、それは人類の無力さをさらけだすことと同じなので、実行するのは気が引ける。

イーノックは人類の一員なのだ。おかしなことだが、多数の異星人と接してきた、この百年のあいだ、イーノックは人類の一員であり、地球という星の住人でありつづけることが必要だった。

さまざまな点で、イーノックは地球とのつながりを断っている。いま現在、彼が会話をする地球人は、むかしなじみの郵便配達人、ウィンズロウ・グラントただひとりだ。隣人たちには避けられているし、監視者たちを別にすれば、近隣には人っ子ひとりいない。それに、監視者たちの姿もめったに見ない。ほんのときおり、その姿をちらりと見かけたり、そこにいたとおぼしい跡をみつけたりするだけだ。

むかしなじみのウィンズロウ・グラント、メアリ、それに、ときどき暗がりから出てきて、イーノックと数時間をともにすごす幻影たち。

それだけがイーノックが知っている地球人なのだ。ウィンズロウ・グラントと、幻影たちと、家と広い地所。それがイーノックのものといえるすべてだ。とはいえ、家そのものは彼のものではない。もはや別物となっている。

イーノックは目を閉じ、むかしの家がどんなふうだったか、まぶたの裏に思い浮かべた。いま彼がすわっている、まさにこの場所は、むかしは台所だった。あの隅には黒くて大きな鉄の料理用ストーブがあり、怪物めいたその料理用ストーブには、火格子のわきに切り込みがあって、中の炎が、ずらりと並ぶ歯のように見えた。壁にはテーブルがぴったりと押しつけられていて、親子三人はそこで食事をした。酢の容器や、スプーン入れのグラス、また、レイジー・スーザンと呼ばれていた回転盆が、テーブルのどこにあったか、ありありと思い出せる。からし、すりおろしたホースラディッシュ、チリソースなどがまとめて載っている回転盆は、赤いチェックのクロスを掛けたテーブルのまんなかに、食卓の飾りのように鎮座ましましていた。

イーノックがまだ三歳か四歳ぐらいだった、ある冬の夜のことだ。母親は料理用ストーブにかかりっきりになっていた。イーノックは台所の床のまんなかにすわりこみ、積み木で遊んでいた。外からは、軒下をさまよっているような、風のくぐもった唸りが聞こえていた。納屋に乳搾《しぼ》りに行っていた父親がもどってきた。ドアが開くと、唸りをあげる風と、渦巻く雪とが父親とともに舞いこんできた。ドアを閉めると、家に入れない風も雪も外の暗闇と夜の荒れ野に取り残された。流しに牛乳の入った手桶を置く父親を見ると、顎髭も眉も雪でまっ白で、口髭は凍りついて霜になっているのがイーノックにはわかった。

イーノックはいまでもそのときの光景を思い出せる――歴史的なひとこまを切りとって再現してある、博物館の展示ケースの中の造りものの人形のような三人の姿を。口髭が凍りつき、膝まであるブーツを履いた父親。料理用ストーブの火で顔をほてらせている、頭にレースのキャップをつけた母親。そして、床で積み木で遊んでいる幼い自分。

もうひとつ、イーノックには忘れられない記憶がある。ほかのなににもまして鮮明な記憶。テーブルに大きなランプがあり、その背後の壁にはカレンダーが架けてある。ランプの光の輪のせいか、カレンダーの絵にスポットライトが当たっているように見える。橇《そり》に乗ったサンタクロースが森林地帯の上空に舞いあがり、森のこびとたちがそれを見送っている絵だ。木々の梢《こずえ》には大きな月がかかり、地面は厚く雪におおわれている。二羽のウサギが、ものいいたげな目でサンタを見あげている。ウサギたちのかたわらには鹿が、少し離れたところには尻尾をくるりと肢もとで丸めたアライグマがいて、張り出した木の枝にはリスとコゲラが並んでいる。赤い頬の、満面に笑みを浮かべたサンタは、あいさつ代わりに鞭《むち》を高く振りあげている。橇を曳くトナカイたちは元気いっぱいで、意気軒昂で、誇らしげだ。

十九世紀のなかばになっても、サンタは橇で時間という雪の通路を駆けぬけ、鞭を振りあげて森の生きものたちにクリスマスのあいさつを送っていたのだ。ランプの金色の光がサンタを浮かびあがらせ、壁と赤いチェックのテーブルクロスを照らしていた。

持続するものもある――イーノックはそう思う。思い出や、深い想いや、子どものころの外は冬の雪嵐の夜でも心地いい台所の暖かさなどは。

だが、精神や意識は持続するが、ほかのものは長くは保たない。いまは台所はないし、古めかしいソファやロッキングチェアのあった居間もない。金襴《きんらん》や絹で優雅に飾られた、堅苦しい客間《パーラー》もない。一階の客用寝室もなければ、二階の家族の寝室もない。

すべてなくなってしまい、いまは部屋がひとつ残っているだけだ。二階の床も各部屋の仕切り壁も、すべてとっぱらってしまった。いまはこの家ぜんたいがひとつの大きな部屋になっている。家の半分は銀河ステーションで、もう半分はステーションの管理人の生活スペースだ。そのスペースには、片隅にベッドと、地球上ではその原理が知られていない働きをするストーブ。そして、異星人がこしらえた冷蔵庫が置いてある。壁は、雑誌、本、日誌が詰まったキャビネットや棚で埋めつくされている。

ひとつだけ、むかしと同じものが残っている。家をステーションに改造した異星人たちに、イーノックが撤去させなかったものがある――居間の壁に造りつけになっている、この土地の石と煉瓦を積みあげた大きな暖炉だ。暖炉はいまでもそこにある。イーノックに過ぎし日をしのばせてくれる、たったひとつのもの。父親がまさかりで太い丸太を削り、鉋《かんな》や木工用のドローナイフでなめらかに仕上げたオークのマントルピースも、マントルピースに残っている多数の傷もそのままに。

暖炉のマントルピースや棚やテーブルの上には、さまざまな品が散らばっているが、それはすべて、地球原産の資材の加工品ではないし、地球上では名称すらない品もある。長年にわたって、友好的な旅人たちからプレゼントされた品々だ。機能的な品もあれば、見て鑑賞するだけの品もあるし、地球人には小さすぎて使えない品や、地球では作動しない品など、まったくの無用の長物も多数ある。いったいどう使えばいいのか見当もつかない品々を、イーノックは当惑しながらも受けとり、あやしげな発音で、いろいろな星のことばで感謝を述べた。なんといっても、心やさしい異星の人々が、イーノックにプレゼントしようと、はるばる持ってきてくれた品々なのだ。

暖炉の向かい側のスペースには、複雑きわまりないマシン類がでんと鎮座している。二階をとっぱらったため、むきだしになった屋根裏に届きそうなほどの高さがある。そのマシン類が宇宙空間に通路を作り、旅人たちを星から星へと運ぶのだ。

ここは宿屋というか、休憩所というか、銀河の交差点だなと、イーノックは思っている。

イーノックは広げていたチャートをくるくると巻き、デスクの引き出しにもどした。日誌も、棚の元の場所にもどす。

壁の銀河時計を見る。出かける時間だ。

椅子をきちんとデスクの下に押しこみ、椅子の背に掛けてあった上着に袖を通す。壁のフックに架けてあるライフルを取ると、壁に向かって暗号を唱えた。壁が音もなく横にすべって開く。その開口部から、イーノックはほとんど家具のない差しかけ小屋に入った。イーノックの背後で、壁がまた横にすべって閉まる。閉じてしまうと、それが動くなどという証左はまったく存在せず、一面の硬い壁にしか見えない。

イーノックは差しかけ小屋のドアから外に出た。晩夏の美しい日だ。二、三週間もしないうちに秋の気配がしてきて、空気が微妙に冷たくなるだろう。もうアキノキリンソウが最初の花を咲かせようとしている。昨日、古い柵に沿って生えている早咲きのアスターが、色とりどりの花をつけはじめたのに気づいたばかりだった。

家の角を曲がり、川に向かう。元は畑だったが、長年放っておいたために原野にもどった野原を、大股《おおまた》で進む。ハシバミの茂みが繁殖し、藪《やぶ》のようになっている。

これが地球だ。人間のために造られた惑星。しかし、人間のためだけに造られたわけではない。キツネやフクロウやイタチ、ヘビ、キリギリス、魚をはじめ、空中や地中や水中に棲息する、無数の、すべての生きもののための惑星でもある。そして、これら地球の生きものだけではなく、地球から何光年も離れていても、基本的に地球と同じ惑星を故郷とする、多数の異星の住人たちのための惑星でもある。ユリシーズやヘイザーたちやほかの異星人たちは、必要とあらば、また、彼らが望むなら、快適に、しかも人工的な補助器具もなしに、この地球で生きていける。

人類の視野は狭く、しかもごく一部しか見ていない。古い概念を乗り越えようと、ケープカナヴェラルから宇宙にロケットを打ちあげようと躍起になっているいまですら、他の星のことはほとんど想像もできずにいる。

心がうずく。そのうずきはどんどん強くなっていて、イーノックは自分が学んだことを人類すべてに伝えたくてたまらない。特殊な知識ではない。確かに、人間にも使いこなせる知識も少しはあるが、イーノックが伝えたい知識は決して特殊なものではない。その知識とは、宇宙には知性ある生きものが多数存在し、人類は決して孤独ではなく、道さえみつけることができれば、人類が孤立することはない、という事実だ。

イーノックは野原を横切り、細長い森を通りぬけて、川に面した崖の先端から突き出ている大きな岩まで行った。何万もの朝、ずっとそうしてきたように、イーノックは今朝もその岩の上に立ち、森と森のあいだを悠然と流れる、青と銀色にきらめく川を眺めた。古い古い水の流れよ——イーノックは胸の内で川に話しかけた。おまえは見てきたんだね、一マイルほどの高さのある氷河が押しよせ、とどまり、やがて去っていくのを。氷河が着実に一インチずつ北極に向けて後退し、その氷河の溶けた水が、いまとなっては知ることもできない潮汐によって運ばれ、谷が洪水に見舞われるさまを。この山々を歩きまわり、山をゆるがすような咆哮をあげて夜を騒がせていたマストドンやサーベルタイガーや熊ほども大きなビーバーを。静かに群れをなして森の中を走り、崖を這い登り、川面《かわも》を渡る人間たちを。かよわい肉体の内に、木の知恵、水の知恵を取りこみ、強い意志を、ほかの生きものがもちえない不屈の意志を宿した人間たちを。そして、ほんの数百万年前に現われた、頭の中に夢が詰まり、手は残酷な行為をなし、確固とした大きな目的をもつ、新しい種族の人間たちを。

このあたりは古い古い土地なので、人間たちが現われる前に、地球ぜんたいの気候の変動や変化にともなって生まれたり消滅したりした各種の生命体が、この地に存在した証拠が残っている。

イーノックは川に問う——おまえはそれをどう思う？　おまえは記憶であり、目撃者であり、時間そのものなのだから、答を知っているはずだ。少なくとも、その一部を。

数百万年も生きていれば、人間でも多少は答をみつけられるかもしれない。今日という晩夏の朝から、イーノックが数百万年先までも生きながらえていれば、答をみつけられるかもしれない。

おれはその手助けができる――イーノックはそう思う。答を教えることはできなくても、苦労して答を追い求める人間の手助けはできる。その人間に信念と希望をもたらし、その人間が以前にはもちえなかった目的を与えることはできる。

だがイーノックは、自分があえてそうしないこともわかっている。

眼下を流れる川の上空では鷹が一羽、のんびりと輪を描きながら飛んでいる。空気が澄んでいる。イーノックは目に力をこめれば、鷹の翼の羽根が一本一本見えるのではないかと思った。

ここはとてもいい場所だ。遠くまで見渡せるし、空気は澄んでいるし、偉大な精神に触れることができそうな、超然とした気分になれる。特別な場所、どんな人間もが探し求めている格別な場所。ここをみつけることができたイーノックは、幸運そのものだといえる。そういう場所を探し求めても、たいていの人間はみつけられずに終わるからだ。

岩の上に立ち、イーノックは川の向こう側を眺めた。のんびり飛んでいる鷹や、川の流れ、上から見ると緑の絨毯《じゅうたん》のような、密生した森。イーノックの意識は体から抜けでて、ここではない場所をさまよう。意識がめまいを起こすまで。それに気づくと、イーノックは自分の意識に帰ってこいと呼びかける。

イーノックはゆっくりと体の向きを変えて岩から降りた。何十年も踏みしめてきた小径をたどり、木立のなかを歩く。

森に行ってピンクのレディスリッパが咲き乱れる自生地を見ようと、イーノックは斜面を下りながら考える。あの蘭はどうしてあそこに生えているのだろう。毎年六月に美しく咲きほこって、イーノックに魔法をかけるためか。いや、ちがう、とイーノックは思う。そういう問題ではない。ひっそりした場所に隠れていれば、害をこうむることがないからだ。百年ほど前は、どの丘にもレディスリッパが咲き乱れていた。イーノックは腕いっぱいに摘んだ花をかかえ、家路をたどったものだ。母親がその花束を大きな茶色の水さしにいけると、二日間ぐらい、家の中は花の芳香につつまれていた。だが、最近はそれもむずかしくなってきた。丘は放牧の牛たちに踏み荒され、レディスリッパは、プラントハンターたちにごっそりと根こぎにされてしまったからだ。

一度ならず、最初の霜が降りるころになると、イーノックは春になればレディスリッパたちに会えると自分にいいきかせて、心を慰めたものだ。

オークの枝ではしゃぎまわっているリスをみつけ、イーノックはしばし足を止める。しゃがみこんで、小径を横切ろうとしているカタツムリのあとを追う。太い木のそばに立ち、幹をおおっている苔の模様を確かめる。そして、ウタドリが歌いもせずに木から木へと引っ越しているのをみつけ、そっとあとを尾《つ》ける。

森を抜けると、イーノックは野原の縁に沿って下り、斜面の中腹にこぽこぽと湧き出ている泉まで行った。

泉のそばには女がいた。ルーシー・フィッシャーだ。川岸に住んでいるハンク・フィッシャーの娘で、耳が聞こえずロもきけない。

イーノックは立ちどまってルーシーをみつめた。優雅で美しい娘だ。素朴で孤独な生きもののもつ自然な美しさであり、優雅さだ。

ルーシーは泉のそばに腰をおろし、片手をあげていた。その長くて繊細な指の先で、なにやら色鮮やかなものをつまんでいる。頭を高くあげて、真剣な懸念のまなざしを向けている。ほっそりした体をしゃんとのばしているが、その身体もまた、静かな懸念に満ちている。

イーノックはゆっくりと進み、向こうをむいているルーシーから、三フィートほど離れたところで足を止めた。そこまで近づくと、ルーシーがつまんでいる色鮮やかなものは蝶々だとわかった。夏の終わりに姿を見せる、金色と赤の大きな蝶々だ。一方の羽はまっすぐに立っているが、もう一方の羽はくしゃっと折れ曲がり、羽にきらめきをもたらす鱗《りん》粉《ぷん》が少しばかり剝がれている。

よく見ると、ルーシーは蝶々をつまんでいるわけではなかった。蝶々はルーシーの指先に止まり、ときどきいいほうの羽をゆるやかに動かして、落ちないようにバランスを保っていた。

しかし、イーノックは見まちがえていたようだ。蝶々の片方の羽は傷ついていると思ったのだが、折れ曲がるようにたわんでいるだけだった。イーノックが見守っていると、たわんだ羽がゆっくりとまっすぐになり、鱗粉（剝がれたことなどなかったかのように）がきらめき、対の羽と同じように、その羽もぴんとのびた。

ルーシーに見えるように、イーノックは彼女の横にまわりこんでから泉に近づいた。おかげでイーノックを見ても、ルーシーがふいを突かれて驚くことはなかった。こういうふうに近づくほうが自然でいい――誰かが背後からやってきて、いきなり目の前に姿を現わすことには、ルーシーも慣れているにちがいないのだから。

ルーシーは目を輝かせ、魂の高揚を経験したかのように、神々《こうごう》しい表情をしている。そしてイーノックは、彼女を見るたびに思うのだが、今日もまた、ルーシーが他者とコミュニケーションのできない、沈黙と静寂の世界に生きていることは、彼女にとって好ましいことにちがいないという気がした。おそらく、まったくコミュニケーションができないわけではないのだろうが、少なくとも、人間という動物の生得権であるコミュニケーションの、大洪水には呑みこまれずにすんでいる。

ルーシーを州立の聾学校で学ばせようと、いろいろなひとが努力したが、どれも失敗に終わったことを、イーノックは知っている。一度は学校から逃げだして、家にもどろうと数日間どこかをさまよったあげく、みつかった。また、ストライキを起こして、どの授業も拒否したこともあった。

蝶々を指先に止まらせて泉のそばにすわっているルーシーを見守っていると、イーノックはルーシーが学校にいたくなかった理由がよくわかる気がした。ルーシーは自分自身の世界をもっている。熟知していて慣れている世界を。彼女はそこでどう生きればいいか、ちゃんと知っているのだ。一般社会に押しこまれれば、ルーシーはまちがいなく障害者に仕分けされてしまうけれども、彼女だけの世界では、ルーシーは障害者ではない。ルーシーを静謐《せいひつ》でのどかな精神世界から連れだして、手話や読唇術を教えるのがいいことなのだろうか？

ルーシーは森や山、春の花や秋の渡り鳥たちの申し子なのだ。彼女は自然をよく知っていて、自然の生きものたちとともに生き、独特の方法で彼女自身が自然の一部になる能力をそなえている。自然界の、古くて、なかなかみつからない部屋に住んでいるのだ。人間たちがとっくに放棄してしまった場所を独占しているといえる。もっとも、人間たちがほんとうにその場所を所有していたといえるかどうかは疑問だが。

いまここで、指先に赤と金色の蝶々を止まらせているルーシーは、懸念と期待と、おそらくは達成感で顔を輝かせている。イーノックが知っているどの生きものよりも、ルーシーはいまを生きているのだ。

蝶々は両の羽を大きく広げ、ルーシーの指先からふわりと飛びたつと、のんきそうに、なにも怖がるようすもなく、野草が茂り、アキノキリンソウが咲き乱れる野原を、ひらひらと飛んでいった。

蝶々がむかし畑だった丘の斜面の上まで飛んでいき、やがてその姿が見えなくなるまで、ルーシーは上体をひねって見送っていた。そして、ようやくイーノックのほうを向くと、にっこり笑って、両手をひらひらと動かした。そのようすは赤と金色の蝶々の羽の動きに似ているが、そこに感情がこもっている――幸福感と満足感。まるで、世はこともなし、といっているようだ。

イーノックは思う――ルーシーに銀河の住人たちの意思伝達方法を教えたら、ことばがあふれている人間社会と同じように、ふたりでおしゃべりができるのに。時間をかければ、それはたいしてむずかしいことではない。銀河の身ぶり言語は自然で論理的な過程を踏むので、いったん、基礎をなす法則さえ習得すれば、ほとんど反射的に会話ができるようになるのだ。

地球の歴史を見ても、初期のころは身ぶり言語があった。北アメリカ先住民たちのあいだには、それが広く浸透した。そのため、ネイティヴアメリカンたちは、自分たちの部族の母語がどういうものであれ、多数の他の部族とも意思の疎通ができた。

だが、たとえそうであっても、ネイティヴアメリカンの身ぶり言語は、走れない者が足をひきずりながら歩くための松葉杖程度のものでしかなかった。それに対して、銀河住人たちの身ぶり言語は、多くの異なる意味や表現を適合できる、れっきとした言語といえる。千年にわたって、多くの異星人たちが提案し助言して改良し、何百年ものあいだに、洗練され、削ぎ落とされ、磨かれて、こんにちに至ったのだ。いまではその長所のきわだつコミュニケーション・ツールとなっている。

銀河には多種多様な言語が氾濫しているため、そのツールは必要不可欠だった。しかし、磨きぬかれた意思伝達学という銀河科学といえども、すべての障害をクリアできるわけではないし、確実性を保証できるわけでもないが、最低限、基本的なコミュニケーションが成立するのは確かだ。というのは、銀河には何百もの言語が存在するだけではなく、種族によっては発音不能な言語も多く、基本的な発音すら不可能な場合もあるからだ。しかも、他種族には聞きとれない超音波で会話をする種族の前では、音声ですらその効力を失う。もちろん、テレパシーという手段があるが、テレパシー能力のある千もの種族は、それをブロックしている。身ぶり言語のみを利用する種族は多いし、書き文字や絵文字のみでコミュニケーションをする種族も多く、なかには肉体に化学黒板を組みこんでいる種族もいる。また、銀河の辺境のある星には、視力がない、耳が聞こえない、声にだして話ができない住人たちがいて、彼らは銀河じゅうでもっとも複雑な方法でコミュニケーションをしている――彼らの神経システムには、記号コードが張りめぐらされているのだ。イーノックはいまの仕事を百年ほどつづけているが、身ぶり言語をはじめとする、宇宙規模の記号言語や記号翻訳機（複雑きわまりないわりに、その機能はお粗末ときている）の助けをもってしても、ときとして、異星人とのコミュニケーションには苦労する。

ルーシー・フィッシャーはかたわらのカップ――カバノキの樹皮を細長く剝ぎとってこしらえたカップ――を取りあげ、泉に浸した。水の入ったカップをイーノックにさしだす。

イーノックは一歩前に出てカップを受けとると、膝を折ってすわって水を飲んだ。樹皮のカップは水の容器としてはあまり適切ではなく、カップから漏れる水がイーノックの腕をつたって流れ、シャツや上着の袖を濡らした。水を飲み終えると、イーノックはルーシーにカップを返した。

ルーシーは片手でカップを受けとり、もう一方の手をのばし、祝福するかのように、指先でやさしく彼の額に触れた。

イーノックはなにもいわなかった。ずいぶん前に、彼女に話しかけるのをやめたのだ。くちびるを動かして、彼女には聞こえない声を発するのは、ルーシーを困惑させるだけかもしれないと思ったからだ。

話しかけるかわりに、イーノックは片手をのばし、大きな手のひらで、そっとルーシーの頰をつつみこむ。好意が伝わったと確認できるぐらいの時間、手をあてたままでいる。

そして立ち上がる。すわっているルーシーを見おろし、ほんの一瞬、相手の目の奥をのぞきこんだあと、イーノックはルーシーに背を向けて歩きだした。

泉から流れている細い小川をまたぎ、森の端から野原に至る小径を斜面の上に向かって進んでいく。斜面を半分ほど登ったところで、イーノックはふりむいた。ルーシーがまだ彼を見ているのをみとめると、さよならと片手をあげた。ルーシーも返事がわりに同じしぐさを返してきた。

イーノックは思い出す――初めてルーシーを見たのは、十年ほど前のことだ。十歳ぐらいのかわいい少女が、野生の生きもののように森の中を駆けまわっていた。イーノックとルーシーが友だちになったのは、ずいぶんあとのことだったが、初めて彼女を見かけてから、その後もイーノックはしばしば彼女の姿を見ていた。というのも、ルーシーは山や谷が遊び場であるかのように、気ままに歩きまわっていたからだ。じっさい、彼女にとって山や谷は遊び場そのものだったのだ。

イーノックはルーシーが成長するのを見守っていた。そして毎日の散歩の途中で、彼女によく会うようになった。ふたりのあいだに、ともに孤独で、ともに世間からのはずれ者なのだという理解が生まれ、その認識が深まっていったが、その底には、もっと根元的なものがあった。それは、ふたりとも自分だけの世界をもっているという事実だった。独自の世界をもっているおかげで、ふたりともほかの人々にはめったに見えないものを見抜ける、するどい洞察力が培われていた。ルーシーもイーノックも、自分だけの世界のことを相手に話すことはなく、話そうと思うこともなかったが、ふたりとも銘々が独自の世界をもっていることに気づき、その相互認識が友情を築く固い基盤となったのだ。

イーノックは思い出す——ルーシーを初めて見たのは、ピンクのレディスリッパが咲き乱れる自生地だった。ルーシーは膝をかがめて花に見入っていたが、一輪とて摘もうとはしなかった。ルーシーのそばで足を止めたイーノックも、彼女が花を摘もうとしないのをどれほどうれしく思ったことか。イーノックもルーシーも、摘みとってわがものにするよりも、咲いている花をただ眺めることに、喜びと美しさを見いだせるのを知っていたのだ。

斜面の上にたどりつくと、イーノックは郵便箱を設置してある場所までのびている、草ぼうぼうの小道を下っていった。

イーノックは自分にいいきかせる——いかにもあとから思いついたように見えるかもしれないが、あれは決して見まちがいではなかった、と。あの赤と金色の蝶々の羽は裂けて垂れさがり、鱗粉が剥げて色がくすんでいた。それほど傷ついていたのに、すっかり元どおりになって、ひらひらと飛び去っていった——これは決してイーノックの目の錯覚ではなかった。

8

　ウィンズロウ・グラントは定刻にやってきた。

イーノックが郵便箱にたどりつくと、郵便配達人のおんぼろ自動車がかなりのスピードで山の背の道路を走り、土埃を舞いあげているのが見えた。郵便箱のそばにたたずみ、じつをいえば、今日び、この界隈では、穀物栽培はほとんどなされていない。かつては、小規模ながらも気楽にやっている農場が点在して、たがいに仲良く助けあっていた時代もあった。そういった農場は道路に面していて、納屋を赤く、家を白く塗っていたものだ。しかしいまは、農場はほとんど放棄され、家や納屋はもはや赤くも白くもなく、木の壁は風雨にさらされて灰色になっている。ペンキは剝げ落ち、棟木《むなぎ》はたるみ、住人たちはいなくなってしまった。

　ウィンズロウはじきに到着するはずなので、イーノックはしゃがみこんで待つことにした。郵便配達人の車は、イーノックのほうから見て、うねった道の向こう側にあるフィッシャー家の郵便箱で停まる。ふつう、フィッシャー家に届く郵便物の数は少ない。そのほとんどが、田舎で郵便箱を設置している持ち主に宛てて無差別に送られる、広告ちらしや宣伝パンフレットのたぐいだ。フィッシャー家の人々にとっては、そんなものはどうでもいいらしく、ときには、何日も郵便物を取りこまないまま放ってある。郵便物を取りこまなければと思うのはルーシーなので、もし彼女がいなければ、郵便物は永遠にそのまま放っておかれることだろう。

じっさいのところ、フィッシャー家の人々というのは、無能で怠惰な連中なのだ。家といい、ほかの建物といい、どれも崩壊寸前だし、ほそぼそと穀物を栽培しているが、その畑はしょっちゅう、川の氾濫によって水をかぶっている。ほんの少量、牧草地の草を刈って、骨ばった馬を二頭とやせた乳牛を六頭養い、ニワトリをひと群れほど飼っている。旧式でがたのきた車を一台持っていて、川岸のどこかに密造酒小屋があるらしい。狩りをして、魚を獲り、罠を仕掛けたりもするが、どれも半端だ。とはいえ、よく考えてみると、フィッシャー家は決して悪い隣人ではない。基本的に自分たちの仕事に従事していて、他人に迷惑をかけたりはしないのだが、定期的に一家総出で近隣に宗教関係のパンフレットを配って歩くのが、唯一の例外かもしれない。それというのも、数年前に、ママ・フィッシャーがミルヴィルで開かれた信仰復興会に出席して、あやしげな原理主義団体の支部のメンバーとなり、布教活動をしているせいだ。

今日、ウィンズロウはフィッシャー家の郵便箱では停まらず、もうもうと土埃をたてながら、曲がりくねった道なりに車をとばしてきた。そしてイーノックの前で、（人間ならば）はあはあと息を切らしている車を停め、エンジンを切った。

「しばらくこの娘《こ》を冷やしてやんなきゃな」ウィンズロウはいった。

エンジンがぶつぶついいながら冷えていく。

「今日はとばしてきたんだね」とイーノック。

「今日はあんまり郵便物がないんでね。たいていの家の郵便箱は素通りだったんだ」

ウィンズロウは助手席に置いてある郵便鞄に手を突っこむと、紐で括《くく》った郵便物を取りだした。日刊新聞が数紙と学術専門誌が二冊。

「あんたんとこには郵便物がどっさりあるけど、これまで、手紙は来なかったよね」

「おれに手紙を書こうなんて思ってくれるひとは、もう誰もいないんだ」

「けどよ、今日は手紙が一通、来てるぜ」

二冊の学術専門誌のあいだから、封筒の角がのぞいているのを見ると、イーノックは驚きを隠せなかった。

「ちゃんとした手紙だよ」ウィンズロウはくちびるを尖らせて口笛でも吹きそうなようすだ。「広告なんかじゃないね。ビジネスレターでもない」

イーノックは小脇に抱えたライフルの横に、郵便物の束を押しこんだ。「たぶん、たいした手紙じゃないよ」

「そうじゃないかもしれないぜ」ウィンズロウの目がいたずらっぽく光る。そして、ポケットからパイプと刻み煙草の袋を取りだして、ゆっくりとパイプに煙草を詰めた。

車のエンジンはまだぶつぶつふうふういっている。雲ひとつない空からは陽光が照りつけ、埃だらけの道ばたの草は鼻を刺す臭いを放っている。

「薬用ニンジンを探してる男がもどってきてるって聞いた」ウィンズロウはさりげなくいったが、陰謀めいた口調になるのを抑えきれなかった。「三、四日間、どっかに行ってたんだがな」

「ニンジンを売りに行ってたんじゃないか」

「あいつはニンジンなんか探しちゃいない。なにかほかのものを追ってるんだ」

「季節のあいだだけ、せっせと働いてるんじゃないかな」イーノックはいった。

「まず第一に、ここいらにはそういうたぐいのものをあつかうバイヤーはいないし、もしいるとしても、ニンジンはあつかっちゃいない。何年か前までは売買が成立してたんだがね。中国じゃニンジンを薬に使うらしいからな。けど、いまは中国とは交易がない。子どものころ、おれもニンジンを探したもんだ。そのころでさえ、なかなかみつからなかったよ。けど、おとなは、ちっとばかりならみつけたもんだ」ウィンズロウはシートの背にもたれ、ゆったりとパイプをふかした。「なんかあやしいんだよな」

「おれはその男を見たことがない」イーノックはいった。

「森ん中をこそこそうろついてるよ。いろんな種類の草を、根っこから掘ってる。もしかすると、呪術関係のやつじゃないかな。草やなんかを護符とかそういうものにするんだ。そいつ、しょっちゅうフィッシャーの連中とつるんで、あいつらのこさえた密造酒を飲んでるよ。今日びじゃ、あんまり聞かないだろうが、おれはまだ呪術は活きてると思ってる。科学じゃ説明のつかないことがたんとあるもんな。ほら、フィッシャーの娘、あの口のきけない子がイボを取るまじないを使えるって知ってるだろ」

「そう聞いてる」イーノックはうなずいた。そして内心では、そんなものではないと思った。彼女は傷ついた蝶々を治せるのだ。

ウィンズロウはシートの背から上体を離し、身をのりだした。「あ、忘れるとこだった。あんたにもうひとつ渡すもんがあるんだ」そういって、運転席の床から茶色の紙にくるんだ包みを取り、イーノックに渡す。「これは郵便小包じゃなくてね、おれからあんたへのプレゼントだ」

「ありがとう」イーノックは包みを受けとった。

「ほら、開けてみなよ」

イーノックはためらった。

「なんだよ、遠慮するなって」

イーノックは包み紙を破った。出てきたのは、木を彫ってこしらえた、イーノックの全身像だった。十二インチほどの高さの、蜂蜜色の木像だ。陽光を受けて、金色のガラスのようにつややかに光っている。ライフルを小脇に抱え、風のなかを歩いている姿だ。そうとわかるのは、体がほんの少し前のめりになっていて、風にはためいているように、上着やズボンにしわが寄っているからだ。

イーノックは息を呑み、じっと像をみつめた。「ウィンズ、こんなに美しい彫像、初めて見たよ」

「そいつはな、去年の冬にあんたにもらった木材を彫りあげたもんさ。おれの思いどおりに素直に彫らせてくれた、最高の木だった。硬いんだけど、木目が整っててな。割れたり、刃がそれたり、へんに欠けたりする危険はなかった。刃を当てたら、望みのところでカットできて、しかも、切り口がきれいなんだ。それに、削ってくうちに艶《つや》が出てくるのさ。だもんで、仕上げに、ちょこっと磨けば、それでよかった」

「なんといえばいいか。おれにとって、これがどれほど意味があるか、あんたにはわからないだろうね」

「もう何年も前から、あんたにゃどっさり木材をもらってる。誰も見たことがないような、いろんな種類の木材だ。どれも最高級の品質で、美しい。で、そろそろ、あんたのためになにか彫ってあげようと思ってな」

「あんただって、ずっといろんなことをしてくれてきたじゃないか。郵便物以外に、おれが買ってきてほしい品を町から持ってきてくれたり」

「イーノック、おれはあんたが好きだ。あんたが何者なのか知らないし、訊く気もない。そんなことよりも、あんたのことが気に入ってるのさ」

「おれのことを話せればいいんだけど」

「いいってことよ」ウィンズロウはハンドルを握る姿勢をとった。「おれたちのあいだじゃ、そんなことはどうでもいい。たがいに気心が知れてるだけでいいんだ。ここみたいに隣近所にあまり住人がいないような地域から、政府がなにかを——たがいにうまくやっていくってことを——学びさえすれば、世界はもっとよくなるんじゃないかねえ」

イーノックはまじめな顔でうなずいた。「いまのところは、いいとは思えないね」

「ああ、まったくそのとおり」ウィンズロウは車を発進させた。

イーノックは、もうもうと土埃を舞いあげながら坂道を下っていく車を見送った。

そして自分をモデルにした木像に目をもどした。

山の上を、吹きつけてくる激しい風にさからって、前のめりになって歩いているイーノックの像。

イーノックは不思議に思った——なぜだろう？　郵便配達人は風のなかを歩いているイーノックの姿に、いったいなにを見いだしたのだろう？

9

イーノックは埃まみれの草むらにライフルと郵便物を置き、木の彫像を破いた包み紙にくるんだ。そして考えた──暖炉のマントルピースの上に飾ろうか、それともデスク近くに置いてある、お気に入りの椅子のわきにあるコーヒーテーブルにしようか。認めるのは多少面《おも》はゆいが、イーノックはこの彫像を身近なところに置き、いつでも好きなときに見たり、手に取ったりできるようにしたかった。そして心の深いところで、郵便配達人からプレゼントをもらったことに、魂が震えるような、胸のうちがほっこりと温まるような、そんな満足感を覚えているのが、なんともいえず不思議な気分だった。

プレゼントなどめったにもらったことがないから、という理由ではない。一週間とおかず、異星人の旅人がイーノックにプレゼントを持ってきてくれる。家の中はもちろん、洞窟のような地下室の棚も、そういう品々でいっぱいだ。だが、このプレゼントがこんなにもうれしいのは、地球人から、自分の同胞からもらったものだからだろう。

イーノックは包みなおした彫像を小脇に抱え、ライフルと郵便物をつかみ、家に向かって歩きはじめた。かつては表の道路から家までの馬車道だったのだが、いまはぼうぼうと草が生い茂る小道をたどる。

むかしの馬車のわだちとわだちのあいだを草が埋めている。鉄の車輪が粘土質の土壌を深くえぐった、ふた筋のわだちには根を下ろす植物がないため、大地の傷はいまだに癒えず、土壌がむきだしになったままだ。しかし、ふた筋のわだちの両側には灌木が茂みをなし、斜面となっている野原を埋め、上の森までつづいている。灌木とはいえ、ひとの背丈かそれ以上の高さに育っているので、その下をかいくぐるようにして、草ぼうぼうの小道を歩くことになる。

だが、いくつか、どうしても説明不可能な地点がある。おそらくは土壌の性質か、自然のいたずらによるものだろうが、その地点だけ、灌木があまり成長していないのだ。そのため、そこに立てば、山の尾根から下の川まで一望できる。

イーノックがむかしの畑の端の茂みの上に一瞬の光を見たのは、そういう地点のひとつに立っていたときだった。ルーシーをみつけた、あの泉からそう離れていない地点だ。まばゆい光に目をしかめ、その光が消えたあとも、イーノックはまた光るかと、小道に突っ立って待っていた。だが、光は一度きりだった。

ステーションを見張っている監視者が双眼鏡を使っているのを、イーノックは知っている。そのレンズに陽光が反射したのだろうか。

あの監視者たちは、いったい何者なのだろう？　なぜここを監視しているのだろう？　しばらく前から監視がつづいているが、おかしなことに、彼らは監視をするだけで、それ以外のことはなにもしようとしない。いっさい干渉してこない。イーノックに近づこうとする者もいない。そうしようと思えば、ごく簡単に、ごく自然に近づいてくる方法はいくらでもあるのに。彼らが何者であるにしろ、イーノックと話をしたいと本気で思うのなら、毎朝の散歩の途中で声をかければいいのだ。

しかし、いまのところ、彼らはイーノックと話をしたいわけではないらしい。

では、なにが狙いなのだろう？　イーノックの行動を見張ることか。それならば、とイーノックは皮肉なユーモアをまじえて思う――十日も監視していれば、自分の生活パターンは明確になっただろう、と。

たぶん、彼らはなにかが起こるのを待っているのだろう。なにがどうなっているのかを知る手がかりになる、なにかが起こるのを。だがその方針の延長線上に待っているのは、失望だけだ。たとえ千年監視しようと、彼らはなんのヒントも得られない。

監視者たちのことを考えながら、イーノックは展望地点から、また家に向かって歩きだした。

イーノックなりに考える――監視者たちはまことしやかに語られている噂をいくつも聞いているから、自分とコンタクトをとろうとしないのだ、と。誰ひとりとして、あのウィンズロウでさえ、イーノックの耳に入れようとはしない、いくつもの噂。隣人たちがこれまでに紡ぎあげることのできた噂とは、いったいどういうたぐいのものなのか。炉端で声をひそめて語られる、荒唐無稽な民話・伝承のようなものなのだろうか。

そういう噂が存在するのは確実だろうが、イーノックは自分が知らなくてもいいことだと思う。そのせいで、監視者たちが接近してこないのなら、それはそれでありがたい。彼らが接近してこないかぎり、イーノックは安全なのだ。問われなければ、返事をしなくてすむ。

彼らは訊くだろう——あなたはほんとうに、一八六一年にエイブラハム・リンカーンのために戦おうと兵士になった、イーノック・ウォレス本人ですか？

これに対しての返事はひとつ。たったひとつしかない——そうです、おれはその本人です。

彼らがどんな質問をしてこようと、イーノックが正直に答えられる返事はひとつしかない——はい、おれが本人にまちがいありません。

彼らはさらに訊くだろう——なぜ歳をとらないのか、と。人間は誰もが歳をとるのに、なぜあなたは若いままでいるのか、と。

だがイーノックは彼らに教えることはできない——ステーションの中にいると歳をとらないが、ステーションから外に出れば、ちゃんと歳をとる。朝の散歩で一時間は老化しているし、野菜畑の仕事をしているときに一時間、ポーチのステップにすわってきれいな夕陽を眺めているときに十五分ぐらいは老化している。だが、家の中に入ったとたんに、老化現象はきれいさっぱり無効になってしまうことを。

それを彼らに話すわけにはいかない。ほかにも話せないことはたくさんある。彼らが接近してくれば、質問攻めから逃れるために、イーノックは完全にこの世界を離れて、ステーションの壁の内側に、ひとり孤独に閉じこもってしまわなければならない。いずれそのときが、きっとやってくるだろう。

そうなっても、ステーション内部では不便もなく暮らしていられるので、物理的な苦痛はない。異星人たちが生きるのに必要な品々を供給してくれるから、なにがほしいと思うこともないだろう。いまはときどき人間の食品を、ウィンズロウに町から買ってきてもらっているが、それはイーノックがこの地球の食品をどうしても食べたくなるからだ。特に、子どものころの素朴な食べものや、従軍していたころの食べものをなつかしく思うからだ。

そういう食品でさえ、コピー技術を駆使して供給してもらえるにちがいない。厚切りのベーコンでも、生みたて卵を一ダースでも、別のステーションに送付されて、そこで見本として保存され、イーノックの注文に応じて、本物と寸分たがわないコピーをこしらえて送るという準備が整うだろう。

ただ、ひとつだけ、さしもの異星人にも供給できないものがある——ウィンズロウと郵便物を通して、イーノックがたいせつにしている人間たちとのつながりだ。ステーションの中に閉じこもってしまえば、世間とのつながりはきっぱりと切れてしまう。取り寄せている新聞や雑誌が、イーノックと人間世界を結ぶ、唯一のつながりなのだ。ステーションにはラジオがあるが、さまざまな設備の干渉のせいで、操作不能の状態だった。

ステーション内に閉じこもってしまえば、イーノックは世界でなにが起こっているかわからなくなるし、世界がどうなっていくのかを知る術《すべ》もなくなる。新聞や雑誌などの参考資料がなければ、彼のチャートもそこでストップしてしまい、無用の長物となるだろう。もっとも、イーノックがさまざまなファクターを正確に利用できないため、もうすでにチャートはほとんど役に立っていないのだが。

しかし、そういうことをすべてわきに置いても、イーノックは外の狭い世界を恋しく思うにちがいない。世界の片隅にある、彼が生まれて育ち、よく知っている地。徒歩でぐるっと回れるほど狭い地。イーノックはこのささやかな地を自分の足で歩きまわることで、自分が地球の市民、人間でありつづけていられるのだと思う。

イーノックは考える——知的にも感情的にも、自分が地球の生命体であり、人類の一員でありつづけることがどれほど重要なのだろうか、と。もしかすると、それに固執するだけの理由など、ないのかもしれない。彼が精通している銀河の世界主義というか宇宙主義をもってすれば、いつまでも故郷である惑星の住人であることにしがみついていようとするのは、一種の島国根性といえるかもしれない。この島国根性のせいで、なにかを失っているのかもしれない。

しかし、地球に背を向けるのは、イーノックの本意ではない。イーノックは地球をこよなく愛している。彼のようにはるかかなたの想像すらできない世界をかいまみたこともない人間たちよりも、深く、強く、この惑星を愛している。人間はなにかに属しているべきだし、そこにいくばくかの忠誠心と、そこばくの誇りと自覚をもつべきだ。徒手空拳で、しかも、たったひとりで立ちむかうには、銀河は広大すぎる。

草むらからヒバリが飛びたち、空に舞いあがった。イーノックはヒバリを目で追って、その喉から震えを帯びた澄んだ鳴き声が四方に放たれ、放たれた鳴き声が青い空から降ってくるのを待った。だが、鳴き声は降ってこなかった。ヒバリが歌うのは春にかぎられているのだろうか。

小道を進んでいくと、丘の上にすっきりと建つステーションが見えてきた。

自分がそれを我が家ではなくステーションと認識しているのを、イーノックはおもしろく思った。だが、それが我が家であった歳月より、ステーションとなってからの歳月のほうがずっと長いのだ。

ステーションは丘の上に植えつけられ、永遠にそこを動かないとでもいうような、おそろしいほど確固とした雰囲気をまとっている。

誰かが望めば、そう、誰かがそう望むかぎり、ステーションはずっと存在しつづけるはずだ。なにものにも手出しできないのだから。

いつの日か、イーノックが否応なくステーション内部に引きこもらなければならなくなっても、人類全員の監視と穿鑿《せんさく》の目とをはねのけて、ステーションはここに存在しつづけるだろう。人間たちには、この建物の壁板を割ることも、どこかに穴を開けることも、引きずり倒すこともできない。傷ひとつつけられないのだ。イーノックが見てきたこと、推論してきたこと、分析してきたことを総合すると、人間たちは丘の上に異様きわまりない建物があると認識することはできても、それ以上の理解には至れない。水素爆弾の爆発には耐えられないかもしれないが、そのほかの武器にはびくともしない。いや、もしかすると、水素爆弾でもびくともしないかもしれない。

イーノックは家の前庭に入ると、くるりと向きを変えて、先ほどなにかがぴかっと光った灌木の茂みの上のほうを見たが、何者かがひそんでいる気配はなかった。

10

ステーションの中では、メッセージマシンが悲しげな音をたてていた。

イーノックは壁にライフルを架け、彫像と郵便物をデスクの上に置くと、大股でメッセージマシンに近づいた。ボタンを押し、キーをたたくと、マシンの悲しげな音は止んだ。

四〇六三〇二からステーション一八三二七へ
地球時間の夕方に到着予定。熱いコーヒーをたのむ。
ユリシーズ

イーノックはにっこりした。ユリシーズとコーヒー！　地球の食べものや飲みものを好きになった異星人は、ユリシーズだけだ。挑戦してみた異星人たちもいたが、一度か二度で懲《こ》りたようだ。

ユリシーズは変わっている、とイーノックは思う。最初に会ったあの日、雷鳴が轟く午後に、ポーチのステップに並んですわったあと、ユリシーズが人間のマスクをめくって本来の顔をさらした、そのときから、イーノックとユリシーズはたがいに好意を抱いた。ユリシーズ本来の顔は、優美なところなどかけらもなく、嫌悪感をもよおさせる醜さだ。それを見たイーノックは、残酷なピエロを連想したものだ。ピエロが残酷だということはありえないため、どうしてそんな感想が頭に浮かんだのか、イーノックは我ながら不思議だった。しかし、思いあたることはあった——ユリシーズの顔の全面は色とりどりのパッチワークさながらで、あごが固く閉じられていて、口は薄く一直線に結ばれていたのだ。

しかし、その目を見たとたんに、顔だちの醜さなど忘れてしまう。大きな目には、やさしい、理解の光が宿っている。人間ならば友情の証《あかし》に手をさしのべるところだが、ユリシーズの場合は、両の目がすっとイーノックのほうに伸びてきた。

イーノックとユリシーズがステップに腰をおろしていると、雨粒が灼けた地面に落ちて、じゅっと音をたてた。機械類が入っている納屋の屋根が単調な音をたてだした。と思うと、さーっと雨が横なぐりに降りだして、埃っぽい前庭の地面をたたきはじめた。急な激しい雨に驚き、濡れそぼったニワトリたちが、どこかに逃げこもうと必死になって駆けまわっている。

イーノックはぴょんと立ちあがり、ユリシーズの腕をつかんで、ポーチの軒の下に引っぱっていった。

イーノックとユリシーズは向き合って立った。そのときだ、ユリシーズは手をあげてマスクを剝ぎとり、髪が一本もない、丸い頭と色どられた顔をあらわにしたのは。戦いのペイントをほどこした、野性的で戦闘的な先住民のような顔だ。ただし、戦うとは醜悪なことだと主張するかのように、ペイントのあちこちにピエロを思わせるタッチが入っている。だが、じっと見ているうちに、イーノックはそれがペイントではなく、自然の色だとわかった。これが、どこかの星からやってきた、この異星人の本来の顔なのだ。

いろいろな疑問や驚きはあっても、この訪問客が地球の住人ではないことに疑問の余地はなかった。人類ではない。確かに、腕が二本、脚が二本、頭はひとつと、人間と同じ姿をしている。だが、本質的に人間とは異なっている。人間らしさが皆無といっていい。

かつては悪魔がいたかもしれないが、そういう時代は過去のもので（地方によっては、過去になりきっていないところもあるが）悪魔も幽霊も、そのほかの魑魅魍魎《ちみもうりょう》たちもみな、人間の空想の産物にすぎないと考えられるようになった。だが、ほんとうは彼らはじっさいに地球上を歩きまわっていたのだ。

ほかの星々から来たものたちがいたのだと、ユリシーズはいうだろう。おそらく、ユリシーズもそのひとりだ。だからといって、筋の通る話にはならない。純然たる空想の世界でさえ、想像できないことはある。常識にしがみつき、それを振りまわしたくても、その根拠となるべきものなどないのだ。判断の基準となる尺度もなければ、ルールもない。そのため、思考に、疑問というもやもやした空白が生じる。いつかその空白が埋められるときがくるかもしれないが、いまは、果てしなくつづく長い疑問のトンネルのなかにいる。

「時間をかけてよく考えてくれ」異星人ユリシーズはイーノックにいった。「受け容れるのが容易でないことはわかっている。そして、わたしにはそれを容易にする手助けができないこともわかっている。なんといっても、わたしがほかの星から来たということを証明する方法はないんでね」

「けど、あんたはちゃんと話してる」

「きみの母語で、という意味だね。それはたいしてむずかしいことではないんだ。銀河に存在する無数の言語がどんなものかを知れば、こんなことは困難でもなんでもないとわかるだろう。きみの母語はむずかしいものではない。原則的な言語だし、多数の概念を含むが、その意味に関して、ことさらに取り決めをする必要はない」

イーノックはなるほどと納得した。確かにそうだ。

「きみが望むなら」ユリシーズはいった。「一日か二日、わたしはどこかに消えよう。きみに考える時間をあげる。わたしが帰ってくるころには、きみも考えがまとまっているだろう」

イーノックはこわばった笑みを浮かべた。我ながら不自然な表情だろうと思う。

「そのあいだに、おれはこの一帯に警告を広めることができるよ。あんたは待ち伏せされて捕まえられるかもしれない」

異星人はくびを横に振った。「きみはそんなことはしない。いちかばちか賭けてみるよ。もし……」

「いや」イーノックは自分でも驚くほどおだやかな口調でいった。「立ち向かわなければいけないことがあるときは、ちゃんと立ち向かう。おれはそれを戦いのなかで学んだ」

「そうか。きみならだいじょうぶだろう。わたしはきみを見誤ってはいなかった。それを誇りに思うよ」

「おれを見誤る?」

「わたしがただ涼むために、ここまで来たとは思わないだろう? わたしはきみのことをよく知っているんだよ、イーノック。おそらくは、きみが自分のことを知っているのと同じぐらい。ひょっとすると、それ以上かもしれない」

「おれの名前を知ってるのか?」

「もちろん」

「それはうれしいな。で、あんたの名前は?」

「いや、そう聞かれると、大いに困惑するよ。というのは、わたしはいわゆる〝名前〟をもっていないからだ。わたしの種族の意図に合った方法でなら個体識別ができるんだが、それは言語で表わせないんだよ」

なんの脈絡もなく、ふいにイーノックは思い出した――頭上を大砲の弾が飛び、半マイルも離れていないところではマスケット銃が火を吹き、前線の上空に硝煙が立ち昇っているというのに、柵のてっぺんに背を丸めて腰かけ、片手に木ぎれを、もう一方の手にジャックナイフを持って、おちついて棒きれを削っていた男のことを。

「なら、あんたを呼ぶ名前が必要だね」イーノックはいった。「ユリシーズにしよう。あんたを呼ぶには名前が必要だから」

「そうだね。だけど、なぜユリシーズなんだ？」

「おれたちの種族のなかでも、偉大な男の名前だからだよ」

むろん、それはばかげた思いつきだった。ふたりのあいだに似たところなど、ひとつもないからだ――柵のてっぺんに腰かけて木ぎれを削っていた北軍総司令官ユリシーズ・S・グラント将軍と、いま、イーノックの家のポーチに立っている異星人とのあいだには。

「その名前を選んでくれて、うれしいよ」異星人ユリシーズはいった。「わたしには威厳があって高貴な響きに聞こえる。きみとわたしのあいだでは、喜んでその名前を使わせてもらおう。わたしはきみをイーノックと呼ぶよ。ファーストネームで呼び合う友人として。この先、きみとわたしは何年もいっしょに仕事をすることになる。地球の時間で何年も」

ようやく話が見えてきたが、同時にイーノックの思考がぐらつきだした。しばらく時間が必要だとイーノックは自分にいいきかせた。いまは頭がぼうっとして、なにもかもすぐに呑みこむのは無理だ、と。

「そうだね」イーノックは急激に押しよせてくる現実認識を、なんとか抑えこもうとした。あまりにも急激すぎて思考が追いつかない。「なにか食べるものはいらないかな。コーヒーもあるけど……」

「コーヒー」ユリシーズは薄いくちびるを舐めた。「コーヒーがあるのかね？」

「大きなポットで沸かそう。澄んだうまいコーヒーになるように、卵を割り入れる……」

「うまいんだよなあ」ユリシーズはいった。「行く先々の惑星で飲んだ、いろいろな飲みもののなかで、コーヒーがいちばんうまい」

台所に入ると、イーノックは料理用ストーブの石炭の火をかきたて、薪《まき》を足した。コーヒーポットを流しに持っていって水桶の水を汲み入れ、それを料理用ストーブの上にのせた。食料貯蔵室に行って卵をいくつか取ってくると、次にハムを取りに地下室に降りていった。

ユリシーズは台所の椅子にしゃっちょこばってすわり、動きまわるイーノックを見守っている。

「ハムエッグスを食べる？」イーノックはユリシーズに訊いた。

「なんでも食べる。わたしの種族は融通がきくんだ。だから、わたしがこの惑星に送りこまれたんだよ。えーっと、きみたちはなんといってるんだっけ――見張りだったか」

「偵察だね」イーノックは訂正してやった。

「そう、それだ、偵察」

ユリシーズは話しやすい相手だとイーノックは思った。人間には少しも似ていないが、人間と会話を交わしているのとほとんど変わらない。見たところは、凶暴な人間のカリカチュアといったところだが。

「きみはずっとここに住んでいるんだな。この家に」ユリシーズはいった。「ずいぶん長いあいだ。さぞ愛着があるんだろうね」

「生まれたときから、ここが我が家だ。四年ぐらい留守にしたことはあるけど、いつだってここが我が家だ」

「わたしも我が家に帰れたら、うれしいだろうな。もうずいぶん長く帰っていない。こういう任務は、時間がかかるんでね」

ハムを切っていたイーノックはナイフをおろし、どさりと椅子に腰をおろした。テーブルの向かい側にすわっているユリシーズをじっとみつめながら訊いた。「あんた、家に帰るのかい？」

「そりゃあ、そうだよ。わたしの任務はほぼ終わりかけている。故郷に帰れるんだ。わたしが帰らないとでも思ったのかね？」

「わからない」イーノックは元気なく答えた。「そんなこと、考えてもみなかった」

そうか、そうだよなと、イーノックはうなずいた。ユリシーズの帰郷の話を聞くまで、異星人にも故郷があるという事実を、思いつきもしなかったのだ。この地球を故郷と呼べるのは、人類だけなのだ。

「そのうち、わたしの故郷の話を聞かせてあげよう。そしていつか、わたしを訪ねてくれるとうれしいね」ユリシーズはいった。

「星々のあいだを通って」

「いまのきみにはありえない話に思えるだろう。そういう考えに慣れるには、少し時間がかかる。だが、わたしたちのことを——数多《あまた》の星の住人たちのことを知れば、きみにも理解できるようになる。わたしたちを好きになってくれるとうれしい。みんな、悪い者たちじゃないよ。種族はさまざまだが、決して悪い者ではない」

宇宙にはたくさんの星がある。地球からどれぐらい離れているのか、どんな星なのか、またなぜそんなにたくさん星があるのか、イーノックには想像もつかない。別の世界——いや、それは正確ないいかたではない——無数の別の世界、だ。ひとつひとつの別の世界には住人がいる。おそらく、多数の住人が。星ごとに、それぞれ異なる種族の住人たち。そして、そのひとりが、まさにこの台所で、コーヒーが沸くのを、ハムエッグスが焼きあがるのを待っているのだ。

「でも」イーノックは訊いた。「でも、なぜ?」

「なぜなら、わたしたちは旅をするからだ。ここにトラベル・ステーションが必要なんだ。この家をステーションに改造して、きみにステーションを管理してもらいたい」

「この家を？」

「新規に建てるわけにはいかない。誰が建て主かとか、なにに使うのかとか、いろいろ訊かれることになるからね。だから、どうしても既存の建物を使い、必要に応じた改装をするしかないんだ。といっても、改装するのは内部だけ。外側はいまのままにして、いっさい手をつけない。あれこれ訊かれなくてすむように。きっと……」

「でも、旅をするって……？」

「星から星へ。あっというまに。まばたきよりも速く。きみならさしずめ機械装置と呼ぶものがそれを可能にしているんだが、正確にいえば、機械装置ではない。少なくとも、きみが思い描くような機械装置ではない」

「悪いけど」イーノックは困惑した。「そんなの、とうてい無理な話だと思う」

「ミルヴィルまで、鉄道の線路が伸びてきたときのことを憶えているかい？」

「ああ、憶えてる。おれはまだ子どもだったけど」

「それなら、こういうふうに考えてくれ。新たに線路が敷設されることだと。地球は一個の街で、この家は新しく敷設される線路のための駅舎だと。ひとつだけ特異な点は、ここに新しい線路が敷設されることを知っているのは、地球上ではきみだけで、ほかの人々は誰も知らない。駅舎といっても、ここは一時的な休息所であり、乗り換え場所でしかない。地球の住人たちは、この線路を使って旅をするために切符を買うことはできないんだ」

そういわれると、とてもシンプルな話に聞こえるが、イーノックはシンプルな話どころではないと直感した。

「宇宙を鉄道が走ってる？」イーノックは訊いた。

「鉄道が走っているわけではない」とユリシーズ。「ほかのものだ。どう説明すればいいのだろう……」

「おれじゃなくて、誰かほかのひとを選んだほうがいい。ちゃんと理解できるひとを」

「多少なりとも理解できる者など、この星にはいない。イーノック、ほかの誰でもない、きみとならやっていける。いろいろな意味で、ほかの誰よりもきみとならうまくやっていける」

「だけど……」

「なんだね、イーノック？」

「なんでもない」

イーノックは、先ほどポーチのステップにすわって、自分がいかに孤独かとか、なにか新しいことを始めようかなどと考えていたのを思い出したのだ。自分でも、なにかを始めなければならない、人生を一から新たに立て直す必要があるのはわかっていたのだ。

それがいきなり、新奇な暮らしが始まることになった――たとえ、一瞬の狂気に駆られたとしても、これほど不思議で悪夢じみた妄想は抱けなかっただろう。

11

イーノックはメッセージをファイルしてから、確認のメッセージを送った。

四〇六三〇二へ
了解。コーヒーは火にかかっている。
イーノック

メッセージプレートをクリアにすると、イーノックは散歩に出る前に準備しておいた第三溶液タンクに近づいた。溶液の温度と量を確認してから、もう一度、タンクが実体化装置とちゃんと接続しているかどうかチェックする。

そのあと、隅に設置してある公式の緊急用実体化装置をチェックして、入念に確認した。いつものように、異常なし。つねに正常なのだが、ユリシーズが訪ねてくるときは必ずチェックするようにしている。なにか異常があっても、イーノックにできるのは銀河本部に緊急メッセージを送ることだけで、ほかにはなにもできない。そういう場合は、誰かが一般用実体化装置を使ってやってきて、修理・調整をおこなう。

公式の緊急用実体化装置は、その名のとおりのものだ。銀河本部の職員が公式訪問するときや、緊急事態のときに使用され、その操作はあちこちの星にある中継ステーションではできない。

ユリシーズは複数のステーションを受け持っている視察官なので、望みさえすれば、前もっての通告なしに、この実体化装置を利用できる。しかし、これまでに一度も前もっての通告なしにこのステーションに来たことはない。そのことをイーノックはすこしばかり誇りに思っている。広大な銀河ネットワークに所属する星々の中継ステーションは、どこも平等の扱いを受けているはずなのに、必ずしも同調しているわけではない。

イーノックは思う――今夜はユリシーズに、ここを監視している者がいることを話そう。もっと早く話すべきだったのかもしれないが、自分の同胞である人類が銀河施設にとっての問題になるかもしれないことを認めるのは、気が引けたのだ。

イーノックは地球の人類は善良で合理的なのだといいたい。だがそれは真実とはいいがたい。なぜならば、人類はまだ成熟していないからだ。人類は知能が高くて頭の回転が速く、慈悲深い面もあるし、理解力も優れているが、残念ながら、さまざまな点で嘆かわしい失敗を重ねている。

しかし、もしチャンスがあれば、とイーノックは思う。突破口があれば、宇宙がどういうものかということを理解できれば、人類は自制し、みずからを高めるだろう。そしてそのまま成長していけば、いずれ、ほかの星々の住人たちの友好な組織に受け容れられることになるだろう。

いったん受け容れられれば、人類はみずから真価を発揮し、役割を果たすはずだ。なんといっても、種としてはまだ若く、エネルギーにあふれているからだ。ときとして、過剰なほどのエネルギーに。

イーノックは頭を振ると、デスクに向かった。先ほどデスクの上に置いた郵便物を引き寄せ、ウィンズロウがまとめて括《くく》っておいた紐をはずした。

今日届けられた郵便物は、日刊紙が数紙、週刊ニュース新聞が一部、学術誌が二冊——《ネイチャー》誌と《サイエンス》誌——、それに手紙が一通。

イーノックは新聞や学術誌を片隅に寄せると、手紙を取りあげた。エアメールで、ロンドンの消印があり、差出人の名前が書いてあるが、イーノックにはまったく心あたりがなかった。なぜ見知らぬひとがロンドンから手紙をよこしたのか、わけがわからず、イーノックはくびをひねった。とはいえ、ロンドンから、いや、どこから来た手紙であろうと、差出人に心あたりがあるはずはなかった。ロンドンであろうとほかの土地であろうと、この世界のどこにも、イーノックの知り合いなどいないからだ。

拝啓

失礼ながら、わたしのことはごぞんじないと思います。わたしは、数十年にわたってあなたさまにご購読いただいている、イギリスの《ネイチャー》誌の編集者のひとりです。小社のレターヘッドつきの封筒を使わないのは、この手紙が個人的、かつ、非公式なものであり、おそらくは無作法なものではないかと危惧するからです。

あなたさまは小社のもっとも年長の読者だとお知らせすれば、愉快に思っていただけるのではないでしょうか。あなたさまのお名前を購読者リストにお載せしてから、もう八十年になります。

まことにぶしつけな穿鑿《せんさく》だということは、重々承知しておりますが、このように長い期間、小社の出版物をご購読いただいているのは、あなたさまご本人なのか、はたまた、最初のご購入者はあなたさまのお父上あるいはご親族のどなたかだったけれども、いまはあなたさまがそのかたの名義でご購入をつづけていらっしゃるのか、少しく疑問に思いまして。

この疑問はまちがいなく不当なもので、弁解の余地のない、純粋な好奇心にほかなりません。あなたさまにはこの疑問を無視する権利がおありですし、そうなさるのは当然だとぞんじます。ですが、もしお返事をいただければ、望外の喜びとなります。

このように無礼な手紙をお送りする弁解になりますが、小社の刊行物を八十年も読みつづけてくださる読者がおられることに、長年、この仕事にたずさわってきた一員として、わたしが誇らしく思っていることをぜひともお伝えしたく思いました次第です。読者に、かくも長期間、関心をもっていただけているということを自慢できる出版物は、さほど多くはないのでは、と自負しております。

あなたさまに、心より、敬意を表したくぞんじます。

敬具

〝敬具〟のあとに、署名があった。

イーノックはその手紙を押しやった。

そして、思った――またひとり、監視者がいた、と。思慮深い、しごく丁重で礼儀正しい、まちがってもトラブルの種にはなりそうもない相手ではあるが。

とはいえ、もしほかに気がつく者がいれば。八十年以上にわたって、同じ人物が学術誌を購読しつづけていることに疑問をもつ者がいれば。

年月が重なっていけばいくほど、そういう者は増えるだろう。イーノックに関心をもって、このステーションの外で野宿している監視者たちだけではなく、思わぬ伏兵が増えるにちがいない。できるだけ目立たないようにすることはできても、隠れてしまうことはできない。遅かれ早かれ、世界じゅうの好奇の目が集まり、大勢の人々がドアの外に群がって、イーノックがなぜ引きこもっているのか、躍起になって知りたがるだろう。

時がたつのを待ってもむだだ。世界は徐々に狭《せば》まりつつある。

イーノックは悩ましい——どうして放っておいてくれないのだろうか？　事情を説明することができれば、放っておいてくれるかもしれない。しかし、説明はできない。たとえ説明したとしても、うるさく押しかけてくる者は必ずいるはずだ。

部屋の奥で実体化装置の信号音が鳴り、旅人の到着を告げた。イーノックは顔をあげた。サバン星人が到着したのだ。タンクの中には、黒っぽいぷよぷよした球体、その上方に、のろのろと実体化しつつある、なにやら四角い物。

手荷物。イーノックはくびをかしげた。メッセージでは手荷物のことにはなにもふれていなかった。

イーノックが急いで近づくと、かちゃかちゃという音が聞こえてきた——サバン星人が話しかけてきたのだ。

「あなたに贈り物。絶滅植物」

イーノックは溶液の中に浮いている四角いものをのぞきこんだ。

「彼を手に取って」サバン星人はかちゃかちゃといった。「あなたのために持ってきた」

ぎごちなく、イーノックはガラスのタンクの側面を指でたたいて、かちゃかちゃ語で返事をした。「ありがとう、とてもうれしいよ」

そう答えながらも、イーノックは、このぷよぷよ生物の母語をきちんと使えているかどうか、不安だった。相手によっては、エチケットという点で過ちをおかすと、おそろしく面倒なことになる。華麗な言語を駆使する（おまけに、この華麗な言語はむやみと変化する）生きものがいるかと思えば、簡潔そのもので、ぶっきらぼうなほどシンプルな言語しか使わない生きものもいるのだ。

イーノックはタンクの中に手をのばし、四角い物を引きあげた。重い木のブロックだ。黒檀のように黒く、木目がこまかく、石のように見える。イーノックはウィンズロウのことを思い、胸の内でくすっと笑った。芸術性の高い木に関しては、いまやウィンズロウはいっぱしの目利きになっているのだ。

その木材を床に置き、イーノックはタンクにもどった。

「よかったら」サバン星人はかちゃかちゃといった。「彼をどうするつもりか、教えてくれないか？　わたしたちにとっては、無用のものなのだが」

イーノックはためらい、必死になって記憶を探った——〈彫刻〉という単語のコードはなんだっけ？

「どうかね？」サバン星人は重ねて訊いた。

「大いなるおかた、どうか許していただきたい。わたしはあなたの言語にあまり慣れていないんです。うまく話せません」イーノックはガラスのタンクをかちゃかちゃ鳴らして伝えた。

「どうか〝大いなるおかた〟というのはかんべんしてほしい。わたしはごくふつうの市民だ」

「これを削ります」イーノックはかちゃかちゃと音をたてた。「別の形にするんです。視覚器官がありますか？　あるなら、見本を見せてあげるんだけど」

「視覚器官はない」サバン星人は答えた。「いろいろと器官はあるが、視覚器官はないんだ」

サバン星人は到着したときは球体だったが、いまは平べったくなりつつある。

「あなたは」かちゃかちゃ。「二足歩行だな」

「そうです」

「あなたの惑星。固い星か？」

固いといえるのかな、とイーノックは迷った。ああ、そうか、液体にくらべれば固い。

「この星の四分の一は固いです。残りの四分の三は液体です」

「わたしの星はほぼ全部が液体なんだ。固いところはほんの少ししかない。じつに安らげる星だよ」

「ひとつ、お尋ねしたいことがあるんですが」

「訊きなさい」

「あなたは数学者ですよね。あなたの星のかたは全員、そうなんですよね」

「そうだ。じつにすばらしい娯楽だ。頭は数学でいっぱいだ」

「娯楽ということは、応用はしないんですか？」

「ああ、かつては応用したよ。だが、いまはもうその必要がないんだ。はるかむかしは、応用する必要があったがね。いまは娯楽だ」

「あなたがたには独自の数字表記システムがあると聞きました」

「非常にユニークなんだ」かちゃかちゃ。「じつにすばらしい概念だ」

「わたしに教えてもらえますか？」

「ポラリスⅦの住人たちが使っている表記システムを知っているか？」

「いいえ」イーノックはかちゃかちゃとガラスをたたいた。

「ならば、わたしたちの表記システムを教えてもむだだ。まず最初にポラリスⅦの表記システムを学びなさい」

イーノックは納得した――そうか、それぐらいわかっているべきだった。銀河には膨大な知識があふれているのに、イーノックはほとんどなにも知らないに等しいし、ごくわずかな知識も、あまり理解できていない。

この地球には、それを理解できる人間たちがいる。一生を懸けてもごくわずかなことしか知ることはできないが、その知識を有効に使える人間たちはいる。

無数の星々には、膨大な数の〈知識〉が存在している。地球の人類が知っていることの延長線上にある知識もあれば、人類が疑問すら抱いていない問題に関して、人類には想像だにできない目的でその知識が使われてもいる。いまのままでは、人類は永遠に想像すらできないだろう。

イーノックは考える——この先百年、百年で、どれぐらいのことを学べるだろう？　千年では？

「では、休むことにするよ」サバン星人がかちゃかちゃといった。「あなたと話ができてよかった」

12

イーノックは床に置いた木材を取りあげた。床に木材からしたたった溶液の小さな水たまりができていて、光っている。

木材を窓ぎわに持っていき、よく見てみる。重くて黒くて木目が密で、端に樹皮が少し残っている。ノコギリで引かれたものだ。サバン星人が休息するタンクの大きさに合わせて、誰かがこのサイズにカットしたのだ。

昨日か一昨日に読んだ新聞に、ある科学者が、液体ばかりで成り立っている惑星では知性が高度に発達・進化する可能性は低い、と主張する論文記事が載っていた。

しかし、その科学者はまちがっている。サバン星人の知性は高度に発達・進化している し、銀河同盟に加盟している液体世界の星はほかにもたくさんある。人類が銀河の文化に目を向けるようになれば、学ぶべきことが山のようにあるが、それと同じぐらい多量の、誤った考えを捨てるべきだ。

たとえば、光の速さの限界について。

光よりも速く進めるものがないのなら、銀河移動システムは成立しえないことになる。だからといって、人類を低く評価するにはあたらない。異星人たちも、光速を基本的な限界速度として採用しているからだ。なによりも観察を積み重ねてこそ、そのデータを、人類が——あるいはどこの星人でも——理論の前提を立てる基盤に使えるからだ。これまでのところ、人類の科学では光速よりも速く連続的に移動できるものを発見できずにいるため、もっと速く移動できるものはないという仮説が正当だとみなされているのだ。だが、仮説として正当であっても、仮説は仮説だ。それ以上でも以下でもない。

銀河移動システムでは、星から星へと生きものを移動させる推進パターンは、距離に関係なく、ほぼ瞬時に発動される。

イーノックは立ったまま、そんなことを考えていたが、そういうことを地球人に信じてもらうのは、まだまだむずかしいと認めざるをえなかった。

いまここのタンクで休息している生きものは、ほんの数瞬前には、別の星のステーションの別のタンクにいて、そこで実体化していたのだ——肉体の実体化だけではなく、生命の源となる活力ともども。そして推進パターンによって、宇宙という広大な海を瞬時に移動し、このステーションの溶液タンクに到着した。何光年も移動して、いまはタンクの中で死んだように眠っている生きものの、肉体と精神と記憶と活力とを生成するための中継ステーションに。

タンクに到着すると、ほぼ瞬時に、肉体と精神と記憶と活力が新しく形成される——すなわち、完全に新生するのだが、それは新生前のものとそっくり同じで、個性は同一だし、意識（思考は一瞬たりとて途切れることがない）も連続しているので、意思や意志も変わらない。

推進パターンにも限界はあるが、これは速度とは関係ない。瞬間推進力ならわずかなタイムラグもなく、銀河ぜんたいを移動できるのだ。しかし、ある状況のもとでは、推進力が衰えがちになる。そのために、あちこちに中継ステーションを設置しなければならない——何千ものステーションを。塵やガスが濃いところやイオン化が進捗しているところなどでは、推進パターンが混乱する。銀河にはそういう条件にあてはまる星域が数多くあるが、そこでは、パターンを維持するために、ジャンプすべきステーションとステーションのあいだの距離を短くしている。ガスや塵が濃く集まっているところでは、推進パターンがねじ曲げられるので、迂回するしかないことが多々あるのだ。

イーノックは思う——いま現在、それぞれの旅のコース上にある中継ステーションのタンクで、死にも似た眠りについている異星人たちは、いったい何人ぐらいいるのだろうか。タンクの中で数時間の休息をとったあと、生きものたちはまた推進力の波に乗って、次のステーションに向かうのだ。

星と星のあいだには、酸で溶かされてタンクに眠る生命体の、いわば死体の列が連なっているといえる。そして、彼らは各自の目的を果たすために旅の最終地に到達するまで、これをくりかえすのだ。

彼らの目的とはなんだろう。広い宇宙に点在する中継ステーションをへめぐって、旅をつづける異星人たちの目的とはなんだろう。短い時間だが、旅人たちと会話をする機会に、目的を教えてもらえるときもあるが、たいていの場合、彼らは目的を明かさない。また、イーノックにはそれを知る権利はない。イーノックは中継ステーションの管理人にすぎないからだ。

旅人の多くはステーションの管理人には用がないので、常時というわけではないが、イーノックは自分を休息所の亭主だとみなしている。いずれにしても、ここ、地球のステーションの操業を管理している人間、操業状態を維持し、旅人たちを迎える準備をととのえ、時間がきたら、旅人たちをまた送りだす役目を担っている人間ということだ。課せられた仕事は少なく、必要に応じて丁重な態度をとるだけだ。

イーノックはもう一度、木材に目をやり、これをあげたら、ウィンズロウがどれほど喜ぶだろうかと思った。これほど黒くて木目が密な木にめぐりあうことは、めったにないはずだ。

自分が彫っている木材は何光年もかなたにある見知らぬ星で育った木の一部だということを知ったら、ウィンズロウはどう思うだろうか。これまでにも、彼はもう何度も、この木はどこの産で、イーノックはいったいどうやってこれを手に入れたのだろうと、不思議に思ったことだろう。だが、彼は決して質問しない。もちろん、毎日、郵便箱のそばで彼を待っている友人には、どこかおかしなところがあると承知しているはずだ。だのに、そういうことも、彼は決して口にしない。

それが友情というものだ――イーノックはそう思う。

イーノックがいま手にしている木材もまた、別の友情の証《あかし》だ。銀河の中心部から遠く離れた渦状腕《スパイラルアーム》のひとつにある惑星の、片田舎にある中継ステーションを管理しているひかえめな人間への、異星人の友情の証にほかならない。

年月がたつうちに、宇宙じゅうに地球のステーションの管理人が異星のめずらしい木材を集めている、という話が伝わったのは確かだ――それで、さまざまな木材がイーノックに贈られるようになった。イーノックが友人とみなしている異星人からだけではなく、いまタンクで眠っているぷよぷよの異星人のように、初めて会う異星人からも。

イーノックは木材をテーブルの上に置き、冷蔵庫を開けた。そして、数日前にウィンズロウが配達してくれた、熟成したチーズと、昨日シラーX星からやってきた旅人が持ってきてくれた、果実の小さな包みとを取りだした。

「分析して検討してある」シラーX星人はいった。「あなたが食べてもなんの害もない。あなたの新陳代謝に問題を起こす恐れはない。前に食したことはあっただろう？　ない？

それはすまなかった。非常に美味だよ。気に入ったら、次はもっと持ってこよう」

冷蔵庫のそばの戸棚から小さくて平たいパンを取りだす。これは銀河本部から定期的に支給される糧食のひとつだ。地球上には似たものすらない穀物でできていて、はっきりと木の実の風味がするほか、ごくかすかだが異星の香料が効いているとわかる。

ここはもう台所《キッチン》ではないが、依然としてキッチンテーブルと呼んでいるテーブルの上に食品を並べる。料理用ストーブの上にコーヒーポットをのせてから、デスクにもどる。

デスクの上には先ほど読んだ手紙が広げられたまま置かれていた。イーノックはそれをたたんで封筒にもどし、引き出しにしまった。届けられた新聞の茶色の帯封を剝ぎとり、数紙の束をひとつに重ねる。そのなかから《ニューヨーク・タイムズ》紙を選びだし、お気に入りの椅子にすわって新聞を読みはじめた。

大見出し《ヘッドライン》に〈新たな平和会談開催に同意〉とある。

この一カ月ほどのあいだに、危機が高まっていた。長いあいだ、じりじりとつづいてきた世界的危機が新たな局面を迎えたのだ。最悪なのは、危機のほとんどが故意に作られたものだという点だ。第二次世界大戦終結後、世界はほぼふたつに分かれ、権力政治という冷酷なチェスゲームで優位に立とうと、両者の陣営がしのぎを削っている。

《ニューヨーク・タイムズ》紙の、平和会談に関する記事はむしろ絶望的で、運命論的な調子で書かれている。記事の書き手たちも、おそらくは外交官や関係者一同も、平和会談は無に帰すだろうと予測している――じっさいに、危機を深めるためにおこなわれるのではないのならば。

所見を述べれば（書き手はタイムズ紙のワシントン支局の記者のひとり）、会談がおこなわれるという確証はない。過去にもときおりこの手の会談がおこなわれたが、いずれの場合も、係争の決着をつけるのを遅らせたり、あるいは、解決の見通しを図ったりすることはなかった。この会談で妥協や補償の糸口を見出す可能性はほとんど期待できず、論争が激化するだけだろう。通常は会談という形で、双方に論点と事実関係を冷静に測るための時間と場所が与えられるはずだが、この会談が現況をいいほうに変える兆候になると捉えている者は少ない。

コーヒーポットが沸騰したので、イーノックは新聞を置き、料理用ストーブからポットをおろした。戸棚からカップをひとつ取りだし、テーブルに持っていく。

だが、食事を始める前にデスクまで行き、引き出しを開けてチャートを取りだし、テーブルにもどってそれを広げた。ときどき、意味をなす部分もあるように思えるのだが、それでも、どの程度確かなのか、イーノックには疑問だった。

イーノックのチャートは、ミザル星の統計方法を基盤にして作成されたものだ。彼の目的の性質に合わせてファクターを変換し、数値に置きかえて、彼の目的の性質に合わせて、無理を承知で応用してきた。これで千回目になるが、イーノックはどこかでミスをしたのではないかと、心配になった。変換や置換のミスで、システムの確実性が損なわれたのではないだろうか。もしそうなら、どうすればミスを是正して、確実性を取りもどせるだろうか。

ファクターはいくつもある。地球上の出生率と全人口、死亡率、流通貨の価値、生活費の増大、礼拝場所への出席、医療の進歩、技術の進化、産業指数、労働市場、世界貿易の趨勢。最初は関連があるようには見えなかったものも含めれば、ファクターはまだまだたくさんある――美術品のオークション価格、休暇の取りかたや移動、移動手段の速度、異常者による犯罪。

ミザル星の数学者たちによって進化した統計方法は、適切に応用すれば、どの星でも、なににでも利用できる。しかし、異星の状況を地球にあてはめて翻訳するときに、無理にあてはめて歪曲したのではないだろうか。歪曲した結果をさらに応用したのではないだろうか？

イーノックはチャートをみつめ、ぶるっと身震いした。彼がミスをおかしていないならば、すべてを正しく把握しているならば、翻訳が概念を歪曲していないならば、人類はまっしぐらに次の大戦に向かっている。核爆弾による大量虐殺への道を突っ走っている。

チャートの隅をつまんでいた手を放すと、チャートは勝手にくるくると丸まった。

イーノックはシラーX星人が持ってきてくれた果実に手をのばし、ひとくちかじった。果肉を舌の上でころがすと、なんともいえない微妙な風味がした。奇妙な鳥のようなシラーX星人が保証したとおり、じつに美味だ。

イーノックは思い出す——ミザル統計を元にしたチャートの示唆《しさ》どおり、すべての戦争を終わらせる方法がなくても、少なくとも、平和を守る方法はあるはずだという希望をもったときもあったことを。だがチャートは、平和への道を示すいかなるヒントも与えてくれなかった。容赦なく、冷酷に、戦争に突進する道しか示さなかった。

人類は、あといくつの大戦に耐えられるだろうか？

もちろん、誰にも答えられない疑問だが、あと一度だけかもしれない。次の戦いで使用される兵器の威力はいまだ計り知れず、そういう兵器が生みだす結果を、正しく見積もることができる者はひとりもいない。

武器を手に敵と一対一で戦うことすら悲惨だというのに、現在の戦いでは、都市を丸ごと消し去ろうと、大量破壊兵器が空を飛んでいくのだ。標的は軍事施設ではなく、一般市民なのだ。

イーノックはもう一度チャートに手をのばしかけたが、その手を引っこめた。チャートを見る必要はない。暗記しているからだ。チャートのなかに希望はない。破滅という運命の瞬間まで、どれほどチャートを研究しても、悩んでも、いささかも変わらないだろう。希望はまったくない。世界はまたもや大揺れに揺れ、人々は怒りや無力感の赤い靄《もや》に目をくらまされながら、戦争への道を突っ走るだろう。

食事にもどる。異星の果実は、ひとくちめよりもふたくちめのほうがずっとうまかった。

〝次はもっと持ってこよう〟とシラーX星人はいった。だが、彼が次に来るまでには長い時間がかかるだろうし、次はないかもしれない。このステーションを一度きりしか通過しない旅人も多いが、少数ながらも週に一回かそこいらはやってくる旅人もいる。イーノックが親しい友人になったのは、そういう、むかしなじみの、定期的な旅人たちだ。

数年前、少人数のヘイザーたちのグループがやってきたことがあった。特別に滞在時間を延長する手続きをとってきたため、イーノックは彼らと、このキッチンテーブルを囲んで、何時間もおしゃべりを楽しんだ。彼らはピクニックにでも来るように、食べものや飲みものの詰まった、蓋つきの大きなバスケットや蓋なしのバスケットを持ってきたのだ。

だが、最終的に、そのヘイザーたちは来なくなった。彼らと顔を合わせなくなって、もう何年にもなる。最高の仲間だったので、会えなくなったのが、イーノックは残念でならない。

コーヒーのおかわりを飲みながら、イーノックはヘイザーたちのグループがやってきた、古き良き日のことをなつかしんだ。

と、かすかな衣《きぬ》ずれを、イーノックの耳はしっかり捕らえた。はっとして、イーノックがすばやく目をあげると、一八六〇年代の、スカートを張り骨《フープ》で広げた、上品なドレスを着た彼女が、ソファにすわっていた。

「メアリ！」イーノックは驚いて、椅子からとびあがった。

メアリは彼女独特のほほえみを浮かべてイーノックをみつめた。美しい、とイーノックは思う。こんなに美しい女はいない。

「メアリ、来てくれて、とてもうれしいよ」イーノックはいった。

と、今度は、北軍の青い軍服にサーベルを帯びた黒い口髭の男が、マントルピースに寄りかかっていた。この男もまた、イーノックの友人のひとりだ。

「やあ、イーノック」軍服の男、ディヴィッド・ランサムはいった。「お邪魔じゃないんならいいんだが」

「とんでもない。ふたりの友が邪魔だなんて、ありえないだろ」

テーブルのかたわらに立つイーノックに、過去が寄り添う。イーノックがいっときも忘れたことのない、平穏で静かな過去、薔薇の香りのする、悩みのなかった過去が。

どこか遠くで横笛と太鼓の音がする。戦闘用の馬具ががちゃがちゃと音をたて、戦いにおもむく若者たちが整然と行進し、礼装の軍服に身を固めた大佐が晴れがましく黒い大きな馬に乗り、六月の強い風のもとで連隊旗がはためく。

イーノックはソファに近づいた。そしてメアリに軽く頭を下げた。「そばにすわっても
よろしいですか、マダム」
「どうぞ」メアリはいった。「でも、もしお忙しいのであれば……」
「ご心配なく。来てくれるといいなと思ってたんだ」
イーノックはメアリに近づきすぎないように気をつけて、ソファに腰をおろした。そし
て、きちんと重ねて膝の上に置かれた彼女の手をみつめた。イーノックはその手を取って、
一瞬でもいい、しっかりと握ってみたかったが、それはかなわぬ願いだった。
なぜならば、これは実在の肉体ではないからだ。
「前にお目にかかってから、一週間はたちますね。お仕事は順調ですか、イーノック?」
イーノックはくびを横に振った。「問題ばっかりで。監視者たちが外に張りついてるし。
それに、おれのチャートは戦争になると示唆してるし」
ディヴィッドが暖炉のそばを離れ、ソファに近づいてきた。椅子にすわり、腰のサーベ
ルの位置を調整する。「戦争か。いまの戦いは苛酷なものになるだろうな。われわれが戦
ったときとはまったく異なるな、イーノック」
「そのとおり。おれたちのときとはまったくちがう戦いになる。戦争だけでも充分に悪い
のに、ほかにももっと悪いことがあるんだ。もし新たな戦争が起これば、おれたち人類は
宇宙の友好同盟から締め出される。永久にということはないだろうが、少なくとも、何世

紀も」

「それも悪くはないかもしれんぞ」ディヴィッドはいった。「われわれはまだ、宇宙の一員になる準備ができていないのかもしれない」

「うん、たぶん、そうだね」イーノックはうなずいた。「準備ができているどころか。だけど、いつか、いつの日かには、必ず。でも、新たな戦争が起これば、その日は遠い未来に押しやられてしまう。異星との友好同盟に加わるためには、文明人であることが要求される」

「もしかすると」メアリがいった。「彼らには知られないかもしれません。いえ、戦争のことです。彼らはこのステーション以外、どこにも行かないのですから」

イーノックはくびを振った。「わかるはずだよ。彼らはおれたちを見守っている。それに、どっちみち、新聞を読むだろうし」

「あなたが購読している新聞を？」

「ユリシーズのために取ってあるんだ。あの隅にある山がそう。ユリシーズはここに来るたびに、あれを銀河本部に持っていくんだよ。ここですごすようになってからずっと、ユリシーズは地球に深い関心をもってるから。それに、彼が新聞を読めば、その内容は、銀河本部から銀河のすみずみにまで伝わるんじゃないかと思う」

「想像できるかね？」ディヴィッドはいった。「彼らの伝達網がどれほど発達しているかを知ったら、新聞社の販売促進部はなんというか」

この考えに、イーノックはにやりと笑った。

「ジョージア州には、〝露のごとく南部諸州をカバーする〟というのをモットーにしている新聞社があるんだ。その新聞社は銀河とうまくやっていく方法を考えるべきだな」

「籠手《こて》ね」メアリがすばやく口をはさんだ。「籠手のごとく銀河をカバーする。それではいかが？」

「すばらしい」デイヴィッドはうなずいた。

「かわいそうなイーノック」メアリはすまなそうにいった。「わたしたちは冗談をいってられるけど、イーノックは問題を抱えてるんですもの」

「おれは問題を解決することなんかできない」イーノックはいった。「ただ心配するだけ。おれはこのステーションの内部にじっとしてればいい。ここにいればなんの問題もないからね。ドアを閉めてしまえば、世界の問題からは安全に切り離される」

「だけど、そんなことはきみにはできない」デイヴィッドは指摘した。

「うん、できない」イーノックは認めた。

「きみが正しいような気がする」デイヴィッドはいった。「異星人たちが見守ってるという考えのことだが。おそらく、異星人たちはいつか人類を仲間に加えようと、しっかり観察しているんだろう。そうでなければ、地球にステーションを設置したいとは思わなかったはずだ」

「彼らのネットワークは拡張しつづけている」イーノックはいった。「ネットワークをスパイラルアームにまで拡張するためにも、この太陽系にステーションが必要だったんだ」

「そうだな、それがほんとうのところだろう」ディヴィッドはうなずいた。「だが、べつに地球じゃなくてもよかったんだよ。火星にステーションを設置し、異星人を管理人にしても、目的は遂行できたはずだ」

「わたしもしょっちゅうそのことを考えてる」メアリがいった。「彼らは地球にステーションを設置し、地球人を管理人にしたかった。それはなぜなのか、必ず理由があるにちがいないわ」

「理由があることを願うよ」イーノックはいった。「だけど、時期尚早なんじゃないかと心配なんだ。早すぎる。人類にはまだ準備ができていない。おれたちは未熟だ。まだ子どもなんだ」

「残念ですけどね」メアリはうなずいた。「わたしたちには学ばなければならないことがたくさんありますもの。彼らはわたしたちとはくらべものにならないぐらい、いろいろなことを知っている。たとえば、彼らの宗教概念」

「じっさいにあれが宗教なのかどうか、おれにはわからない」イーノックはいった。「おれたちが宗教と結びつけて考える、華麗な衣装や装具なんかは、ほとんどないみたいだし。

それに、基本となっているのは、信仰ではない。信仰であるはずがないんだよね。知識なんだ。彼らは知っているんだよ」

「形而上の力、超自然力を」

「宇宙を創りあげている多くの力と同様に、その力は確かに存在する。無形の宇宙を創りあげている時間や空間や重力やその他の多様なファクターと同じように。その力は厳として存在し、彼らはそれにコンタクトできる……」

「だが」ディヴィッドはいった。「人類もそれを感じているとは思わないか？　形而上の宇宙のことは知らなくても、感じてはいるはずだ。そして、それに触れようと、手をのばしている。知識はなくても、信仰という形で、できるかぎり最良のことをしているといえる。この信仰心に関しては、はるかむかしに遡《さかのぼ》れる。おそらくは、先史時代にまで。そのころは素朴なものだっただろうが、信仰心であることにちがいはない。信仰の対象になるものへのあくなき憧憬《どうけい》というか」

「そうかもしれない」イーノックはうなずいた。「けど、それは、おれが考えている超自然力とは少しちがうと思う。ほかの、物質的なものや手段、哲学など、人類が利用できるものはいろいろとある。科学の各分野を挙げてみても、そこにはなにかがある。おれたちのためになる以上のなにかが」

イーノックは、超自然力の存在と、はるかむかしに、銀河の住人たちがその力とコンタクトできるように造った、奇妙なマシンのことを考えた。そのマシンには名称があるが、英語ではそれに似た単語すらない。もっとも近いのはタリスマンだろうか、タリスマン、つまり護符では、あまりにもお粗末だ。しかし、数年前、ユリシーズとこの話をしているときに、ユリシーズが使ったのがこの《タリスマン》という単語だった。

銀河には、地球上のどの言語でも正確に表現できない事物や概念や事象が無数にある。《タリスマン》は護符以上のものであり、単なるマシンではない。そのマシンの名称には、メカニカルな概念だけではなく、なんらかの精神的概念、すなわち、おそらくは地球人には未知の精神エネルギーの概念が含まれているのだ。そういうことだ。イーノックは超自然力や《タリスマン》のことを扱った本を何冊か読んだことがあるが、本を読みながら、その主題に関する理解という点では、自分がどれほど力不足か、また、人類がいかに及ばないかを思い知ったものだ。

《タリスマン》は、あるタイプの精神構造と、なにか特別なもの（イーノックは〝魂〟のようなものではないかと考えている）とを合わせもつ生きものが媒介することによってのみ、作動するマシンなのだ。イーノックはそういう生きものを表わす用語を頭のなかで翻訳するときには、〝感応者〟ということばを使っているが、このことばもまた、原語の意味にどれほど近いのか、まったく自信がない。《タリスマン》は銀河の感応者のもっとも保護・管理しやすい場所、もっとも有効的な場所、もっとも献身しやすい（どんな献身にしろ）場所に保管されている。そして感応者はそのマシンを携えて、星から星へと永遠の旅をつづけるのだ。どの星でも、住人たちは誰もが個人的に、《タリスマン》とその媒介者、すなわち感応者を通じて、超自然力とコンタクトできる。

イーノックは、銀河ぜんたいに、いや、疑いもなく宇宙ぜんたいにあふれている超自然力に触れる、という純粋な恍惚感を考えると、思わず体が震えた。きっと深い安心感を得られるにちがいない。自分という生命が、膨大な存在体系のなかで特別な位置を占めているという安心感。自分がいかに小さな、弱々しい、取るに足らない生きものであろうと、広大な空間と時間のなかにちゃんと存在していることを確信できるのだから。

「イーノック、どうしたの？」メアリが訊く。

「べつに、なんでもない。すまない、ちょっと考えごとをしてたんだ。だいじょうぶ、ちゃんと聞いてるよ」

「きみは」デイヴィッドはいった。「銀河でなにがみつけられるか、そんな話をしてたよね。たとえば、銀河には奇妙な数学のたぐいが山とある。そのことで、前に、きみはなにかいってた……」

「牛飼い座のアルクトゥルス星の数学のことだね」イーノックはいった。「残念ながら、あのとき話したこと以外、くわしいことは知らないんだ。ものすごく複雑で。行動記号体系が基になってることしか」

アルクトゥルス数学は、分析によって、数学の分野に入っているし、おそらくそうなのだろうが、それでも〝数学〟といってしまっていいものかどうか疑問だと、イーノックは思う。疑いもなく、地球の科学者たちは、機械や器具などの装置を造るために用いてきた一般数学と同じく、論理的で効率のいい社会科学の技術化を図るために、その特別な〝数学〟を使えるようになるだろう。

「それに、アンドロメダ星雲の星々にいる種族の生態学」メアリがいう。「あのおかしな星々に移住してしまった種族のことよ」

「うん、知ってる。だけど、アンドロメダ星人たちのようにあえて冒険に踏み切る前に、地球の人類は、知性や感情面でもっと成熟する必要があると思うよ。それでようやく、異星人たちの知識を応用できるようになるんじゃないかな」

アンドロメダ星人がどのようにアルクトゥルス数学を使ったかと思うと、イーノックは内心で震えた。この反応は、イーノックがいまだに地球の人間であり、人間の意識に深く刻みこまれている、先入観や偏見や通念から解放されていない証《あかし》だ。それはイーノック自身、よくわかっている。アンドロメダ星人がおこなった行為は、宇宙では、いわば常識的なものだ。ある星に移住するにしても、生まれついた姿では無理だとすれば、その生体を変えればいい。移住先の星で暮らせる生体に変われば、みずからが選んだ新たな種族として、その星に住みつくことができる。たとえば、ミミズのような虫の姿になる必要があれば、虫になる。昆虫でも、甲殻類でも、なんでもいい。肉体を変えるだけではなく、精神意識も変える。移住先の星で暮らすために必要となる精神意識に。

「じつにいろいろな種類の薬物や医薬品があるわ」メアリはいった。「地球に適用できる医療知識も。銀河本部からあなたに、ちょっとした荷物が送られてきてるでしょ」

「いろんな薬が入ったパケット」イーノックはうなずいた。「地球上の病気なら、ほぼすべてを治せる。なによりもそのことで、おれは胸が痛い。多くの人々が必要としているものが、まさにいま、この地球上に、それもあの戸棚に入ってることを知っているから」

「どこかの医療機関か製薬会社に、試供品として郵送してみたらどうだ」デイヴィッドがいう。

イーノックはくびを横に振った。「もちろん、それは考えた。だけど、銀河全体のことを考慮しなくてはならない。おれは銀河本部に義務がある。本部はこのステーションの存在を人類に知られないように、とても用心している。おれにはユリシーズをはじめ、多くの異星人の友だちがいる。彼らの計画を邪魔するわけにはいかない。みんなを裏切るようなまねはできない。そういう意味では、銀河本部とその仕事は、地球よりも重要だ」

「引き裂かれた忠誠心ってとこだな」デイヴィッドは少しばかりからかうような口調でいった。

「うん、そういうことだ。何年も前、科学系の学術誌をいくつか選んで、薬のことを知らせる手紙を書こうと思った。当然だけど、おれには薬の知識なんかぜんぜんないから、医療系の学術誌は避けることにしたよ。戸棚にしまってある薬には、もちろん、使用方法の説明書が添付されている。錠剤とか粉薬とか軟膏とか、いわゆる薬なんだけど、問題はそこじゃない。長いあいだに、おれはいろいろと学んで、知識も増えた。もちろん、たいした知識じゃないけど、少なくとも、新しい方向を見出すヒントぐらいは提供できる。そのヒントに気づいた者は、そこからスタートできるはずだ。そこからどう発展させればいいか、わかるはずだ」

「だけど」デイヴィッドはいった。「そういうふうにはならなかったんじゃないかな。きみは学者でもなければ研究者でもないし、高等な専門教育を受けた記録もない。どんな学校とも大学ともつながりはない。きみの身元が証明できないかぎり、学術誌はきみの意見を誌上に掲載することはできん」

「もちろん、それはわかってる。だから、手紙を書くのはやめたんだ。むだだとわかったんでね。だからって、学術誌が悪いわけじゃない。刊行するには、それだけの責任があるんだから。学術誌のページは、誰にでも提供されるものではない。それに、たとえ、おれの手紙をきちんと読み、その内容を掲載したいと考えても、まずはおれがどこの何者なのか、徹底的に調べるはずだ。調査の糸は、このステーションにまっすぐにつながってしまっただろうね」

「だけど、たとえきみが身元を隠しおおせたとしても」デイヴィッドは切りこんだ。「きみ自身はまだすっきりしていない。ついさっき、きみは銀河本部に忠誠心をもってるといったよな」

「身元が判明しないようにできれば、うまくいくかもしれないけどね」イーノックは答えた。「アイディアをほのめかすだけにして、あとは地球の科学者に研究してもらうようにすれば、銀河本部にはなんの影響もないだろうな。ただ、問題は、おれがそのアイディアをどこから得たか、それを明確にできないことだ」

「きみが話せることはほんの少ししかないからな。つまり、きみにはどうにもできないってことだ。銀河に関する知識は、ないも同然なんだから」

「わかってる」イーノックは認めた。「たとえば、マンカリネンⅢ星の精神工学技術。人類がその知識を得たら、それが神経症や精神障害の治療に役立つ手がかりを発見するだろうね。そうすれば、いずれ、その関連の病院や施設をすべてからっぽにできるし、施設の建物はとりこわすか、ほかのことに利用できる。そんな病院や施設は必要なくなるんだ。けど、その技術について説明できるのは、マンカリネンⅢ星人に限られてる。彼らが精神工学技術について話しているのはわかるけど、おれにわかるのはそれだけ。それがどういうものなのか、内容なんか、これっぽっちもわからない。異星人からじかに学ばなきゃだめだってこと」

「あなたがいっているのは」メアリがいった。「名称のない科学全般のことね。地球の人類が想像だにしていない科学のこと」

「ぼくたちもそうだけど」とデイヴィッド。

「デイヴィッド！」メアリがたしなめる。

「無意味だよ」デイヴィッドは腹立たしげにいった。「ぼくたちが生きているふりをしたって」

「だけど」イーノックは堅苦しい口調でいった。「おれにとって、あなたたちは生きてる。おれの知ってる数少ない人間だ。なにか問題があるのかい、デイヴィッド」

「ぼくたちの正体をはっきりと認識するべきときがきたんだ。ぼくたちは幻影だ。そう創られ、こうして呼びだされた。ぼくたちが存在する目的はただひとつ。ここに来て、きみと話をして、生身の人間とのつきあいができないきみの寂しさを満たすためだ」

「メアリ！」イーノックは思わず大声で呼びかけた。「あなたはそんなふうに思っていないよね！　そんなふうには思わないはずだ！」

イーノックはメアリに両手をさしのべたが、すぐにその手をぱたりと落とした——自分がなにをしようとしたかに気づいて、恐ろしくなったのだ。メアリに触れようとしたのは、これが初めてだ。もう何年になるか忘れてしまうほど長いつきあいのなかで、彼女に触れようとしたのは、初めてのことだった。

「悪かった、メアリ。してはいけないことだった」

メアリの目には涙が光っている。「あなたの思うようにできればいいのにね。ほんとうに、そうできればいいのに！」

「デイヴィッド」イーノックはデイヴィッドに顔を向けずに呼びかけた。

「デイヴィッドは行ってしまったわ」

「もう来ないんだろうか」

メアリはうなずいた。

「どうしてだい、メアリ？　どういうことなんだい？　おれがなにをしたというんだ！」

「あなたはなにもしていない！」メアリはいった。「ただ、わたしたちを人間に近くしただけ。そのために、わたしたちはとても人間っぽくなった。ついに人間そのものになるほどに。わたしたちはあやつり人形でもなく、観賞用のきれいな人形でもなく、人間になった。デイヴィッドは怒ってるのよ——人間らしくなったけれど、生身の人間ではなく、幻影にすぎないということを。わたしたちがあやつり人形やきれいな人形だったときには、なんの問題もなかった。だって、わたしたちは人間ではなかったから。人間の感情をもっていなかったから」

「メアリ、どうかおれを許してくれ」イーノックはあやまった。

メアリはつと身をのりだした。深い愛情で顔が明るく輝いている。「許さなければならないことなんて、ひとつもないわ。むしろ、わたしたちのほうがあなたに感謝すべきだと思う。あなたは愛情と必要性から、わたしたちを創った。愛され、必要とされていることがわかるのは、なんてすばらしいことか」

「だけど、おれはもう創っていない。むかし、ずいぶんむかしには、おれにはあなたたちが必要だった。でも、それも変わった。あなたたちは自分の意志で、おれのもとに来てくれている」

あれから何年たったのか？　五十年はたっているにちがいない。最初にメアリ、次にデイヴィッド。どれほど数が増えようと、最初のひとがいちばん親しみがあって、いちばん愛しい。

それ以前、彼らを創りだそうなどとは思いもしなかったころは、イーノックは何年も、アルファードXXII星の魔術から派生した、名前のない科学を学ぶのに夢中だった。精神状態によっては黒魔術かと思える日もあったが、黒魔術ではなかった。人類がいまだにまったく知らない、宇宙の自然面を秩序正しく操作する方法だった。おそらく、人類が決して発見することのない、宇宙のありのままの面。というのは、少なくともいま現在の人類には、発見に至るために必要な研究を始めようという必然的な科学志向がないからだ。

「デイヴィッドは」メアリはいった。「わたしたちのなごやかな社交的訪問を、永遠につづけていくことはできないと察したのよ。わたしたちがほんとうはなんなのかという問題に、直面しなければならないときがくることを察した」

「ほかのひとたちも？」

「ごめんなさいね、イーノック。ほかのひとたちもみんな同じよ」

「でも、あなたは？　あなたはどうなんだい、メアリ？」

「わからない。わたしはちがうから。あなたをとても愛しているから」

「おれも……」

「いいえ、そういう意味ではないの。あなたはわかっていない！　わたしはあなたに恋をしているのよ！」

イーノックはショックを受け、まじまじとメアリをみつめた。世界が轟音をたてている。彼は静止しているのに、世界と時間がすごい勢いで通りすぎているかのようだ。

「あのままでいられたら。初めのころのままでいられたら。あのころ、わたしたちは存在していることがうれしかった。感情が希薄だったから、ただもう幸福だった。お日さまのもとで走りまわる小さな子どものように。でも、わたしたちは成長した。そしてわたしは、みんなのなかで、わたしがいちばんだと思うようになった」メアリはほほえんだ。目に涙があふれている。「イーノック、そんなに深刻に受けとらないでちょうだい。わたしたちは……」

「いとしいひと。おれはあなたと会った、そのときから、あなたを恋してきた。もしかすると、それより前からかもしれない」

イーノックはメアリに片手をさしのべようとしたが、はっと気づいて、その手を引っこめた。

「知らなかったわ。わたし、告白すべきじゃなかったわね。わたしもあなたを愛していると知らなければ、あなたはずっとわたしのことを想っていられたでしょうに」

イーノックは黙ってうなずいた。

メアリは頭を垂れた。「神よ、わたしどもは愛の告白を受ける価値はありません。それに値するだけのことをなにもしなかったのですから」

メアリは顔をあげてイーノックをみつめた。「ああ、あなたに触れることができれば」

「つづけていけるよ」イーノックはいった。「いままでと同じように。いつでも、好きなときにおれに会いにくればいい。いっしょに……」

メアリはくびを横に振った。「そうはいかないわ。わたしたちはどちらも、それには耐えられない」

イーノックはメアリのいうとおりだと思った。経験ずみのことだった。この五十年のあいだに、メアリやほかの幻影たちはぽつりぽつりとやってきた。そのうちに、ほかの幻影たちはぱったりと来なくなった。妖精の国は崩れ落ち、魔法はとけてしまった。イーノックはひとり取り残されるのだ。以前よりも孤独に。メアリと出会う前よりさらに孤独になって。

メアリも二度と現われないだろう。たとえ可能だとしても、イーノックは二度と彼女を呼べないだろう。彼の幻影の世界、幻影の恋は永久に消えてしまう。初めてのほんとうの恋だったのに。

「さようなら、いとしいひと」イーノックは別れのことばを口にした。

だが、もう遅かった。メアリはすでに消えていた。

どこか遠くで、悲しい口笛のような音がした。とても遠いところから聞こえるような気がするが、メッセージマシンが音をたてているのだ。

13

メアリは自分たちがほんとうはなんなのか、その問題に直面しなければならなかったといった。

では、彼らはなんなのか？　イーノックが思っていたのとはちがうというなら、いったいなんなのだろう？　彼らは彼らがどうあるべきか、考えていたのだろうか？　たぶん、イーノックよりもずっと真剣に考えていたのだろう。

メアリはどこに行ってしまったのだろう？　この部屋から消えて、辺土《リンボ》のようなところに行くのだろうか？　彼女はまだ存在しているのだろうか？　もしそうなら、いったいどういうふうに存在しているのだろう？　少女が人形を、ほかの人形が入っているクロゼットのおもちゃ箱に押しこんで片づけるように、メアリもまたどこかに片づけられるのだろうか？

リンボがどういうところなのか、イーノックは想像してみた。無、だ。もしそうなら、リンボに行くということは、存在しない存在になるということだ。〈無〉になってしまう。

空間も時間も光も空気も色彩も夢もない宇宙の外のどこかで、永遠に絶対的な〈無〉として存在するのだ。

メアリ!

イーノックは声にならない叫びをあげた。

メアリ、おれはあなたになにをしたんだ?

答はそこにある。無情にもあからさまな形で。

イーノックは軽い気持で、自分でも理解していないことに手を出してしまったのだ。そのうえ、自分は理解していると思いこむという、もっとひどい罪をおかした。つまり、概念を実行できる程度には理解していたが、結果を見越せるほどには理解していなかった、ということだ。

創造には責任がともなう。イーノックは自分がしでかした過ちに対し、倫理的な責任を想定するだけの知識を備えていなかった。倫理的責任は、苦しみをやわらげる能力と対になっていなければ、まったく意味をなさない。

幻影たちがイーノックを憎み、恨んだとしても、彼らを責めることはできない。イーノックは彼らを創り、人間の世界という約束の地に呼び出したうえで、そこから去らせたのだから。彼らには人間らしくあるようにすべてを与えたが、ただひとつ、もっとも重要なものは与えられなかった——人間の世界に存在しつづける能力を与えることはできなかったのだ。

メアリを除き、幻影たちはみんなイーノックを憎んだだろうが、メアリの場合はいっそ彼を憎めたほうがよかったにちがいない。イーノックに与えられた人間の美徳のせいで、自分を創った怪物を愛する羽目になったのだ。

イーノックは胸の内で叫んだ。

おれを憎んでくれ、メアリ。ほかの幻影たちのように、おれを憎んでくれ！

イーノックは彼らを〝夢幻の人々〟とみなしていたが、それは身勝手な呼び名だった。彼らのことを考えるとき、頭に思い浮かべやすいように、便宜上、手軽なラベルを貼っただけなのだ。

だが、彼らは幻や幽霊のたぐいではなかったため、そのラベルはまちがっていた。見た目は生身の人間そっくりで、ちゃんと存在感があるのだ。手を触れようとしてはじめて、実体がないことがわかる。なにもない、すかすかの〈無〉だとわかる。

最初のころは、イーノックは彼らを自分の想像の産物だと思っていたが、その確信も、いまは揺らいでいる。最初のころは、イーノックがアルファードXXII星の魔術師たちの研究成果を学び、そこから得た知識と技術とを駆使して呼び出したときだけ、彼らは現われた。しかし、ここ数年、イーノックが呼び出したことはない。そんな必要もなかった。彼らのほうがイーノックの気持を汲みとって、呼び出される前に現われたからだ。イーノックが彼らに会う必要があると自覚する前に、彼らのほうが察知してくれたのだ。そして、彼とともに一時間かそこいら、あるいは、夕べのひとときをすごしてくれた。

もちろん、イーノックが創ったのだから、彼らが想像の産物であるのはまちがいない。当初は、まったくなにも考えず、なぜそんな姿にするのかわからないままに、彼らを創った。ここ数年は、意識してわかろうとはしなかったけれど、なんとなくわかっていた。わからないままでいれば、のんきに満足していただろうに。

しかし、イーノックは自分では認めようとしなかったが、自分がなぜ彼らをこしらえるのか、心のどこかではわかっていて、その思いは、つねに心の奥深くにわだかまっていたのだ。そして、彼らがいなくなって、なんの問題もなくなったいま、イーノックはようやくその思いを認めた。

デイヴィッド・ランサムはイーノック本人にほかならない。イーノックがこうありたいと思っていた人物、こうであったらという自分自身の姿だ。現実では決してそうではなかった自分自身——北軍の将校という地位にまで駆け昇り、そのわりに堅物ではなく、野暮ったくもなく、同僚よりも抜きんでている男。身ぎれいで、颯爽としていて、むこうみずで、女たちに愛され、男たちに賞賛される男。リーダーになるべくして生まれ、いかなるときでも良き仲間であり、戦場にいても自宅の居間にいても同じようにくつろげる男。

では、メアリは？　不思議なことに、イーノックはメアリをメアリとしてしか考えたことがない。メアリという名はあっても、姓はない。単にメアリなのだ。

メアリは、少なくともふたりの女性を示している。ひとりは、イーノックの農場がある丘のふもとに住んでいたサリー・ブラウン。だが、どうしてだろう？　いったいいつのまにそうしたのか、イーノックは自分でもわからない。サリーのことを想ったことはないのだから、これは奇妙だ。だが、かつては隣人だったサリー・ブラウンという少女のことを思い出し、イーノックは心を揺さぶられた。かつて、イーノックとサリーは恋人同士だった。というか、おたがいにそう思いこんでいた、というべきだろうか。これほど年月がたつと、彼女のことを考えても、時間というロマンチックな霧がかかって、確かなことを思い出せないのだ。ほんとうに愛しあっていたのか、戦いにおもむく兵士の感傷にすぎなかったのか、もはや、判然としない。農夫の息子と、隣家の農夫の娘との、おずおずとした、ぎごちない恋だった。イーノックは戦争から帰ったら、サリーと結婚することに決めていたが、ゲティスバーグの軍事式典の数日後、一通の手紙を受けとった。三週間以上も前に書かれたその手紙には、サリー・ブラウンがジフテリアで死んだと書かれていた。そのとき自分が嘆き悲しんだのは憶えているが、心から悲しんだかどうかは思い出せない。おそらく深く悲しんだとは思うが、長々と深く悲しむのが、当時の風潮だったからだ。

メアリは確かにサリー・ブラウンだが、それは部分的で、丸ごとというわけではない。メアリは背が高く、品位のある南部の女性そのもの。じりじりと照りつける太陽のもと、イーノックがヴァージニアの埃っぽい道を進軍していたときに、ちらりと見かけただけの女性だ。そのあたりには、道沿いの敷地の奥に綿花農園の大邸宅がぽつりぽつりと建っていたが、そのうちの一軒のポルチコの白くて太い柱のそばに、その女性は立ち、敵の兵士たちが進軍してくるのを見守っていたのだ。髪は黒く、顔色はかたわらの柱よりも白い彼女が背筋をのばし、誇り高く立っている姿は、毅然、かつ、傲然としていた。その後何日も、イーノックは戦場で埃や汗や血にまみれて戦いながらも、彼女のことが忘れられず――彼女の名さえ知らなかったが――彼女のことを想い、夢にまで見たものだ。そして、彼女のことを想い、夢に見るのは、サリーに対する裏切りかもしれないと悩んだものだ。前線で焚き火を囲んでの話し声が途絶えると、イーノックは毛布にくるまって寝ころび、星を見あげながら、戦争が終わったらヴァージニアのあの邸宅に行き、なんとかして彼女をみつけることを夢想した。彼女はもうあそこにはいないかもしれないが、広い南部を捜しまわってでもみつけようと思ったりもした。しかし、けっきょく、そうはしなかった。本気でみつけるつもりはなかったということだ。しょせん、夜の焚き火が見せた夢にすぎなかったのだ。

したがって、メアリはふたりの女性の合体といえる――サリー・ブラウンと、ポルチコの柱のそばで敵の進軍を見守っていたヴァージニアの南部美人の。

メアリはこのふたりの女性の影であり、同時に、イーノックがかつて会ったり、見かけたり、ひそかに憧れたりした女性たち全員が合体したものだろう。メアリは理想的で完璧な女性だった。イーノックが心の内で創りあげた、完璧な女だった。いま、サリー・ブラウンは墓の中で永遠の眠りについている。ヴァージニア美人も時間という霧のかなたに消えた。メアリを形づくるのに貢献してくれたほかの女性たちも消え、そしていま、メアリそのひとも行ってしまった。

メアリはイーノックが愛した女たち（彼が本気で愛していたとして）、または、もやもやと愛しているような気がした女たちの合体、つまり、彼の愛の対象者たちで成り立っていたがゆえに、イーノックはメアリを愛していた。

だが、そのメアリに愛されることになるとは、イーノックは思いもしなかった。そして彼女に愛されていると知るまでは、彼女に対する愛は成就する望みのないものだった。それどころか不可能だとあきらめ、それでもその愛を心の奥深くでたいせつにすることで、気持は慰められた。そうするしかなかった。

いま、メアリはどこにいるのか。イーノックは彼女をどこに追いやってしまったのか。辺土《リンボ》か、はたまた、この宇宙には存在しない場所か、どこであれ、メアリはそこで、いつとは知れず、イーノックと再会できる日を待っているのだろうか。

イーノックは両手をあげて謝罪の意を表し、みじめな思いと申しわけない気持で胸がいっぱいになり、すわったままうつむいて両手で顔をおおった。

もう二度とメアリはもどらないだろう。イーノックはそうであることを祈った。メアリにとってもイーノックにとっても、彼女はもどってこないほうがいい。

いまメアリがどこにいるのか、それを確かめることができれば。彼女が死に似た最期を迎え、つらい思いにさいなまれていないことが確かめることができれば。彼女が繊細な感覚をもっていると思うと、とても耐えられない。

メッセージが待っているという音が聞こえ、イーノックは顔から手を離した。だが、ソファから立ちあがろうとはしなかった。

ソファの前にあるコーヒーテーブルに、そっと手をのばす。コーヒーテーブルの上には、異星からの旅人たちにもらった品々がたくさんのっている。地球の安ぴか物や、見かけばかりはでな物に負けないほどカラフルな品もある。

奇妙なガラスか透明な石（そのどちらかだとしても、イーノックはいまだにどちらとも決めかねている）のような立方体《キューブ》を取りあげ、両の手のひらでつつみこんだ。キューブをのぞきこむと、ちっぽけな絵が見える。詳細に描かれた三次元の妖精の国が見える。美しくもありグロテスクでもある世界だ。森の中の草地で、草地の周囲には毒キノコ《トードスツール》に似た花が咲き乱れている。大きな青い太陽の紫色の陽光がさす空中を、宝石を砕いたような雪がきらきらと光りながら舞い落ちている。空の一部が粒となって舞い落ちているかのようにも見える。草地ではなにかがダンスをしている。ダンスをしているのは動物というより花のように見えるが、動きがじつに優雅で詩情豊かで、見ている者の血まで熱くなってくる。

やがて、妖精の国がかき消え、別の光景が現われる。

今度は野性味たっぷりで、陰鬱な景色だ。燃えるように赤い空を背景に、高くけわしい断崖が切り立ち、大きな飛行生物たちがたよりなげに翼を羽ばたかせながら、崖の上や下へと飛んでいる。だが、たいていの飛行生物は木に止まっている。岩の側面から突きでている、ぶかっこうな木とおぼしい、ぎざぎざの突起物に止まっているのだ。そして、川そのものは見えないけれども、崖のはるか下方から、急流の轟くような水音が寂しげに聞こえてくる。

イーノックはキューブをコーヒーテーブルにもどした。キューブをずっとのぞきつづけていたら、いったいなにが見えるのだろうか。本のページをめくるようなものなのだろうか。ページごとに異なる景色が描かれているが、どこの景色かは書かれていない本、このキューブをもらったとき、数時間というもの、手の中でどんどん変わる景色に夢中になって見入っていたものだ。どの絵もまったく異なっていて、しかも終わりがない。絵ではなく、じっさいの景色そのものを見ている気がする。たとえば木の枝にすわって見ているはずが、いつのまにかその枝が消え失せて、頭からその景色のなかに突っこんでいくような感じがするというか。

しかし、やがて飽きがきた。絶えず変化するとはいえ、どことも知れない風景がえんえんとつづくのをただぽかんと見ているのは、まったく無意味な行為だからだ。もちろん、イーノックにとっては意味がなくても、キューブをくれたイニフV星の住人たちにとっては確たる意味があるのだろう。イーノックにはよくわからないが、大いに意味があり、大いに価値のある宝かもしれない。

ほかの異星人たちにもらった品々にも同じことがいえる。たとえば、楽しく使っている品にしても、イーノックがまちがった使いかたをしているのかもしれない。あるいは、少なくとも、創られた意図にそぐわない使いかたをしているのかもしれない。

しかし、なかには——数は少ないが——イーノックにも価値がわかり、高く評価できる品々がある。もっとも、彼にはほとんど役に立たないのだが。そういう品々のなかに、銀河に点在する全支部が共有できるように、各支部の現地時間を示すちっぽけな時計があった。興味ぶかいだけではなく、状況によっては欠かせない品だといえるが、イーノックにはなんの価値もない。また、イーノックがなんとかいちばん近い名称を探して命名した〝香り合成器〟という品がある。これを使えば、個々人が独自の好みの香りを創りだすことができる。〝香り合成器〟を使って望みの香りを創り、器具を作動させれば、終了させるまで、部屋じゅうにその香りがただよいつづける。ある冬のきびしい寒さの日に、イーノックはふとその器具のことを思い出し、何度も試行錯誤したあと、リンゴの花の香りを創ることに成功した。おかげで外では雪嵐《ブリザード》が激しく吹き荒れているのに家の中では春の日々をすごせたものだ。

イーノックは手をのばし、また別の品を取った。見るたびに興味をそそられる美しい品だが、使いかたがわからない——なにかに使うものだとすれば、の話だが。もしかすると、美術工芸品で、鑑賞するためだけのものかもしれない。だが、なにか特別の機能をもっているような、そんな感触（この表現が適切であれば）がする。

それは、大きな球体の上に少し小ぶりの球体をのせ、その上にさらに小ぶりの球体を重ねて造られた、いわば球体のピラミッドだ。全体の高さは十四インチ程度で、とても美しい。球体は一個ずつ色が異なっているが、塗料がほどこしてあるのではなく、見ただけで、各球体の色は、球体の中心部から表面に至るまで、球体特有の色だとわかる。球体はそれぞれが独自の色をもっているのだ。

積みあげてある球体は、接着剤のようなもので固定されているようには見えないのに、しっかりとくっつきあっている。どう見ても、大きいものから小さいものへと、球体を一個ずつ順番に縦に重ねてあるだけなのに、どの球体もころころと動くことなく、置かれた場所で静止しているのだ。

球体のピラミッドを持ちあげ、イーノックはこれを誰にもらったのか思い出そうとしたが、まったく記憶になかった。

メッセージマシンがまだピーピー鳴っている。なすべき仕事が待っている。ここにすわりこんだまま、午後を無為にすごすわけにはいかない。イーノックは球体のピラミッドをコーヒーテーブルに置き、立ちあがってメッセージマシンまで行った。

メッセージはこう伝えてきた。

四〇六三〇二からステーション一八三二七へ

ヴェガXXI星の住人が一六五三二・八二時に到着するが、出発時は不定。荷物なし。現地条件にて、キャビネットのみ使用。確認。

メッセージを読んだイーノックは、ほのぼのとした幸福感につつまれた。ヘイザーにまた会えるのはとてもうれしい。ヘイザーがこのステーションを通過するのは、一カ月ぶりぐらいだ。

初めてヘイザーに会ったときのことはいまでもよく憶えている。彼らが五人いっしょにやってきたのは、一九一四年だったか、それとも一九一五年だったか。当時の人々は単に〝大戦《グレート・ウォー》〟と呼んでいたが、のちに第一次世界大戦と呼ばれるようになった戦争が始まったころのことだ。

今回、ヘイザーはユリシーズとほぼ同時刻に到着する。ならば、三人で楽しいひとときをすごせる。良き友がふたり、同時に訪ねてくるなど、めったにないことだ。

イーノックは、ヘイザーを友人だと思っていることに、我ながら少しばかり驚いた。今日やってくるのは、まだ会ったことのない未知のヘイザーだろう。だが、そんなことはどうでもいい。どんなヘイザーであれ、ヘイザーなら友人になれるはずだ。

イーノックは、実体化装置ユニットの下に設置されているキャビネットに近づき、すべてがまちがいなく正常であることをダブルチェックした。そしてメッセージマシンのところにもどり、確認のメッセージを送った。

そのあいだずっと、イーノックの記憶がうるさくせっついていた。あれは一九一四年だったか、それとも、もう少しあとだったか？

要覧キャビネットの引き出しを開けて、ヴェガXXI星の文書をみつけ、チェックする。最初のデータの日付は、一九一五年七月一二日。さらに棚に並んでいる日誌をあさって、目当てのものをみつけると、それを引き抜いてデスクに持っていった。ぱらぱらとページをめくり、その日付の記録をみつけた。

14

一九一五年七月一二日

本日午後三時二〇分、ヴェガXXI星から五人の旅人が到着。この星からの旅人がこのステーションを通過するのは、これが初めてだ。二足歩行のヒューマノイドタイプで、血肉がそなわっていないような印象を受ける――この体つきに肉という表現はまったくあてはまらない――が、もちろん、ちゃんと肉はついている。ぴかぴか光っているわけではないが、体じゅうがほんのり輝いている。彼らがどこに行こうと、オーラが離れずについてまわっているらしい。

五人でひと組のセクシャル・ユニットなのだが、ややこしすぎて、おれには理解できない。だが、彼らは幸せそうで、親しみやすく、おもしろがっているような気がする。なにか特定の事柄をおもしろがるのではなく、仲間内にしか通じない宇宙的なジョークを楽しんでいるのかもしれない。

彼らは休暇を利用して、ほかの星で開かれるフェスティバル（この訳語は適切ではないかもしれないが）に行く途中だという。一週間の祭りに、あちこちの異星人が集まるのだ。彼らがどういう方法で招待されたのか、あるいは、なぜ招待されたのか、おれには見当もつかない。祭りに招待されるのは栄誉なことなのだろうが、彼らはそうは思っていないようで、参加するのは当然の権利だとみなしているらしい。

彼らはとても幸せそうで、心配ごとなどなく、自信とおちつきが身についている。だが、いま思い返してみると、彼らはいつもそうなのだろうという気がする。おれなんか、彼らのように屈託なく陽気に生きられないから、少しばかりうらやましい。彼らには生きていることも宇宙も新鮮に見えるのだろうなと思ったり、また、ちょっぴりやっかんで、彼らが幸せなのは思慮が浅いからかもしれないなどと思ったりもした。

前もっての指示どおり、おれは彼らが休息できるようにハンモックを吊しておいたが、彼らはそれを使わなかった。それどころか、彼らは蓋つきの大きなバスケットを持参していて、中には食べものや飲みものがぎっしり入っていた。五人はテーブルにバスケットの中身をあけて、おしゃべりとごちそうの宴会を始めたのだ。丁重に誘われ、おれもテーブルについた。そして、おれが飲み食いしても体に害のない食物を二種類と、ボトルを一本選んでくれた。ほかの食物は、おれのような地球人には代謝という点で、いくぶんか不安があるとのことだった。

勧められた食べものはとてもうまくて、一度も経験したことのない味がした――二種類の食物のうちのひとつは、とてもめずらしくて最高に微妙な味わいの、長く寝かせたチーズのようなものだった。もうひとつは、天にも昇るような心地のする甘みがあった。飲みものの味は極上のブランディに似ているが、その液体は黄色で、水のように軽い飲みごこちだった。

ヘイザーたちに、おれのことやこの地球のことをあれこれと訊かれたが、とても礼儀正しくて、知識欲というか、純粋に知りたいのだという印象を受けた。そして、おれの話をとまどいもせずにすばやく理解した。彼らはこれから行く星の名前を教えてくれたが、そんな名前の星など、聞いたこともなかった。彼らはヘイザー同士、陽気に幸せそうにおしゃべりをしたが、それでも、おれは仲間はずれだという気にはならなかった。彼らの話を聞いているうちに、その星で開かれるフェスティバルとは、芸術祭のようなものだとわかった。芸術といっても、音楽や美術という単純なものではなく、音と色と感情とフォルムと、地球の言語では表現できない数々の特性あるものとを組み合わせたものだという。とはいえ、おれがきっちり理解したかというとそういうわけではなく、ヘイザー同士の会話を聞いて、ほんのかすかな手がかりを得た程度だ。正確な表現ではないが、ぼんやりと〝三次元交響曲〟ということばが頭に浮かんだ。一個人ではなく、複数の星人によって創作された作品だと思う。ヘイザーたちは熱をこめてその芸術的なフォルムについて語った。〝三次元交響曲〟は、数時間どころか数日間ぶっとおしで公演されるようだ。ふつうなら、観客は見たり聞いたりと受け身のことしかできないが、この〝三次元交響曲〟では、参加したければ参加できるし、場合によっては参加せざるをえない経験ができるらしい。だが、観客がどういうふうに参加するのか、おれには想像もできなかったが、それは質問すべきではないという気がした。

ヘイザーたちはこれから会う異星人たちのことや、前に彼らに会ったときのことを話し、ざっくばらんにゴシップも聞かせてくれた。気楽な話しかただったが、ヘイザーにしろほかの異星人にしろ、なんらかの幸せな目的をもって星から星へと渡り歩いているのだという印象が残った。だが、旅を楽しむということよりほかに、どんな目的があるのか、おれには皆目わからない。たぶん、なにか目的があるのだろう。

ほかのフェスティバルのことも話題にのぼった。どれも特定の芸術形式にこだわらず、芸術的という点では、もっと特殊化されたものだという。これまた、おれの想像の域を越えている。ヘイザーたちはフェスティバルに、多大ないきいきとした幸せを見いだしているようだ。幸福感を与えてくれる芸術そのものはさておき、幸福感を見いだすこと自体に、確固とした意味があるように思えてならない。おれはその会話には加わらなかった。というか、率直にいえば、口を出す機会がなかったのだ。質問したいことはたくさんあったが、訊くチャンスはなかった。だが、もしチャンスがあったとしても、おれの質問は愚かしく聞こえただろう。チャンスをもらえるのなら、愚かだと思われてもいっこうにかまわなかかったのだが。

しかし、そのかわりということではないだろうが、ヘイザーたちは、おれが会話に加わっているという気分になれるように、気を配ってくれた。あからさまに気を遣われたわけではないが、おかげでおれは、旅人たちが時間つぶしに相手にする、単なるステーションの管理人ではなく、彼らの仲間のひとりという気分にさせてもらった。ときどき、彼らは母語をまじえて話した。その言語は、どの星の言語よりも美しい響きをもっている。そのほとんどが、多数のヒューマノイドタイプの種族の母語に組み込まれて使われている。いってみれば、ほかの異星人たちに重宝されて、その星なりの混合言語《ピジン》となっているのだ。だからこそ、おれに対する礼儀から、わざと母語をまじえたのだろう。おれに敬意をはらってくれたといえる。おれはいろいろな異星人に会ったが、ヘイザーこそ、真の意味でもっとも洗練された人々だと思う。

先ほど、ヘイザーはほんのり光っていると書いたが、それは彼らの精神の輝きにほかならないと思う。そのため彼らは、触れるものすべてを幸福にする金色の靄《ヘイズ》をまとい、ほかのだれにもみつけられない特別な世界のなかで動いているように思える。だからヘイザー、すなわち、金色の光の靄をまとうひと、なのだ。彼らとテーブルを囲んでいると、おれもその金色の靄にすっぽりとつつまれ、血管の中を、不思議な、静かで深い幸福感が流れていくのを感じた。ヘイザーたちはどういう進化を遂げて、この金色の光をまとうようになったのだろう。いつか、はるか未来に、わが地球人たちもこういうふうになれるだろうか。だが、この幸福感の裏には、すさまじいバイタリティがひそんでいる。まじりけなしの強さと、生きることへの愛とにあふれた、はじけるような活気ある精神が、いついかなるときも、彼らの細胞のひとつひとつを満たしているようだ。

ヘイザーたちの休息時間は二時間しかないうえに、時間はあっというまに過ぎていった。おれはついに、もう出立《しゅったつ》の時間だと注意した。彼らは出立する前に、テーブルに包みをふたつ置き、おれにプレゼントだといった。おれと、テーブルを使わせてくれたこと（彼らにとってはめずらしい経験だったのか）に礼を述べ、別れのあいさつをすると、キャビネット（特大サイズ）に入っていった。おれは彼らが出立するのを見送った。

五人のヘイザーがいなくなっても、部屋の中にはまだ金色の靄が残っていて、完全に消えるまで数時間かかった。おれも彼らといっしょにほかの星へ行き、フェスティバルに参加できればいいのに。

プレゼントの包みのひとつは、ブランディに似た飲みもののボトル一ダースだった。ボトルそのものも美術品で、一本として同じものはなかった。ガラスではなくダイヤモンドでできているのは確かだが、人造ダイヤなのか、大きな原石をカットしたのか、おれにはなんともいえない。どちらにしろ、きわめて貴重な品で、どのボトルにも胸がどきどきするような象徴的な模様が彫刻してあり、どれもが独特な美しさにあふれている。

もうひとつの包みには箱が入っていた。箱――ほかに呼びようがないので、オルゴールといってもいい。本体は象牙でできている。それも古い黄ばんだ象牙で、サテンのようになめらかな手ざわりだ。全体に種々の図形が彫りこまれている。図形ひとつひとつに、なんらかの意味があるのだと思うが、おれにはまったくわからない。箱のてっぺんには目盛りが刻まれていて、その中央に丸いつまみがついている。つまみを回して一番目の目盛りに合わせると、音楽が流れだし、光が踊る。さまざまな色の光が相互に作用して、部屋じゅうがカラフルに染まるなか、はるかかなたに金色の靄が見えてくるような気がする。しかも、箱の中からいい香りがただよってきて、部屋いっぱいに満ちる。人間に悲しみや喜びを生じさせるもの、気分でも感情でもなんと呼んでもいいが、それが音楽と光と香りと一体となる。その箱から、世界が生まれる。その世界の中で、人間は音楽――なんと呼ぶにしろ――と一体となり、内に抱いている感情や信頼や理知など、すべての属性から解き放たれていく。

これは、ヘイザーたちが話していた芸術フォルムを記録したものなのだ。この箱の中には、そういう三次元交響曲が一曲ではなく、二百六曲もあるのだ。目盛りの数がそれを示している。ひとつの目盛りがひとつの曲。今後何年かかろうと、全曲を聞くつもりだ。音楽を楽しむのと同時に、一曲ごとに感想を書き、曲にその特徴を表わすタイトルをつけたら、そこからなんらかの知識を得られるかもしれない。

15

十二本のダイヤのボトルはもうとっくに空になっていたが、暖炉のマントルピースの上に並べてある。ずらりと並んだボトルは、きらきらと輝いている。イーノックのいちばんのお気に入りのオルゴールは、キャビネットのひとつにしまいこんである。そこなら安全で、害をこうむる恐れはない。しかし、何年もかけて、ずっとオルゴールの曲を聞いているのに、いまだに全曲制覇とはなっていないことを、イーノックはむしろ悲しく思っている。初めのほうに入っている曲のほとんどが、もう一度聞いてほしいといっているようで、ついつい同じ曲を聞いてしまい、まだ目盛りの半分までもいっていないのだ。

五人ひと組のヘイザーたちは、あれからも何度もやってきた。どうやら、このステーションにも、ここを管理している人間（イーノックのことだ）にも、彼らが楽しくなる、なんらかの資質を見いだしたようだ。彼らはイーノックがヴェガ星人の言語を学ぶのを手伝い、ヴェガの文学書やほかの品々も持ってきてくれた。イーノックにとって、この五人組のヘイザーは（ユリシーズを別にして）ほかの多種多様な異星人のなかでも、最高の友といえるのはまちがいない。それがある日、ぱったりと来なくなった。イーノックはどうしてだろうと疑問に思い、ほかのヘイザーが来たときに、彼らのことを訊いてみたりもした。だが、彼らがどうしたのか、その消息はわからなかった。

いまではイーノックも、一九一五年初めて彼らに会い、日誌に記録したころよりは、ヘイザーや彼らの芸術フォルム、伝統、習慣、歴史のことにくわしくなった。とはいえ、彼らが常識だとみなしている概念の多くに関しては、いまだに理解が遠く及ばないままだ。

一九一五年以降、大勢のヘイザーに会ってきたが、とりわけイーノックの記憶に残っている人物がいる。哲学者の老賢人であった彼は、このステーションのソファの横の床で絶命したのだ。

老ヘイザーはソファにすわり、話をしていた。イーノックはそのときの話題すら思い出せる。倫理学の正道からはずれた、不合理で、しかも滑稽な規約について話していたのだ。老ヘイザーが銀河の端よりもさらに遠い、いわば場外の惑星を訪ねたときに出くわしたそうだ。その星は植物社会で、その奇妙な種族によって定められた規約だという。老ヘイザーは持参した飲みものを一、二杯ほど飲み、上機嫌で、次から次へと事件の話をしていた。と、ふいに、話の途中で絶句し、老ヘイザーは静かに前にのめった。イーノックはあわてて手をさしのべたが、その手が届かないうちに、老いたる異星人はそのまま床にすべり落ちていった。

老ヘイザーの体から金色の靄が薄れていき、ゆっくりと消えていった。床の上には、角ばった骨ばかりの異星人が倒れている。ぞっとするようなグロテスクな姿だ、哀れを誘うと同時におぞましくもあった。イーノックがそれまでに会ったどの異星人よりも、さらにおぞましい姿だった。

生きているあいだは、じつにすばらしい生きものだったのに、死ぬと、あちこちがすりきれた古い羊皮紙の下でかろうじて骨がつながっている、胸が悪くなるような骨の袋と化していたのだ。イーノックは息を呑み、ほとんど恐怖に近い思いで、あの金色の靄がヘイザーをあれほどすばらしく、美しく、生気にあふれ、敏捷で快活で、威厳に満ちた姿にしていたのだと理解した。金色の靄はヘイザーの生命そのものであり、靄が消えると、彼らは見るに耐えない、いとわしくも恐ろしいものになりはててしまうのだ。

あの金色の靄がヘイザーの生命力そのものであり、それをマントのように身にまとえるとすれば、あらゆる偽装が可能なのではないだろうか。ほかの異星人は生命力を内側に秘めているのに対し、ヘイザーは外観をすっぽりと生命力でおおっているのだろうか。

悲しげに吹く風が、破風の上に立っている装飾をかたかたと鳴らし、窓からは、風にちぎれた雲がぼろぼろの退却軍のように次々と流れ、東の空のなかばほどまで昇った月を横切っているのが見える。

ステーションの内部に寒々とした寂しさが広がった。その寂しさは地球全体に伝わり、さらに遠くに、どこまでも広がっていくようだ。

イーノックはヘイザーの死体から離れ、ぎくしゃくとした歩きかたでメッセージマシンまで行った。銀河本部直通の呼び出しをかけてから、両手でメッセージマシンの縁を握りしめ、立ったまま待った。

〝どうぞ〟と銀河本部からメッセージが届いた。

イーノックはできるだけ客観的に、なにが起こったかを簡潔に報告した。

銀河本部は躊躇《ちゅうちょ》も質問もしなかった。どういう処置をすべきか（しょっちゅうこういう事態が起こっているかのように）、簡単な指示をよこしただけだ。ヴェガ星人たちが死んだ場合、死んだ場所にとどめ、現地の習慣にのっとって処置すべきだという。それがヴェガ星の法律であると同時に、栄誉でもある。ヴェガ星人は、どこかで絶命したら、その場所にとどまらなくてはならない。そしてその場所は、永遠にヴェガXXI星の一部となるのだ。銀河本部の話では、そういう場所が銀河の至るところにあるという。

イーノックはメッセージを送った。

当地の習慣では、死者を地中に埋葬する。

〝ならばヴェガ星人を埋葬してくれ〟

当地では聖書の文章を読む。

〝ヴェガ星人のために聖書の文章を読んでやってくれ。あなたにできるか？〟

できる。しかし、通常は宗教の専門家がとりおこなう。とはいえ、現況では、それは賢明な選択とはいえない。

〝同意する。あなたひとりでできるか？〟

できる。

〝ならば、それがいちばんいい。やってくれ〟

葬儀に家族や友人たちが来るか？

〝否〟

通知をしない？

〝もちろん、公式な通知はする。だが、彼らはすでに知っている〟

彼が死んだのは、ほんの一分ほど前なのに。

〝それでも、彼らにはわかる〟

死亡証明書はどうする？

〝不必要だ。彼がどういうふうに死んだか、彼らにはわかっている〟

彼の荷物はどうする？ トランクが一個ある。

〝取っておくといい。あなたのものだ。栄誉ある死を遂げた者のためにあなたがおこなってくれる行為への、感謝のしるしだ。それもまた法律で決まっている〟

だが、なにか重要なものが入っていたらどうする？

〝トランクはあなたのものだ。断るのは、死者の思い出を侮辱することになる〟

ほかには？　それだけか？

〝それだけだ。ヴェガ星人をあなたの同胞と同じように処置してくれ〟

イーノックはメッセージプレートをクリアにして、遺体のそばにもどった。こうして突っ立ってないで、勇気をだしてしゃがみ、老ヘイザーの遺体を抱えあげてソファに寝かせてやるべきだ。だが、遺体に触れると考えただけで、震えてしまう。つい先ほどまでソファにすわって話をしていた、生気にあふれる生きものが、これほどおぞましくも恐ろしい姿になりはてるとは、なんとグロテスクなことか。

ヘイザーに初めて会ったときから、イーノックは彼らを好ましく思い、賞賛し、彼ら——単数でも——が来るのを心待ちにしてきた。それなのに、いまは、死んだヘイザーにさわることを考えただけで震えてしまう、なさけない臆病者になっている。原因は恐怖ではない。長年、このステーションの管理人を務めてきたあいだに、異星人たちの姿を見ただけで心底、恐怖を感じたことも多々ある。そして、その恐怖を表に出さずに、外見はどうあれ、すべての生きものを兄弟とみなし、自分と同じ生命体だと考えることを学んだ。

いま、こうしてヘイザーの遺体を前にして震えてしまうのは、恐怖とはまったく別の、いまだ経験したことのない要因もあるようだ。こんな姿になりはてたけれど、彼は友人なのだ。友人が亡くなった以上、死者には敬意を払い、友情という愛をこめて、ていねいに世話をすべきだ。

イーノックはなすべきことをなそうと、自分を鼓舞した。身をかがめて、遺体を抱きあげる。体重がほとんど感じられない。死ぬと三次元的存在感を失い、ちぢんで小さくなり、存在意義が減じるらしい。もしかすると、あの金色の靄、あれ自体に重量があったのだろうか？

遺体をソファに寝かせ、できるだけまっすぐな姿勢にしてやる。それからステーションを出て、差しかけ小屋でランタンに灯をともすと、それを手に、納屋に向かった。

イーノックが生まれてこのかた、納屋はずっとそこにあるが、たいして変わっていない。きっちりと葺《ふ》いてある屋根が天候による損傷から守り、納屋の中は乾いていて暖かい。梁《はり》にはいくつも蜘蛛の巣が張っていて、どこもかしこも埃だらけだ。床のあちこちに古い干し草が散らばっているのは、中二階の干し草置き場の干し草の山が崩れて床いっぱいに広がり、床板の割れ目から落ちてきたからだ。納屋の中は、ひからびた干し草の甘いにおいと、埃くささと、しみついた動物のにおいや、とっくのむかしに分解してしまった堆肥《たいひ》のにおいがする。

イーノックはずらりと並んだ柱の掛け釘にランタンを吊し、はしごを昇って中二階にあがった。干し草がからからに乾ききって塵の山となっているところに、ランタンを持ちこむわけにはいかないので、暗いなかを手探りで探しまわったあげく、屋根の下にオークの板の山をみつけた。

子どものころ、雨が降りつづいて外に出られないとき、イーノックはこの斜めになった屋根の下を洞窟に見立てて、楽しく遊んだものだ。単なる洞窟ごっこではなく、無人島のロビンソン・クルーソーとか、武装警官隊の追跡から隠れている名もない無法者とか、先住民族に頭の皮を剝がれないように立て籠もっている開拓民とか、自分をいろいろな人物に見立てて、さまざまなバリエーションを考えたものだ。また、イーノックは自分で木材をカットし、木工用具のドローナイフで形をととのえ、ナイフで細工し、ガラスの破片ですべすべになるまでこすって仕上げた、木製の銃を持っていた。その銃をたいせつにしていたが、イーノックが十二歳のとき、町まで短い旅行に出ていた父親が帰ってきて、本物のライフルをくれた。イーノック専用のライフルを。

イーノックは暗いなかで板の山をあさって、これというものをいくつか選びだした。板を数枚抱えてはしごまで行き、下の床めがけて板を次々とそっとすべらせて落とす。

はしごを降りて、さらに工具類をしまってある穀物倉までの短い階段を昇る。大きな工具箱の蓋を開けると、長いこと放置されていたようなネズミの巣がみつかった。ネズミが巣作りに集めた麦わらや干し草や雑草などをどかすと、工具類が見えてきた。どれも輝きが失せ、長いこと使わなかったために薄く錆が浮き、灰色になっているが、赤錆でぼろぼろになっているものはなく、刃はするどい。

必要な工具を選びだすと、イーノックは納屋の一階にもどり、作業を始めた。百年ほど前に、ここで同じ作業をしたことを思い出す。ランタンの灯のもとで、棺をこしらえたのだ。あのとき、家の中には父親の遺体が横たわっていた。

オークの板は乾燥していて堅いが、工具の刃はすんなりと通った。イーノックはのこぎりで板を切り、鉋《かんな》をかけて削り、釘を打ちつけた。おがくずのにおいがただよう。納屋の中は居心地がよく、静かだ。中二階にたっぷり残っている干し草が、外で吹きすさぶ不満げな風の音を消しているからだろう。

作り終えた棺は、イーノックの予想よりも重かった。かつては馬房に使われていた仕切りの奥の壁に、古い手押し車が立てかけてあるのをみつけ、棺を手押し車にのせる。棺を運ぶのはなかなか骨の折れる作業で、途中で何度か休みながら、イーノックはリンゴ園のそばの墓地まで手押し車を押していった。

父親の墓の隣に、シャベルとツルハシで穴を掘る。通常、墓の深さは六フィートと定まっているが、イーノックはそこまで深く掘るつもりはなかった。六フィートの深さだと、彼ひとりでは棺を下ろせないからだ。掘りだした土の山の上に置いたランタンの灯が弱い光を投げかけるなか、イーノックは四フィートそこそこの深さまで穴を掘った。森からフクロウが飛んできて、リンゴ園のどこか見えないところにある木の枝に止まり、ホーホーと鳴く合間に、なにやらぶつぶつチッチとつぶやいていた。月は西に傾き、ちぎれ雲も薄くなり、そのすきまから、きらめく星々が顔を出している。

穴を掘りあげ、棺を穴に下ろしたころには、ランタンの灯がちかちかとまたたきだした。灯油がなくなりかけているのだ。少し傾いていたためだろう、煤でホヤが斜めに黒ずんでいる。

ステーションにもどり、遺体をシーツでくるむ。ポケットに聖書を入れ、シーツにくるんだヴェガ星人を抱えあげる。夜明けまぢかを知らせる曙光がさすなか、リンゴ園まで遺体を運んでいく。ヴェガ星人を棺におさめ、蓋を釘づけして、墓穴から出る。

墓穴の縁に立ち、ポケットから聖書を取りだすと、心づもりをしていたページを開く。その文章を声に出して読みあげる。ヨハネの福音書の14章。薄暗いのに、ほとんど目に力をこめる必要がないのは、その章はもう何度も読んだからだ。

わたしの父の家には住まうところがたくさんあります。なければ、みんなにそういったでしょう……

読みながら、イーノックはいかにも適切だと思った。銀河の生きものたちの魂をすべて住まわせるには、かぞえきれないほど多くの部屋が必要になるだろう。いや、宇宙ぜんたいには、銀河はひとつではなく、いくつもある。そのすべてを含めれば——。しかしそれでも、魂がやすらげるところはひとつでいいのだ。

聖書を読み終え、埋葬の祈りを捧げる。できるだけ思い出そうと努力したが、一言一句、残らず思い出せたかどうか自信はない。とはいえ、思いは充分に尽くせたはずだ。イーノックはシャベルを取って、墓穴に土をかぶせはじめた。

月も星も消え、風もやんだ。早朝の静けさが広がり、東の空がきらめくようなピンクに染まりだした。

イーノックはシャベルを手にしたたま、墓のそばに立った。

「さようなら、我が友よ」

そして踵《きびす》を返すと、朝の陽光がさしはじめるなかを、ステーションに帰っていった。

16

イーノックは立ちあがり、日誌を棚の元の位置にもどした。体の向きを変えたが、そこでためらって、その場に立ちつくす。いろいろとなすべきことがある。新聞を読まなければならない。日誌を書かなければならない。《地球物理学研究》誌の最新号のなかに、目を通しておくべき論文が二本ある。だが、そういうことはなにもしたくない。考えるべきことや心配なことがたくさんあり、おまけに、悲しくてたまらない。

外にはまだ監視者たちがいる。幻影たちを失ってしまった。それに、世界はじりじりと戦争に向かっている。

しかし、世界がどうなるのか、イーノックがやきもきしてもしかたがないのだろう。彼は世界を切り捨てることができるし、望みさえすれば、いつでも好きなときに人類と縁を切ることができる。外に出なければ、ドアを開けなければ、世界がどうなろうと、世界になにが起ころうと、イーノックにとって、たいしたちがいはない。彼には別の世界があるからだ。このステーションの外にいる人々が夢にも見たことのない、すばらしい世界が。

イーノックに地球は必要ないのだ。

だが、考えるだけで、とうてい実行には踏み切れない。なんともいいようのない、不可思議な気持だが、イーノックはまだ地球を必要としていた。

差しかけ小屋との境の壁の前まで行き、暗号を口にすると、壁がスライドした。差しかけ小屋に入ったイーノックの背後で、壁が閉じる。差しかけ小屋から外に出て、家の角をまわり、ポーチのステップに腰をおろす。

イーノックはしみじみと思い出した――すべての始まりとなったのはここだったな、と。ずいぶんむかしのある夏の日、星々が崖の上の空に顔を出すころ、このステップに腰をおろしていると、いきなり指名されたのだ。

太陽はすでに西に傾き、じきに夕闇となる。崖下の川から吹いてくるひんやりした風で、日中の熱気は早くも冷えはじめている。森の端の野原を見渡せば、カラスがカアカア鳴きながら空を旋回している。

ドアを閉めて、そのまま閉じこもってしまうのは困難だろう。二度と我が身に太陽や風を受けとめることもなく、地球を巡る季節の移ろいを感じることもせずにいられるかどうか、とてもむずかしい。人間はそのようにはできていない。イーノックは、地球という星で生まれ育った生きものとしての身体的特性を完全に断ち切り、自分が創りあげた環境に応じた生きものには、まだなりきっていない。そして、イーノックが人間としてとどまっているためには、太陽や土や風が必要なのだ。

イーノックには、このステップに腰をおろし、なにをするでもなく、ただ、木々や川の向こうの西のかたを眺めることが必要なのだ。ミシシッピ川の向こうに青くかすむアイオワの山々や、空で旋回するカラスや、納屋の棟木の上を気どって歩いているハトを眺めることが必要なのだ。

たとえ一時間といえども、ステーションの外では確実に歳をとるというのに、毎日外に出ることに価値があるのだろうか？　イーノックは時間を節約する必要はない――いまは、ない。だが、時間に執着するときがくるかもしれない。そして、そうなったら、なりふりかまわず、必死になって、一時間を、一分を、一秒を、たいせつにするだろう。

そんなことをぼんやり考えていると、家の角の向こうから足音が聞こえてきた。遠くから走りづめに走ってきたような、疲れきってよろめいている足音だ。

イーノックはさっと立ちあがり、誰なのかを確かめようと、ステップを降りた。ちょうど角を曲がって走ってきた女が、両手をのばして、よろよろとイーノックのほうに近づいてきた。イーノックは彼女が倒れてしまわないように抱きとめた。

「ルーシー！　いったいどうしたんだい？」

ルーシーの背を支えたイーノックの手に、温かくねばついたものが触れた。片手を引いて見てみると、血で汚れている。ルーシーの服の背中は、ぐっしょりと黒っぽく濡れていたのだ。

イーノックはルーシーの肩をつかみ、腕を少しのばして、彼女の顔をのぞきこんだ。その顔は涙で汚れ、まざまざと恐怖の色が浮かんでいた——そして、恐怖を訴える表情が。

ルーシーはイーノックの手をふりほどくと、くるっと体の向きを変えた。両手をあげて、服を肩からすべらせ、背中のなかほどまで肌をあらわにした。肩の肉が裂け、その長い傷口からは血がじくじくとにじみでている。

服を引きあげたルーシーは正面からイーノックの顔を見た。そして助けを乞うしぐさをしてから、背後の丘を、森の手前の野原を指さした。

とっくに農耕をやめた畑の端の森から、誰かがやってくる。

ルーシーが震え、守ってほしいというようにイーノックにすりよってきたところを見ると、彼女もそれを見たにちがいない。

イーノックはルーシーを抱きあげると差しかけ小屋まで走った。壁に向かって暗号を唱え、スライドした壁からステーションに入る。イーノックの背後で壁が閉まる音がした。

ステーションに入ったイーノックは、自分のしでかしたことにショックを受け、ルーシー・フィッシャーを抱きかかえたまま、その場に立ちつくした。冷静に考えれば、決してしなかったミスだ。冷静に考える時間が一瞬でもあったら、決してそんなまねはしなかっただろう。

だが、イーノックは衝動に駆られ、あとさきも考えずにそうしてしまった。ルーシーに守ってほしいと乞われ、ここに連れてきたのだ。外の世界の者が決して彼女に近づけないところに。だが、ルーシーは人間だ。イーノックを別にすれば、いまだかつて人間がステーションに入ったことはない。

しかし、イーノックはやってしまった。それを変えることは、もはやできない。いったんステーションの中に入《い》れてしまったからには、それをなかったことにはできないのだ。

イーノックはルーシーをソファまで抱えていき、ソファに彼女をすわらせて、あとずさった。ルーシーはイーノックを見あげ、このような場所で微笑することが許されているかどうかわからないというように、かすかにほほえんだ。そして片手をあげ、頬をつたう涙をぬぐった。

すばやく部屋の中を見まわしたルーシーの口が、驚きのOの形に開く。

イーノックはしゃがみこんで、ソファをとんとんとたたき、ここにじっとしていて、よそに行ってはいけないという意味を理解してくれるだろうか懸念しながら、指を一本立てて振ってみせた。そして片腕を大きく動かして部屋の内部をさし示し、できるだけきびしい表情で、くびを横に振ってみせた。

ルーシーは魅せられたようにイーノックをみつめ、理解したというように、おずおずとほほえみを浮かべてこくりとうなずいた。

イーノックは腕をのばし、その手のひらでルーシーの片手をつつみこみ、できるだけやさしく彼女の手をたたきながら、彼女を安心させ、彼女がソファにすわっているかぎり、なにもかもだいじょうぶなのだと伝えようとした。

今度はほほえまずにいる理由はないとばかりに、ルーシーは、おずおずとしたかすかな微笑ではなく、はっきりと笑顔を見せた。

ルーシーはあいているほうの手をひらひらと動かして、異星人たちからのプレゼントがたくさんのっているコーヒーテーブルのほうに向けた。

イーノックがうなずくと、ルーシーはそのひとつを取り、うっとりした顔で見入った。

立ちあがったイーノックはライフルを架けてある壁まで行き、ライフルを取った。

そして、ルーシーを追っていたものがなんであれ、それと対決しようと、外に出ていった。

17

イーノックの家のほうに向かって、ふたりの男が歩いてくる。ひとりはルーシーの父親ハンク・フィッシャーだ。イーノックは数年前、散歩の途中で、短い時間だったが、彼と話をしたことがある。そのときハンクは、どちらかといえばおどおどしたようすで、必要もないのに、迷子になった牛を捜しているのだと説明した。しかし、うさんくさい態度から、イーノックは牛を捜しているというのは口実で、ほかになにかよからぬことを企んでいるのだと見てとった。もっとも、それがどんな企みなのか、イーノックには想像もできなかったが。

ハンクの連れは、若い男だった。十六歳か十七歳ぐらいだろう。ルーシーの兄弟のひとりというところか。

イーノックはポーチの前に立って、近づいてくる男たちを待った。

ハンクは巻いた鞭を持っている。それを見て、イーノックはルーシーの肩の傷はその鞭によるものだとわかった。激しい怒りがこみあげてきたが、イーノックはなんとかそれを抑えこんだ。感情的にならずにいれば、ハンクをうまくあつかえるだろう。

ふたりはイーノックから三歩ほど離れたところで立ちどまった。

「こんにちは」イーノックはいった。

「うちの娘《あま》っ子を見なかったかね？」ハンクは訊いた。

「見たといったら？」イーノックは訊きかえした。

「こいつでぶったたいてやるのさ」ハンクは鞭を振りまわした。

「そういうことなら、あんたにはなにも教えられないな」

「あいつを匿《かくま》ってるのか？」ハンクは追及した。

「そこいらをよく見てみなよ」イーノックはいった。

ハンクはひと足踏みだしたが、考えなおしたようだ。「あいつは報いを受けたんだ。だが、まだ始末はついちゃいねえ。誰であっても、たとえおれの血と肉を受けた者であっても、おれに呪《のろ》いなんかかけさせてたまるか」

イーノックはなにもいわなかった。

「あいつはよけいなお節介を焼きやがった。そんなまねはしちゃあなんねえのによ。あいつの知ったこっちゃねえのによ」

若い男がいった。「おいらはブッチャーを訓練しようとしてただけなんだ。ブッチャーってのは、アライグマ狩りの猟犬の仔犬なんだけどよ」

「そういうこった」ハンクはうなずいた。「なんも悪いことはしちゃいねえ。こないだの夜、せがれたちが若いアライグマを捕まえた。さんざん苦労してな。で、このロイが、捕まえたアライグマを木につないだ。それまでこいつはブッチャーは抑えていた。で、ブッチャーをアライグマと戦わせることにしたんだ。たいしたけがはさせなかったよ。アライグマがひどい傷を負わねえように、こいつがブッチャーをちょいと休ませたからな。で、また、襲わせた」

「アライグマ猟犬にゃ、それがいっちゃんいい訓練方法なんだ」ロイはいった。

「そういうこった」ハンクはまたうなずいた。「だから、こいつらはアライグマを捕まえた」

「仔犬のブッチャーを訓練するのに、アライグマが必要だったんさ」

「よくわかった」イーノックはいった。「そういう話が聞けてよかったよ。だけど、それがルーシーとなんの関係がある?」

「あいつが邪魔しやがったのさ」ハンクはいった。「訓練を邪魔したんだ。ロイの手からブッチャーを奪いとろうとした」

「あのばかが」ロイがいう。「ハンパな娘っ子のくせに生意気な」

「そんな口をきくんじゃねえ」ハンクはくるっと向きなおって、いかめしく息子をたしなめた。

ロイはぶつくさと口ごもり、あとずさった。

ハンクはイーノックのほうに向きなおった。「ロイはあいつを殴りたおした。そんなことをしちゃいけねえよな。もっと気をつけときゃよかったんだ」

「殴るつもりはなかったんだ」ロイはいった。「あいつがブッチャーに近づかねえように、腕を振りまわしただけだよ」

「そういうこった」ハンクはまたうなずいた。「ちょいとばかし、腕に力が入りすぎただけさね。けどよ、あいつがよけいなお節介をしやがったのがいけねえ。あいつのせいでブッチャーは硬直して、アライグマと戦えなくなっちまった。あいつは指一本ふれずに、ブッチャーを身動きできないようにしたんだ。動けなくしちまったのさ。だもんで、ロイが頭にきたんだ」

ハンクはイーノックにおもねるように訊いた。「あんただって頭にくるだろ？」

「そんなことはないね」イーノックはいった。「それに、おれはアライグマ猟犬を飼ってるわけじゃない」

ハンクは、イーノックが理解してくれないことに驚いて、目を丸くした。

しかし、めげることなく、ハンクは話をつづけた。「ロイは本気であいつに腹を立てた。ブッチャーを育ててきたのはロイだかんな。よっく世話をしたもんさ。だもんで、だいじなブッチャーをだいなしにしたやつは、たとえ姉でも許せなかった。だから、あいつにとびかかろうとしたら、ブッチャーと同じめにあっちまった。生まれてこのかた、おれだって見たことがないようなことが起こったんだ。ロイの体がこわばったかと思うと、どんと地面に倒れちまって、両足をぐいと腹に引きつけて、両腕で体ぜんたいをかばうみたいな格好になった。で、ボールみてえに丸くなって、地面にころがってしまったのさ。ロイもブッチャーも両方とも、だ。けど、あいつはアライグマにはなんもせんかった。硬直もさせなかった。あいつは身内の者と飼い犬にだけまじないをかけたんだ」

「おれだって、けがをしたわけじゃねえ」ロイがいう。「どっこもけがはしなかった」

「おれはぶっ座《つゎ》って、この牛用の鞭を編みなおしてた。古いやつは先っぽがすりきれてたんで、新しいのを取りつけてたんだ。で、おれは全部見てたけど、ロイが丸まって地面にころがるまでは、なんもせんかった。けんど、ちょいとまずいんじゃねえかと思った。おれは度量のある男だ。イボを取るまじないとか、ちょいとしたまじないなんか、気にしねえ。そんなことができるやつは、大勢いるかんな。べつにそいつらは家族の面《つら》よごしってわけじゃねえ。けんど、手も触れずに犬やひとを動けねえようにするってのは……」

「だから、彼女を鞭で打ったんだな」イーノックはいった。

「おれは義務を果たしただけよ」ハンクはしかつめらしくいった。「おれの家族に魔女はいらねえ。おれが二回ほど鞭をくらわすと、あいつはおれをやめさせようと、あやしげなそぶりを見せた。けんど、おれには義務があるんで、鞭を振るのはやめなかった。充分にこらしめてやれば、あいつの身内にひそんでる、あやしげな力をたたきのめせると思ったんでな。すると、あいつはおれに呪いをかけやがった。ロイとブッチャーにまじないをかけたみてえに。けんど、今度はちょいとちがうまじないだった。おれの目が見えないようにしやがったのさ。実の父親の目をつぶしやがったんだ！　おれはなにも見えなくなった。目をこすり、叫びながら、そこいらをよろよろと歩きまわった。また目が見えるようになると、あいつはもういなくなってた。あいつが森を抜け、斜面を走っていくのが見えた。だもんで、おれはロイといっしょにあいつを追いかけたのよ」

「それで、あんたは彼女がここにいると思ってる？」

「いるのはわかってるんだ」ハンクはいった。

「そうか。なら、見てみるがいい」

「そうするとも」ハンクは陰険な口調でいった。「ロイ、おめえは納屋を見てこい。そこに隠れてるかもしれん」

ロイは納屋に向かった。ハンクは差しかけ小屋に行ったが、すぐにもどってきて、崩れかけたニワトリ小屋に向かった。

イーノックはライフルを小脇に抱え、立ったままでいた。

めんどうなことになった——イーノックはそれを認めた。かつてないほどのトラブルだ。ハンク・フィッシャーのような男に道理は通らない。いまのところ、取りつく島はない。

頭に血が昇ったハンクが冷静になるのを待つしかない。彼が冷静になれば、もしかすると、話ができるチャンスをつかめるかもしれない。

フィッシャー父子がもどってきた。

「ここにはいねえな」ハンクはいった。「うちん中にいるんだろ」

イーノックはくびを横に振った。「家の中には誰も入れない」

「ロイ、ポーチに昇って、ドアを開けてみろ」

ロイは恐ろしそうにイーノックを見た。

「やってみろ」イーノックは許可した。

ロイはのろのろとステップを昇った。ポーチから玄関ドアまで行き、ドアノブに手をかけて回した。もう一度回す。

「おやじ、ドアノブが回らねえ。開かねえよ」

「くそっ」ハンクはいらついた。「おめえってやつは、なにひとつ満足にできねえんだな」

ハンクは数段あるステップをたったのふた足で昇ると、怒りにまかせた足どりでポーチを進んだ。手をのばしてドアノブをつかみ、力いっぱい回す。一度、二度、三度。ハンクは怒りの形相もすさまじい顔でふりかえって、イーノックにどなり声をあびせた。「どうなってんだよ?」

「いっただろ、入れないって」イーノックは答えた。

「くそっ！」

ハンクはロイに鞭を放り投げ、ポーチを降りて、差しかけ小屋のそばに積んである薪《まき》の山まで、どすどすと歩いていった。そして薪割り台に刺さっている、重い両刃の斧を引き抜いた。

「その斧には気をつけてくれ」イーノックは注意した。「もう長いこと使ってるし、だいじにしてるんでね」

ハンクは返事もしなかった。またポーチに昇り、ドアの前で腰を落として両足を踏んばった。

「さがれ」ロイに命じる。「腕を振る場所をあけろ」

「ちょっと待て」イーノックはいった。「ドアをたたき割るつもりか？」

ロイはさがった。

「あたりめえだ」

イーノックは重々しくうなずいた。

「なんだよ？」

「あんたがそうしたいんなら、止めはしない」

ハンクは斧の柄をつかんで、姿勢をととのえた。電光石火の勢いで、斧の刃が彼の肩まであがってさがった。

斧の刃はドアの表面にあたったとたんにひょいと逸《そ》れ、すっとドアから逃げた。刃が空を切ってハンクのほうにもどってくる。そして、大股を広げているハンクの脚の一インチほど横をかすめた。勢いあまって、ハンクの体が半回転した。

斧を握ったまま両手を広げ、呆けたように突っ立ったハンクは、イーノックをにらみつけた。

「もういっぺんやってみろ」イーノックは煽《あお》った。

ハンクは怒りくるった。顔がまっ赤になっている。「くそっ、やってやるともさ!」

ハンクはもう一度腰を落として両足を踏んばると、斧を振りあげ振りおろした。今度はドアではなく、ドアの横の窓を狙って。

斧の刃が窓にぶちあたった。と思うと、空を切る高い音が響き、陽光にきらめく鋼のかけらが飛んだ。

ハンクはあわててくびを引っこめ、斧を落とした。斧はポーチの床に落ちてはずんだ。片刃が欠けて、ぎざぎざに割れている。窓はどこもなんともない。ひっかき傷ひとつない。

ハンクは信じられないという目で、呆然と、こわれた斧をみつめている。

やがてハンクは無言でロイに片手をさしだした。その手に、ロイは牛の鞭を渡す。

父子はステップを降りてきた。

降りきったところで、イーノックをにらむ。鞭を握ったハンクの手がひくひくとひきつっている。

「おれがあんたなら」イーノックはいった。「そんなまねはしないよ、ハンク。おれは目にも見えない速さで動くことができるんだ」そういって、ライフルの銃床をたたく。「あんたが鞭を振りあげるよりも速く、こっちの手が動くぞ」

ハンクは重たげに息を吐いた。「おめえんなかに悪魔がいるな、ウォレス。あの娘《あま》っ子のなかにも悪魔がいる。おめえらはふたりしてつるんでやがるんだ。森でこそこそ会ってるんだろ」

イーノックは黙ってフィッシャー父子をみつめた。

「神よ、お助けください！」ハンクは叫んだ。「おれの娘は魔女だ！」

「さあ」イーノックはいった。「帰ったほうがいいんじゃないか。ルーシーをみつけたら、あんたんちに連れていくよ」

フィッシャー父子はふたりとも動かなかった。

「これだけはいっとくぞ」ハンクはわめいた。「おめえがおれの娘をどっかに匿ってるんなら、目にもの見せてやるかんな」

「好きなようにしろ」イーノックはいった。「だが、いまはだめだ」イーノックはライフルの銃身をぐいと動かして、父子に退去を命じた。「さっさと行け。二度と来るな。ふたりとも」

フィッシャー父子は一瞬ためらい、イーノックを測るかのように、イーノックが次にどう動くかを推測しようとするかのように、じっと彼をみつめた。

そして、ハンクとロイはのろのろとイーノックに背を向け、肩を並べて斜面を下っていった。

18

イーノックはフィッシャー父子を殺すべきだったかと思った。あのふたりは生きるに値しない。

ライフルを見おろした。つややかな茶色の銃床をきつく握りしめていたせいで、指が白っぽくなっている。

いまにも爆発しそうに胸の内で煮えたぎっている怒りを抑えこもうと、イーノックは深く息を吸いこんだ。もしフィッシャー父子がもう少しぐずぐず居残っていたら、もし彼が父子を追い払わなかったら、イーノックは憤怒に身を任せていただろう。

あれでよかったのだ。イーノックはどうやって自制したのか、よく憶えていない。しかし、自制できたことをうれしく思った。あのままでも、充分に悪い事態だったのだから。

フィッシャー父子は、イーノックのことを狂人だといいふらすだろう。自分たちに銃口を突きつけて追い払ったと。ルーシーを誘拐し、彼女の意志に反して監禁しているというかもしれない。できるかぎりの手を尽くして、イーノックをトラブルに巻きこむだろう。イーノックはフィッシャー一族の狭量な心に巣くう悪意や怨念——人類に取り憑く邪悪な虫——を知っているから、甘い予想はしない。

ステップの横に立ち、なぜルーシーみたいないい子が、あれほど程度の低い一族から生まれたのか、イーノックは不思議に思いながら、フィッシャー父子が斜面を下っていくのを見守っていた。ルーシーのハンディキャップが、一族への防波堤となっているのかもしれない。彼女が一族の悪に染まってしまうのを防いでいるのかもしれない。もし彼女の耳か口のどちらかが不自由ではなかったら、家族の話を聞いたり、彼らと話をしたりしているうちに、ルーシーもまた怠惰で、不道徳な人間になってしまっただろう。

それにしても、こんなゴタゴタに関わってしまったのは、大きなミスだ。イーノックのような任務をもっている者は、世間の厄介ごとに関わってはならないのだ。失うものが多すぎる。あくまでも傍観者でいるべきなのだ。

では、どうすればよかったのか。鞭で打たれて肩から流れる血で、服の背中をぐっしょり濡らしていたルーシーを放っておけたか？　口をきけない彼女が顔いっぱいに助けてほしいという表情を浮かべていた、その必死の訴えを無視するべきだったのか？

もっとちがう方法があったかもしれない。もっと賢いやりかたで事態を処理するべきだったかもしれない。だが、もっと賢いやりかたなどを考える余裕はなかった。彼女を安全な屋内に運び、急いで外にもどって、フィッシャー父子を迎えるだけの時間しかなかったのだ。

イーノックはいまにして思う——外に出ないという選択がベストだったのだと。ステーションにとどまっていれば、なにも起こらなかった。フィッシャー父子と対決するために外に出たのは、あとさきを考えない衝動的な行動だった。人間ならやむをえない行動といえるが、決して賢明な行為ではなかった。とはいえ、イーノックはそうしてしまい、いまとなっては、もはや元にもどすことはできない。時間をもどすことができれば、ちがう行動に出るだろうが、そんなチャンスはないのだ。

イーノックが足どりも重くステーションにもどると、ルーシーはソファにすわったまま、なにやら光るものを手にして、うっとりとそれをみつめていた。今朝、指先に蝶々を止まらせていたときと同じく、いきいきとした活発な表情を浮かべている。

ライフルをデスクの上に置き、イーノックは静かに立っていたが、ルーシーは彼の気配を察知していたにちがいない。すばやく目をあげたからだ。そしてその視線は、ふたたび手の中の光るものに向けられた。

ルーシーが手にしているのは、あの球体のピラミッドだった。すべての球体が右回りと左回りを交互にくりかえしながら、ゆっくりと回転している。回転しながら、ひとつひとつ色のちがう球体が、それぞれきらきらと光を放っている。それぞれの球体の内部の深いところに、やわらかく暖かい光源をもっているかのように。

その美しさに、イーノックは思わず息を呑んだ。彼は長いあいだ、球体のピラミッドがなんなのか、なにか意味のあるものなのかと、頭を悩ませていたのだ。百回もためつすがめつし、不思議だ不思議だと思うばかりで、なんの意味も見いだすことはできずにいた。これまでも、この品にはれっきとした用途があり、操作する方法があるはずだという気はしていたが、もっぱら鑑賞するだけのものでしかなかった。

それがいま、作動している。イーノックが百回も頭を悩ませたというのに、ルーシーはたった一度手に取っただけで、作動させることができたのだ。

ルーシーはじつにうれしそうに、きらめく球体のピラミッドをみつめている。彼女はその品の用途を理解できたのだろうか？

イーノックはソファに近づき、ルーシーの腕に手を触れた。ルーシーは顔をあげてイーノックを見た。その目は幸福と興奮に輝いている。

それがなにかわかるかという意味をこめて、イーノックは球体のピラミッドを指さした。だがルーシーには、イーノックの質問の意図がわからなかったようだ。あるいは、わかっているけれども、どうにも説明のしようがないのかもしれない。幸せそうに片手をひらひらと動かして、さまざまな品がのっているテーブルを示して笑った——笑い声は出なくても、少なくとも顔いっぱいに笑みが浮かんでいる。

新奇で不思議な玩具がいっぱいに詰まった箱を手にした子どもと同じだ、とイーノックは思う。彼女はテーブルの上に山積みになっている品々の美しさと目新しさに気づいて、興奮し、うれしがっているのだろうか？

イーノックは疲れを覚え、デスクにもどった。ライフルをつかみ、壁のフックに架ける。

ルーシーはこのステーションにいるべきではない。イーノック以外の人間は、ステーションの内部にいてはいけないのだ。彼女をここに運びこんだとき、イーノックは彼を管理人にした異星人たちとの暗黙の了解を踏みにじってしまった。だがルーシーは、人間のなかでも、暗黙の規定を免除される資格があるといえる。ここで見た事物を他者に話すことができないからだ。

とはいえルーシーをここに置いておくわけにはいかない。家に帰すべきだ。それはイーノックにもわかっている。もし彼女が家に帰らなければ、大がかりな捜索が始まるだろう――行方知れずになった聾唖のきれいな娘の捜索が。

行方不明の聾唖のきれいな娘の話は、ニュースとして一両日中に新聞にも載るはずだ。新聞各紙、テレビ、ラジオで報道され、森には数百人もの捜索者が押しよせるだろう。

ハンク・フィッシャーは、イーノックの家に入ろうとしたがどうしても入れなかったことをしゃべりちらすだろう。そうなると、力ずくでこの家に押し入ろうとする輩《やから》が続出して、たいへんな騒ぎになるだろう。

それを考えると、イーノックは冷や汗が出てきた。

長いあいだ、世間から遠ざかっていたことも、ひっそりと暮らしてきたことも、むだになってしまう。人里離れた丘の上に建つこの家は、謎の家として世界に知れ渡り、世界じゅうのもの好きな変人たちの冒険や挑戦の対象になるはずだ。

イーノックは薬品キャビネットを開けて、銀河本部から支給された薬品パケットの中から、傷用の軟膏を捜した。

軟膏の入った小箱をみつける。軟膏はまだ半分以上残っていた。もう何年も前にもらったのだが、めったに使わなかった。じつのところ、大量に使う必要がほとんどなかったのだ。

ソファのうしろに回り、ルーシーの背後に立つ。そしてルーシーに軟膏を見せ、身ぶりでそれをどう使うかを伝えた。ルーシーは服を肩からずらした。イーノックは身をかがめて、ルーシーの深い傷をみつめた。

血はとまっていたが、肉は赤く腫れあがっている。

鞭がえぐったいくつもの筋に、イーノックはそっと軟膏を塗りこんだ。

ルーシーは蝶々を癒した。だが、自分自身を癒すことはできないのだ。

ルーシーの真正面のテーブルには球体のピラミッドが置かれている。球体のピラミッドはきらきらと光を放ち、部屋じゅうにさまざまな色の影を映しだしている。

球体のピラミッドは作動中だ。しかし、どうやって作動したのだろう？

ついに作動したのだが、作動したからといって、なにか特別なことが起こっているわけではなかった。

19

夕暮れも深まり、夜になろうとするころ、ユリシーズが到着した。

イーノックとルーシーはちょうど夕食を終えたところで、まだテーブルについていたときに、イーノックはユリシーズの足音に気づいた。

異星人は暗がりに立って、イーノックを見ている。ユリシーズはいつにも増して、無慈悲な道化に見えた。しなやかで流れるような体は、いぶしてなめしたバックスキンのようだ。色彩のパッチワークじみた皮膚は、かすかな光を帯びてうっすらと光り、鋭角的な顔だちや、つるりと禿げた頭、頭にぴたりと貼りついた先の尖った耳が、ユリシーズをいかにも恐ろしげな生きものに見せている。

ユリシーズがほんとうはおだやかな性質の持ち主なのだと知らなければ、そう、獰猛凶悪《どうもうきょうあく》に見えるだろう。おとなでさえ怖がるだろう。

「待っていたよ」イーノックはいった。「コーヒーポットは煮立っている」

ユリシーズはゆっくりと一歩前に踏みだし、そこで止まった。「きみのほかに誰かいる。

人間だな」

「危険はない」イーノックはいった。

「きみとは異なる性の人間だ。女性、か？　連れあいをみつけたのか？」

「そうじゃないんだ。このひとはおれの連れあいではない」

「もう長いあいだ、きみは賢明な行動をとってきた。きみのような立場にある者が連れあいを得るのは、最良とはいえない」

「心配しなくていい。このひとには障害があってね。コミュニケーションができないんだ。耳が聞こえないし、口がきけない」

「障害？」

「そう、生まれつきの障害だ。生まれてからこのかた、聞こえないし、しゃべれない」

「手話は？」

「できない。学習するのを拒否したんだ」

「きみの友人なんだな」

「もう何年も前から。今日、彼女はおれに保護を求めてきた。父親に鞭でひどく打たれたんだ」

「父親は彼女がここにいることを知っているのか？」

「疑っているが、確かめることはできない」

ユリシーズは暗がりからゆっくりと抜け出すと、光が届くなかに立った。

ルーシーはユリシーズから目を離さなかったが、その顔にはみじんも恐怖の色はなかった。なんの動揺もない、平静なまなざし。たじろぐこともなかった。

「彼女はわたしを受け容れている」ユリシーズはいった。「逃げだそうともせず、悲鳴もあげない」

「悲鳴はあげられないんだよ」イーノックはいった。「たとえあげたくても」

「初めてわたしを見た人間は、不快感をいだくにちがいないのに」

「彼女は外見だけで判断しない。あんたの内面を見ているんだよ」

「わたしが人間のおじぎをしたら、彼女は驚くだろうか?」

「そうだな、喜ぶんじゃないかな」

ユリシーズは片手をなめし革のような腹に当て、腰を深く折って、正式の、大仰なおじぎをしてのけた。

ルーシーはにっこり笑って、両手を打ち合わせた。

「おお」ユリシーズはうれしそうにいった。「どうやらわたしを気に入ってくれたようだ」

「すわらないか」イーノックはユリシーズに勧めた。「三人でコーヒーを飲もう」

「ああ、忘れてた。このひとを見たとたん、コーヒーは頭から追い出されてしまったよ」

ユリシーズは彼のためのコーヒーカップがセットしてある席についた。

イーノックはテーブルを回って料理用ストーブに行こうとしたが、ルーシーがさっと立ちあがってコーヒーポットを取りにいった。

「彼女、わたしたちがなにを話していたか、わかったのかな？」ユリシーズは訊いた。

イーノックはくびを横に振った。「あんたはカップの前にすわったけど、あんたのカップはからっぽだからね」

ルーシーはユリシーズのカップにコーヒーをつぐと、キッチンテーブルを離れて、ソファにすわった。

「わたしたちとテーブルを囲む気はないのかな？」ユリシーズはルーシーを気にした。

「彼女、あのたくさんの品に夢中なんだ。ひとつを作動させたよ」

「ここに彼女を置いておくつもりかね？」

「それはできない。みんなが彼女を捜しはじめる。彼女を家に帰すしかない」

「それは気に入らないね」ユリシーズはいった。

「おれだって、いやだ。うん、わかってるよ、彼女をここに入れるんじゃなかった。だけど、あのときはそうするしかないと思ったんだ。よく考える余裕なんかなかったし」

「きみはまちがったことをしたわけじゃないよ」ユリシーズはものやわらかにいった。

「彼女は無害だ。コミュニケーションができないから……」

「そこが問題なのではない。彼女は悶着の種になりかねないが、わたしとしては、さらなる悶着はごめんこうむりたい。イーノック、わたしが今夜やってきたのは、トラブルが発生したからだ」

「トラブル？　だけど、なにもめんどうなことは起こってないよ」

ユリシーズはカップを持ちあげて、ゆっくりとコーヒーを飲んだ。「うまいなあ。コーヒー豆を持ち帰って、うちで沸かしたいよ。だが、同じ味にはならないだろうね」

「トラブルって？」

「何年か前に、ここでヴェガ星人が亡くなっただろう？」

イーノックはうなずいた。「ヘイザーだね」

「ちゃんとした名前がある……」

イーノックは笑った。「地球的ニックネームは好きじゃない？」

「わたしたちはそういうことはしない」

「おれが呼び名をつけるのは、相手に対する好意の証《あかし》だよ」

「きみは亡くなったヴェガ星人を埋葬した」

「家族の墓地に。家族同様にあつかった。聖書も読んであげた」

「それはとてもいいことをした。然《しか》るべき行為だ。きみはとてもよくしてくれた。だが、遺体が消えてしまったんだ」

「消えた！　そんなばかな！」

「墓地から持ち去られた」

「なぜあんたがそんなことを知ってる？　どうやって知ったんだ？」

「わたしは知らなかった。知ったのはヴェガ星人だ」

「けど、彼らは何光年も遠いところにいる……」

そういいかけて、イーノックはわけがわからなくなった。あの夜、老ヘイザーが亡くなった直後に、イーノックは銀河本部にそのことを報告した。そして、銀河本部に、老ヘイザーが亡くなった瞬間に、ヴェガ星人たちはそのことを知ったといわれた。もうすでにヴェガ星人たちにはわかっているので、死亡通知は必要ないともいわれた。

もちろん、そんなことはありえないように思えるが、銀河では、ありえないことがありえる。人間が固い地面に足をつけて立つのを当然とみなすように、銀河では不可能が可能なのだ。

ヴェガ星人たちは全員、同胞と精神的コンタクトがとれるのだろうか？　それとも（むりに人間の用語に置き換えていえば）国勢調査局みたいな機構があり、それが生存しているヴェガ星人全員と公的にリンクしていて、各自がいつ、どこで、なにをしているか、すべてわかる仕組みになっているのだろうか？

そういう仕組みがあっても不思議ではないと、イーノックは思う。銀河ぜんたいをくまなく調べれば、それは決して驚くような事実ではないと判明するはずだ。しかし、ヴェガ星人のように、死んでもなおコンタクトできるというのは、また別の話だ。

「遺体は持ち去られた」ユリシーズはいった。「そういいきれるし、それは真実だ。きみには説明する義務がある」

「ヴェガ星人に？」

「そう、ヴェガ星人に。そして銀河ぜんたいに」

「おれはできるだけのことをした」イーノックは熱くなった。「銀河本部の依頼どおりのことをした。ヴェガ星の法に従った。死者を敬い、地球の葬儀をおこなった。そのことで永遠に責任を負わなければならないというのは、正しいとは思えない。遺体が消えるなんて、どうしても信じられない。遺体を盗む者がいるわけがない。あそこに遺体が埋葬されていることなど、誰も知らないんだから」

「人間の論理に従えば」ユリシーズはいった。「もちろん、きみは正しい。しかし、ヴェガ星人の論理では、そうではない。そして、この件に関しては、銀河本部はヴェガ星人を支持するだろう」

「ヘイザーは、ヴェガ星人は」イーノックは怒りをこめていった。「友だちといえる。大勢のヴェガ星人に会ったが、好きになれないとか、つきあいにくいというようなヴェガ星人はひとりもいなかった。彼らとはうまくいっていた」

「ヴェガ星人に関するかぎり、きみがうまくつきあえるというのは、まちがいないとわたしも思う。それは心配していない。しかし、状況が複雑になった。表面だけ見れば、むしろ単純な出来事だったのだが、裏には多くのファクターがからんでいる。たとえば、ヴェガ星人は遺体が持ち去られたのを知り、当然ながら当惑した。だが、その事態を斟酌《しんしゃく》し、沈黙を守っている」

「そんな必要はないのに。おれに会いにくればよかったのに。おれになにができたか、わからないけど……」

「沈黙を守っているのは、きみを慮《おもんぱか》ってのことではない。ほかに理由がある」

ユリシーズはコーヒーを飲みほし、自分でお代わりをついだ。イーノックの半分残っているカップにもつぎたしてから、コーヒーポットを置く。

イーノックは待った。

「きみは気がついていなかったかもしれないが、このステーションが設置された当時、銀河の星々の多数の星人から、相当数の反対があった。そういう状況ではよくあることだが、さまざまな理由があがったが、根元的な理由は、種族間や星域上において優位に立とうとするための、継続的な競争に根ざしていた。ここ地球でも、ある集団が他の集団に対し、あるいはある国家が他の国家に対し、経済的に優位に立とうと、継続的に争い、策略をめぐらしたりしているだろう？　それと似たようなものだ。もちろん、めったにないこととはいえ、銀河でもときおり、経済的考慮が優先的なファクターとなる。経済問題よりもっと多くのファクターがあるんだがね」

イーノックはうなずいた。「そのことなら少しは理解している。最近のことは知らないけれど。でも、おれはあまり気にしてなかった」

「主に方向性の問題なんだ」ユリシーズは説明をつづけた。「銀河本部が銀河辺境のスパイラルアームにまで拡大しはじめたことは、別の方向に拡大するための時間も努力も足りなくなることを意味していた。何百年ものあいだ、近くの球状星団に行きたいと夢見てきた、多種族から成る大きなグループがある。もちろん、実現可能な夢だ。わたしたちの技術をもってすれば、宇宙空間を大きくジャンプして、その球状星団に行くことができる。しかも、球状星団には塵やガスがとても少ないため、銀河の多くの星でそうするよりもさらに迅速にネットワークを拡大できるだろう。しかし、どう考えても、ビジネスとしては投機的で危険をともなう。というのは、そこでなにが発見できるのか、まったくわからないからだ。さんざん努力をして、時間もたっぷり費やしたあげく、いささかの地所以外に発見できるものは、ほとんどないか、あるいは、まったくなにもないか、そのどちらかだろう。いささかの地所なら、わたしたちは銀河のあちこちに、たくさん所有している。だが、ある種の精神構造の持ち主にとっては、球状星団は心を奪われる存在なのだ」

イーノックはうなずいた。「それはわかる。それは、この銀河を離れる最初の冒険といえるからね。宇宙に数々ある、ほかの銀河に行くルートを開くための、第一歩になるわけだもの」

ユリシーズはちらっとイーノックの顔を見た。「きみもそうか。それぐらい予想しておくべきだったな」

イーノックは気どった口調でいった。「おれもまた、そういう精神構造の持ち主だよ」

「それはともかく、きみなら彼らを球状星団派閥と呼ぶだろうが、そういうグループがってね。その派閥の連中は、わたしたちがそれとは反対の方向に進出しはじめると、激しく抵抗した。そのため、きみなら理解できるだろうが、わたしたちはこの惑星の隣人さんたちにはほとんど手を出せずにいる。現在、中継ステーションは十二以上あるが、この先、何百は必要になる。このスパイラルアームのネットワークが完成するのに、何百年もかかるだろう」

「すると、その派閥はまだ抵抗してるんだね。このスパイラルアーム・プロジェクトは休止状態なんだ」

「そのとおり。そして、それこそがわたしの懸念のもとなんだ。球状星団派閥の連中は、感情今回のヴェガ星人の遺体消失事件を利用して、銀河本部のネットワーク拡張に対し、感情的論争をふっかけるつもりなんだ。そして、その連中は、ある特別な関心をもつ別のグループと結託しようとしている。その特別な関心をもつグループは、銀河本部のプロジェクトを破壊するチャンスを、虎視眈々《こしたんたん》と狙っているんだ」

「プロジェクトを破壊する？」

「そう、破壊する。ヴェガ星人の遺体消失事件がオープンになれば、すぐさま、地球のような未開の惑星にステーションを設置するのは無理がある、とわめきだすだろう。そして、このステーションを閉鎖するよう主張するだろう」

「そんなことができるはずがない！」

「できるんだよ。彼らは墓泥棒がいるような未開の星では、ステーションの格が下がるし、安全とはいえない、そんな星に埋葬された死者は決して安らかに眠れないと主張するだろう。これは非常に感情に訴える意見で、銀河のいくつかのセクションでは、広く受け容れられ、絶大な支持を得るはずだ。しかし、ヴェガ星人はベストを尽くした。プロジェクトのために、そういう感情論を沈静させようと努力したんだ。これまでそんなふうに動いたことなどなかった星人たちが、だよ。ヴェガ星人は誇り高く、名誉を重んじる——その点はほかの多くの異星人たちより徹底している——が、よりよき目的のためなら、喜んで不名誉を選ぶ。ヴェガ星人がこの件を静観する態度をとりつづけることが可能だったら、不名誉に甘んじたままでいただろう。だがしかし、どういうわけか、この件が漏洩され、広まってしまった。巧妙な諜報活動のせいだというのは、疑う余地もない。そのためヴェガ星人は、不名誉な事件を広く喧伝されるという不面目な事態に耐えられなくなった。今夜、ここにヴェガ星人がひとり、やってくる。公式に抗議をする権限を与えられた公式の代理人だ」

「おれに抗議するために？」

「きみに抗議し、きみを通して、ひいては地球に抗議するために」

「だけど、地球ぜんたいには関係ないことだよ。地球人たちはなにも知らないんだから」

「そのとおり。しかし、銀河本部はきみを地球人だと認識している。きみは地球人、つまり、地球の代表なのだ」

イーノックは頭を振った。そうくるとは、思考形態がおかしいとしかいいようがない。しかし、こんなことに驚いてはいけない。これぐらい予想できて当然だったのだ。イーノックは融通がきかず、視野も狭い。イーノックは人間としての思考形態を身につけるように訓練を積んできた。しかも、長い年月生きてきたせいで、その思考形態が体にしみついている。人間的思考形態がそれ以外の思考形態と衝突する場合は、反射的に相手がまちがっていると思いこむほど深く、身にしみついている。

地球のステーションを遺棄するという意見はまちがっている。理にかなっていない。地球のステーションを遺棄しても、プロジェクト自体を破壊することにはならないからだ。とはいえ、イーノックが人類のためにいだいている希望は、まちがいなく破壊される。

「だけど、あんたがたが地球を捨てなければならないにしても、火星がある。火星にステーションを設置すればいい。この太陽系にステーションが欠かせないのなら、地球以外にも惑星がある」

「きみにはわかっていない」ユリシーズはいった。「このステーションは攻撃の口実というだけではない。起点というか、ほんの手始めにすぎないんだ。彼らの狙いはここのスパイラルアーム・プロジェクトの破壊。そのプロジェクトのために費やされている時間とエネルギーを、自分たちのために自由に使うことだ。ここを強制的に閉鎖せざるをえないことになれば、わたしたちは信用を失う。わたしたちの目標や判断も見直さざるをえなくなる」

「だけど、たとえプロジェクトが破壊されたとしても、どこかのグループが得をするとはかぎらないじゃないか。どこに時間とエネルギーを割くかという問題は、公開討論の場でとりあげられるんじゃないか。あんたはさっき、特別な関心を持つ派閥が多数あって、それらが結託して、おれたちに戦いを挑んでるといった。その連中が勝ったと仮定しよう。そうしたら、彼らの結託が破れ、非難の矛先《ほこさき》が変わり、たがいに戦うことになるんじゃないか」

「もちろん、それはありうる」ユリシーズはうなずいた。「だが、各派閥は、自分たちの望むものを手に入れるチャンスを得るか、チャンスがきたと考えるだろう。そういう意味では、彼らにはなんのチャンスもないんだがね。どこかの派閥がチャンスを手にする前に、プロジェクト自体が流れてしまうからだ。銀河の辺境にある星々のグループは、銀河の縁にあたる特別なセクション、人口が少ないセクションに移住したいんだ。彼らはいまだにむかしからの伝説を信じている――彼らの先祖は別の銀河からわたしたちの銀河の辺境に移住してきたが、そこにとどまるのではなく、長い時間をかけて銀河の中心部にさらなる移住を果たすべし、という伝説だ。彼らは銀河の辺境から脱することができれば、自分たちは伝説を歴史に変えた、栄光ある存在になれると考えているんだ。また、別のグループは小規模のスパイラルアームに行きたい。それというのも、いつとも知れないほどむかしに、彼らの先祖が、その小さなスパイラルアームの方向から発信された、実質的には解読できないメッセージをキャッチしたからだ。年月が過ぎていくうちに、その話はどんどんふくれあがり、こんにちでは、そのスパイラルアームに行けば、すばらしく知的な種族と出会えるにちがいないと信じこんでいる。

だが、銀河の中心部に深く探りを入れるには、当然ながら、多大な困難がある。わたしたちはまだスタート地点に立ったばかりなのだということを、銀河にはいまだに未踏の星域が広がっていることを、銀河本部を成立させている多数の異星人はほんのパイオニアにすぎないのだということを、ぜひとも理解してほしい。いまだにパイオニアであるがゆえに、銀河本部はさまざまな困難にさらされつづけているんだ」

「あんたの話を聞いていると、なんだか、この地球ステーションを維持するのは、ほとんど望みがないといってるみたいだ」

「望みは、ほぼ、ないといえる。だが、きみに関するかぎり、選択肢はある。ここにとどまり、地球人としてふつうの暮らしをするか、あるいは、ほかのステーションの管理をするか。銀河本部はきみがわたしたちといっしょに働くことを選んでほしいと願っている」

「最終通告って感じだね」

「あいにく、そういうことだな。残念だよ、イーノック。悪いニュースの運び手になったのは」

イーノックはショックを受け、思考も体も硬直してしまった。悪いニュース！　そんなものではない。すべての終焉だ。

イーノックのささやかで個人的な世界が崩壊するだけではなく、地球のすべての希望が失われてしまうのだ。ステーションがなくなってしまえば、地球は銀河の進化から取り残され、助けを得られるチャンスも、存在を認めてもらえるチャンスも、銀河になにが待ち受けているかを知るチャンスも、失ってしまう。地球は孤立し、無防備なままで、人類は古いむかしながらの道程をたどり、足もとも不確かに手探りで歩を進め、暗い、狂気の未来に向かっていくしかなくなる。

20

やってきたヘイザーはかなりの年配だった。彼の体をつつむ金色の靄は、若さを表わす、はじけるようなきらめきを失っている。若者のまぶしいばかりの輝きではなく、やわらかで深みのある、底光りのする輝きを放っている。付け焼き刃ではない威厳をまとい、頭頂部に揺らめく、毛髪でも羽毛でもない自然の頭飾りは神々しいぐらいに白い。顔つきはやさしく、慈愛に満ちている。人間なら美しく年輪を重ねたしわに表われるやさしさであり、慈愛だ。

「このような件で会わなければならないのは、まことに残念だ」老ヘイザーはイーノックにそういった。「だが、たとえどのような状況のもとであろうと、わたしはあなたに会えてうれしい。あなたのことは、いろいろと聞いているよ。銀河外縁のスパイラルアームにある惑星に、ステーションの管理人を置くこと自体、めったにないことなのだ。そのために、わたしはずっと前から、あなたに関心をもっていた。あなたがいったいどういう生きものなのか、あれこれと想像したものだ」

「彼のことを懸念する必要はありませんぞ」ユリシーズは少しばかりきびしい口調でいった。「わたしが保証します。わたしたちは永年の友人なのです」

「そうか、忘れていた」老ヘイザーはいった。「あなたが彼をみつけたんだな」

老ヘイザーは部屋の中を見まわした。「もうひとり、いる。ふたりいるとは知らなかった。ひとりだけだと思っていた」

「あれはイーノックの友人です」ユリシーズが説明する。

「ならば接触者がいたのだな。この惑星との接触者が」

「いや、接触者はいない」

「ならば、無分別というか軽率だ」

「おそらくは」ユリシーズはうなずいた。「だが、あなたにしろわたしにしろ、怒りにまかせて非難するのはいかがなものかと思いますぞ」

いつのまにかルーシーは立ちあがって、イーノックに近づいてきた。静かな、ゆっくりした動作なので、まるで空中を浮遊しているようだ。

老ヘイザーは共通語でルーシーに話しかけた。「会えてうれしいですよ。心からうれしく思います」

「彼女は口がきけません」ユリシーズはいった。「耳も聞こえないんです。コミュニケーションができないんですよ」

「それを補うものがある」老ヘイザーはいった。

「そう思いますか？」ユリシーズが訊きかえす。

「まちがいない」老ヘイザーはそういうと、ゆったりとルーシーに近づいた。ルーシーはその場に立ちどまって待っている。

「それ、ではなく、ここでは女性形を〝彼女〟と呼ぶんだったな。彼女はわたしを怖がっていない」

ユリシーズはくすくすと笑った。「このわたしのことすら、怖がりませんでしたよ」

老ヘイザーは片手をルーシーにさしのべた。

ルーシーはたじろぎもせず、すぐに片手をすっとのばして、老ヘイザーの指を、指というより触手に似ているのだが、それを握った。

その瞬間、イーノックの目には、老ヘイザーがまとっている金色の靄の輝きが、地球の娘の体をつつみこんだように見えた。イーノックがぱちぱちと目をしばたたくと、その幻影（幻影だとして）は消え、金色の靄につつまれているのは、老ヘイザーだけとなった。

ルーシーにも、ユリシーズにも、老ヘイザーにも、恐怖の影すらないのはどうしたことだろうと、イーノックは不思議に思った。ルーシーは相手の外見にとらわれずに真の姿を見通すことができ、異星人たちのなかにひそむ基本的な人間らしさ（イーノックは内心で、こういう人間的な表現しかできないことを口惜しく思う）を感知できるのだろうか？　もしそれが事実なら、ルーシー自身が人間ばなれしているのだろうか？　いや、彼女は生まれも姿かたちも人間だが、人間社会に適合しにくいだけなのだ——人間はかくあるべしという共通の認識がきびしい規律となり、その規律が個々人の所作《しょさ》や外観にまで及び、人々をがんじがらめに縛ることがなかったら、人間はみな、ルーシーのようになるのではないだろうか。

ルーシーは老ヘイザーの指を放すと、ソファにもどった。

老ヘイザーは呼びかけた。「イーノック・ウォレス」

「はい」

「彼女はあなたの同胞か？」

「はい、もちろん」

「あなたとはまったく似ていない。あなたとは異なる種族のようだ」

「地球には、ふたつの種族はいません。ひとつだけです」

「彼女のような者はほかにも大勢いるのか？」

「よく知りません」

「ところで」ユリシーズが老ヘイザーに訊いた。「コーヒーはお好きですかな？」

「コーヒー？」

「実に美味な飲みものですぞ。地球の最高の産物のひとつです」

「それは知らなかった。知らないことがあるとは、信じられない」老ヘイザーはぎごちなくイーノックのほうを向いた。「わたしがここに来た理由は知っているね？」

「はい」

「じつに残念だが、わたしはどうしても……」

「そのことなら」イーノックはいった。「すでに抗議はなされたとみなせます。おれはそう認めます」

「そうとも」ユリシーズがいった。「わたしたち三人のあいだでは、胸の痛むつらい用件を、わざわざ口にする必要はないと思いますぞ」

老ヘイザーはためらった。

「どうしてもそうしなければならないとお思いなら――」イーノックはいいかけた。

「いや」老ヘイザーはイーノックのことばをさえぎった。「暗黙のうちに抗議が受け容れられたのなら、わたしは満足だ」

「受け容れます」イーノックはうなずいた。「ですが、ひとつ、条件があります。告発された罪状が根拠のないものではないということを、確信したいのです。外に出て、それを確認しなければなりません」

「わたしを信じないのか？」

「あなたを信じる信じないの問題ではありません。きちんと調べる必要があるんです。納得がいくまで調べなければ、おれ自身とこの星のために、抗議を受け容れるわけにはいかないんです」

「イーノック」ユリシーズがいった。「ヴェガ星人たちはきみに感謝している。今度のことだけではなく、この件が起こる前からずっと。ヴェガ星人たちは心ならずも今回の抗議に至った。彼らとしては、きみと地球を守るために耐えてきた」

「つまり、おれがヴェガの抗議と所信を受け容れなければ、おれを不快に思うってことだね」

「すまないが、イーノック、そういうことだ」ユリシーズは認めた。

イーノックは頭を振った。「もう長いあいだ、おれはこのステーションを通過していく人々の倫理や理想に従おうと努力してきた。自分の人間的本能や学習してきたことをわきに押しやって、ほかの視点を理解し、いろいろな思考形態を評価しようとしてきた。人間としてのおれの視点や思考形態と、激しくぶつかるものが多かったけれど、そのおかげで、地球という狭い世界を離れて遠くを見るチャンスをもらえたことを、とてもありがたく思ってる。そこから、さまざまなことを学んだ。だけど、今回のことは、地球にはなんの関係もない。おれ個人の問題だ。地球が巻きこまれるというのなら、おれは地球人としての視点から、この問題を考えなくてはならない。いまこの瞬間から、おれは単なる銀河本部の管理人ではなくなる」

ユリシーズも老ヘイザーもなにもいわなかった。

イーノックはなにかいわれるのをじっと待っていたが、やはりふたりの異星人はなにもいわない。

ついにイーノックはふたりに背を向け、差しかけ小屋との境の壁に向かった。

「すぐにもどるよ」異星人たちにそういうと、イーノックは暗号を唱えた。壁がするするとスライドする。

「もしよかったら」老ヘイザーがいった。「わたしもいっしょに行きたい」

「いいですよ。どうぞ」

外は暗い。イーノックはランタンに灯を入れた。そのさまを老ヘイザーはじっと見守っている。

「化石燃料です」イーノックは説明した。「化石燃料に芯を浸して吸いあげ、芯の先端を燃すんです」

老ヘイザーは恐ろしそうなようすを見せた。「だが、もっといい方法があるだろうに」

「いまは、もっといい方法がありますよ。おれが旧式なだけです」

イーノックは差しかけ小屋の外に出た。ランタンが小さな丸い光だまりをこしらえる。

老ヘイザーはイーノックについていった。

「荒々しい惑星だな」老ヘイザーはいった。

「ここは荒れてます。よく整備されたところもありますよ」

「わたしの星はコントロールされている。どこをとっても、きちんと整備されている」

「知ってます。たくさんのヴェガ星人と話をしましたから。みんながあなたたちの星のことをくわしく話してくれました」

イーノックは納屋に向かった。

「ステーションにもどりたいですか？」イーノックは老ヘイザーに訊いた。

「いや。じつに楽しい。あそこにあるのは、野生の植物かね？」

「おれたち地球人は、あれを樹木、木と呼んでいます」

「風は勝手気ままに吹くのかね？」

「そうですよ。おれたちはまだ、天候をコントロールする術《すべ》を知りません」

納屋のドアのすぐ内側に、スコップが立てかけてある。そのスコップを手にすると、イーノックは墓地に向かった。

「もちろん、あなたも遺体が消えているのはわかっているのだろう？」老ヘイザーはいった。

「消えているかもしれないとは思っています」イーノックはいった。

「では、なぜ？」

「確認しなければならないからです。この気持、理解できませんか？」

「先ほど、ステーションの中で、あなたはわたしたち異星人のことを理解しようと努力してきたといった。お返しに、異星人の少なくともひとりぐらいは、あなたを理解しようと努力すべきだな」

イーノックは小径をたどってリンゴ園に向かった。粗末な柵で囲った墓地に着く。傾《かし》いだゲートは開いたままだ。イーノックが囲いの中に入ると、老ヘイザーもついていった。

「ここが彼を埋葬した場所かね？」

「これは我が家の墓地です。父も母もここに眠っているんで、彼もここに葬りました」

イーノックはランタンを老ヘイザーに渡すと、シャベルを手に墓に近づいた。

「すみませんが、もう少しランタンをこちらに寄せてください」

老ヘイザーは二歩ほど前に出た。

イーノックは地面に膝をつき、墓の上に落ちている枯れ葉をどかした。掘り返されたばかりのやわらかい土が見えた。地面はくぼんでいて、小さな穴が開いている。土を手で払うと、その穴に土が落ちた。落ちた土が、穴の下の、土ではないなにかに当たる音が聞こえた。

老ヘイザーがふいにランタンを墓石に向けたため、イーノックは手もとが見えなくなった。しかし、見えなくてもかまわなかった。墓を掘る必要がないことはわかっていたのだ。棺の中がどうなっているか、見なくてもわかる。もっと用心すべきだった。目につくような石を置いたりしなければよかった。だが、銀河本部に〃あなたの同胞と同じように葬ってくれ〃といわれたのだ。だから、そうした。

膝をついたまま、イーノックは背筋をのばした。ズボンの生地に地面の湿気がしみとおってくる。

「誰も教えてくれなかった」老ヘイザーは静かな声でいった。

「教えてくれなかったって、なにを？」イーノックは訊きかえした。

「墓碑のことを。そして、そこになにが書かれているかを。あなたがわたしたちの言語を知っているとは思わなかった」

「ずいぶんむかしに勉強したんです。読めればいいなと思ったヴェガ語の書物があったんで。でも、ちゃんと書けてないんじゃないかな」

「ふたつ、綴りがまちがっている。あとひとつ、ちょっとそぐわない語があるな。だが、そんなことは問題ではない。問題は、とてもたいせつな問題は、あなたがわたしたちと同じように考えていたということだ」

イーノックは立ちあがり、ランタンに手をのばした。「もどりましょう」イーノックはいらだち、するどい口調になった。「こんなことをしたのが誰か、わかりました。そいつを捕まえなければ」

21

強くなってきた風が木々の梢の上をうなりながら吹きすぎていく。ほの明るいランタンの灯の輪のなかに、アメリカシラカンバの白い木立が浮きあがる。その木立は、二十フィートかそれ以上の高さのある崖の縁にあり、その手前の地点で右に曲がれば、木立には入らずに斜面を下っていける。

イーノックは肩越しにふりむいた。すぐあとをルーシーがついてきている。ルーシーはイーノックにほほえみ、だいじょうぶだというしぐさをした。イーノックは右に曲がるから、離れないようについておいでという動作をした。だが、イーノックは知っている――わざわざルーシーにそんな注意をする必要などないことを。彼女はイーノックと同じぐらい、いや、彼よりももっとよく、このあたりのことを知っているのだから。

右に曲がり、岩だらけの崖っぷちに沿って進んでいくと、崖に割れ目がある。そこから下の斜面まで降りていける。左側からは、下方の泉から流れ出て岩だらけの谷を落ちていく、力づよい水の音が聞こえてくる。

勾配がきつくなっているため、イーノックは斜面を垂直に突っ切るのではなく、斜めに下ることにした。

暗がりのなかでも、自然の様相を見てとれるのは不思議だと、イーノックは思う。ねじれたホワイトオークが枝を広げ、枝は奇妙な角度にねじれ、斜面におおいかぶさるように垂れている。どっしりしたレッドオークが数本立っているが、崩れ落ちた岩が積み重なっている箇所に根をおろして大きく育っているため、木こりですら切り倒そうとはしない。ガマがおい茂っているちっぽけな沼は、斜面にえぐれているくぼみにすっぽりとおさまっている。

斜面の下方に窓の灯が見える。イーノックはそのほうに向かった。肩越しに、ルーシーがすぐうしろについてきているのを確かめる。

細い杭を並べただけの粗末な囲いまで行き、それを通り抜けると、斜面がゆるやかになってくる。

暗がりのなか、下方のどこかで犬が鳴きだすと、ほかの犬も鳴きはじめた。さらに鳴き声が増えたかと思うと、数匹の犬が群れをなして斜面を駆け登ってきた。犬たちは勢いよく走ってくると、イーノックに向かってきた。だが、ルーシーのにおいを嗅ぎつけると、犬たちはたちまち獰猛な番犬の集団からなつっこい歓迎団へと変身した。犬たちはそれぞれがうしろ足で立ちあがり、入り乱れて群がった。ルーシーは両手をさしのべ、犬たちの頭を次々にぽんぽんと軽くたたいてやる。それが合図だったかのように、犬たちはうれしそうにはしゃいで、そこいらをぐるっと駆けまわってはまたもどってきた。

杭の囲いのすぐ向こうには、野菜畑がある。イーノックは野菜畑に足を踏みいれると、畝《うね》のあいだの細い小径を注意深く進んでいった。野菜畑の先には庭と家がある。家といってもいまにも崩壊しそうな、軒の傾いた建物で、全体が暗がりに呑みこまれ、台所の窓だけがランプのやわらかな暖かい光で明るい。

イーノックは台所のドアまで行き、ノックした。ドアに向かってくる足音が聞こえた。ドアが開き、ママ・フィッシャーが明かりを背に、ドアロいっぱいに立ちふさがった。背の高い、骨ばった女で、服というより袋といったほうがいいようなものを着ている。ママ・フィッシャーはなかば驚き、なかば敵意に満ちた目で、イーノックをにらんだ。そして、彼のうしろに立っているルーシーに気づいた。

「ルーシー！」

ルーシーが前にとびだすと、母親は娘を抱きしめた。

イーノックはランタンをドアのわきの地面に置き、ライフルを小脇にかいこんで、ドア敷居をまたいだ。

フィッシャー家の面々は夕食中で、台所のまんなかにでんと据えてある大きな丸いテーブルを囲んでいた。テーブルのまんなかには凝った造りのオイルランプがのっている。テルーシーの父親のハンクは立ちあがっていたが、三人の息子とひとりの客は椅子にすわったままだ。

「あいつを連れてきたわけだ」ハンクはいった。

「おれがみつけた」イーノックはいった。

「ついさっきまで捜してたんだぜ。で、また捜しにいくつもりだった」

「今日の午後、あんたがおれにいったこと、憶えてるか？」イーノックは訊いた。

「いろんなことをいった」

「あんたは、おれの内に悪魔がいるといった。あの娘《こ》にまた手をあげるようなことがあったら、おれの内なる悪魔がどんなものか、とっくりと見せてやるからな」

「脅したってむだだぜ」ハンクはどなった。だが、それは口先だけで、ハンクは怯《おび》えていた。顔がひきつり、体がこわばっている。

「本気だ」イーノックはいった。「やってみろ。そうすれば目に物見せてやる」

ふたりはにらみあっていたが、やがてハンクがへたりとすわりこんだ。「いっしょにメシでも食わねえか？」

イーノックはくびを横に振った。そして、フィッシャー家の客に目を向けた。「あんたがニジンハンターか？」

男はうなずいた。「そう呼ばれてる」

「あんたに話がある。外に出ろ」

ニジンハンターことクロード・ルイスは立ちあがった。

「行かなくたっていいんだぜ」ハンクが口を出した。「無理に連れてくことなんかできねえんだ。ここで話しゃいい」

「いいんだ」ルイスはいった。「じつをいえば、わたしも彼と話したかったし。あんたはイーノック・ウォレスだろう？」

「そう、そいつよ」ハンクがいう。「五十年前に、老いぼれてくたばってたって不思議はねえやつだ。だのに、そいつを見てみろよ。そいつの体んなかには悪魔がいる。悪魔と取引をしたにちげえねえよ」

「ハンク、口を閉じてろ」そういうと、ルイスはテーブルを離れ、ドアから外に出た。

「では、おやすみ」イーノックはみんなにそういった。

「ミスター・ウォレス」ママ・フィッシャーが呼びとめた。「娘を連れてきてくれて、ありがと。ハンクは二度と娘を殴ったりしないよ。約束できる。あたしが気をつけるから」

イーノックは外に出て、ドアを閉めた。ランタンを持ちあげる。ルイスは庭にいた。

イーノックは彼にいった。「もう少し家から離れよう」

庭の端まで行って立ちどまる。イーノックはランタンを地面に置き、男と向き合った。

「おれをずっと見張ってるな」イーノックはいった。

ルイスはうなずいた。

「公的な任務か？　それとも単なる穿鑿《せんさく》好きか？」

「公的な任務だ。わたしはクロード・ルイス。身分を隠しておく必要はないな。わたしはCIAだ」

「おれは反逆者でもなければ、スパイでもない」イーノックはいった。

「誰もそうは思っていない。わたしたちはただ監視しているだけだ」

「墓地のことを知っているな？」

ルイスはうなずいた。

「墓からあるものを盗んだ」

「そうだ。不思議な墓石が立っている墓から」

「どこに運んだ？」

「死体か。ワシントンにある」

「盗むべきではなかった」イーノックは重々しくいった。「そのせいで、たいへんなトラブルが生じた。返してもらわなければならない。できるだけ早く」

「それには少し時間がかかる。飛行機で運ばなくてはならないんだ。二十四時間はかかる」

「いちばん早くてそれか」

「もう少し早くなるかもしれない」

「ベストを尽くせ。遺体を返してもらうことが、重要なんだ」

「返すよ、ウォレス。知らなかったんで……」

「ルイス」

「なんだ」

「こざかしいまねはするなよ。よけいなことはいっさいするな。おれがいったことだけをしろ。おれは理由があって、やむなく理性的であろうとしている。だが、もし少しでもあんたがつまらないまねをしたら――」

イーノックは片手をのばしてルイスのシャツの胸元をつかみ、ねじりあげた。

「わかったな、ルイス」

ルイスは動かなかった。イーノックの手をふりほどこうともしなかった。「ああ、わかった」

「いったいどうして、あんなことをした？」

「任務だ」

「任務か。それはおれを見張ることだろ。墓荒しではないはずだ」イーノックはルイスのシャツから手を放した。

「墓の中のもののことを教えてほしい。あれはなんだ？」ルイスは訊いた。

「遺体を返せ。できるな？　邪魔は入らないな？」

「あんたにはなんの関係もないことだ」イーノックはきびしい口調でいった。「遺体を返せ。できるな？　邪魔は入らないな？」

ルイスはうなずいた。「だいじょうぶだ。電話のあるところまで行ったら、すぐに電話をかける。緊急事項だと伝える」

「それでいい。遺体を返すことが、あんたの最重要事項だ。いいか、一瞬たりとも忘れるな。地球の人類全員に関わることだということを。あんた、おれ、ほかの全員にだ。もしあんたが失敗したら、あんたはその報いを受ける。おれのこの手で」

「そのライフルで？」

「かもしれない。甘く見るんじゃないぞ。あんたを殺すのを、おれがためらうなんて考えるんじゃない。いまの状況では、おれは誰でも殺せる。誰であろうと」

「ウォレス、なんでもいい、なにか教えてくれないか？」

「話すことなどなにもない」イーノックはランタンを持ちあげた。

「家に帰るのか？」

イーノックはうなずいた。

「わたしたちが監視していても、気にならないようだな？」

「ああ。監視されてもかまわない。がまんできないのは、干渉されることだ。遺体を返したら、監視をつづけるがいい。つづけたければな。だが、手は出すな。なんにもさわるんじゃない」

「だが、なにかがある。話してくれないか」

イーノックはためらった。

「こういうことではないかと、あらかた推測はしている」ルイスはいった。「くわしいことまではわからないが、ただ……」

「遺体を返せ」イーノックはゆっくりといった。「そうすれば、また話ができる機会があるかもしれない」

「必ず返す」

「返さなかったら、いまここで死んだも同然だぞ」

イーノックはルイスにくるりと背を向けると、野菜畑の中を通り、斜面を登りはじめた。

フィッシャー家の庭では、ルイスがその場に立ちつくし、揺れるランタンの灯が視界から去っていくのを見送っていた。

22

イーノックがもどったとき、ステーションにいたのはユリシーズひとりだった。ユリシーズがサバン星人を送りだし、老ヘイザーがヴェガに帰るのを見送ったのだ。

また新たにコーヒーポットが火にかけられ、ユリシーズは手持ちぶさたそうにソファに寝ころがっていた。

ライフルを壁に架けると、イーノックはランタンの灯を消した。上着をぬぎ、デスクの上に放る。そしてソファと向かいあう肘掛け椅子に腰をおろした。

「遺体は返ってくる」イーノックはいった。「明日のいまごろまでには」

「ぜひそうであってほしいな。そうすれば、多少はいい方向に動くだろう。だが、わたしとしては、あまり期待しない」

「そうだな」イーノックは苦々しげに答えた。「悩んでもしようがないね」

「誠実さの証《あかし》にはなる。最終的な評価で、酌量の余地が与えられるかもしれない」

「あの老ヘイザーが、同胞の遺体がどこに運ばれたのか、いってくれればよかったのに。

墓から盗まれたのを知っていたのなら、どこに運ばれたかも知っていたにちがいないんだから」

「それはどうだろう」ユリシーズはいった。「だが、知っていたとしても、きみにいうわけにはいかなかったんだ。彼はきみに抗議することしかできなかった。あとはきみ次第。きみがどうすべきかという点については、彼の立場上、ほのめかすことすらできなかったんだ。公式には、彼はあくまでも被害者側でなければならないからね」

「ときどき、この仕事のせいで、頭がへんになりそうになるよ。銀河本部から簡単な説明を受けていても、いつだって意外なことや、思いがけない落とし穴に落っこちてしまいかねないんだから」

「そんなことが起こらない日がくるとも」ユリシーズはいった。「わたしには予見できる――何千年かたつうちに、銀河ぜんたいが固く結束して、ひとつの大きな文化社会を形成し、広大なエリアに相互理解が浸透すると。もちろん、銀河の辺境とか、多様な種族という事実は残る。その点に関してはたいした変化もないだろうが、もっとも重要なのは、寛容という思念がしみとおり、異星人同士がたがいに同胞と呼びあうようになるかもしれないということだ」

「あなたは人間みたいだ。人間の思想家で、そういう希望をいだきつづけてるひとは多い」

「そうかもしれない。地球人的特性がどんどん身についてしまったようだな。特定の星で長くすごしていれば、なんの影響も受けずにいられるはずがないからね。それはともかく、きみはあのヴェガ星人にいい印象を与えたよ」

「そうかい、気づかなかったよ。老ヘイザーはやさしくて厳正だったけど、それだけだったような」

「墓石の碑文だよ。彼はあれに感銘を受けていた」

「誰かに感動してもらおうと思って彫ったわけじゃない。そうすべきだと思ったから、そうしたんだ。それに、おれはヘイザーたちが好きだから、彼らのためにきちんと埋葬しようと思っただけだよ」

「銀河の諸派閥からの圧力がなかったら、ヴェガ星人は喜んでこの件を忘れるだろうに。それはきみが理解できるより、もっと大きな譲歩なんだよ。つまり、決定的対決の場で、彼らはわたしたちの側につくということだ」

「彼らがこのステーションを守ってくれるかもしれないってことかい？」

ユリシーズはうなずいた。「誰にもそんなことはできないかもしれない。だが、ヴェガ星人たちが味方についてくれれば、銀河本部としても対処しやすくなる」

コーヒーポットが沸騰したため、イーノックは火を止めた。ユリシーズはコーヒーテーブルの上の品々を片寄せ、カップをふたつ置いた。イーノックはカップにコーヒーをつぎ、コーヒーポットを床に置いた。

ユリシーズはカップを取り、両手で持っていたかと思うと、すぐにまたテーブルにもどした。「じつは、銀河の状況が悪化しているんだ。むかしとはちがう。銀河本部はそこを心配している。種族間のつまらない口論や強気のいいがかりや駆け引き」ユリシーズはここでイーノックをみつめた。「きみは銀河同盟を仲がよくて和気藹々《わきあいあい》としていると思っていた」

「いいや」イーノックは否定した。「そうは思わなかったよ。見解の相違からくる意見の衝突や、トラブルがあるのはわかっていた。だけど、おれはそれをかなり高尚な局面での争いだと思っていた。つまり、紳士的な、品位のある諍《いさか》いだと」

「そういう時代も確かにあった。意見の相違というのは、いつの時代にもあるが、それはつねに原則と倫理に基づいており、個別の特殊な利益とは無縁のものだった。きみは超精神的な力のことを知っているね。宇宙に存在する超自然力のことを」

イーノックはうなずいた。「そういう本を何冊か読んだことがある。よくわからなかったけど、おれは受け容れるよ。それに、その力に触れる方法があるのは知ってる」

「《タリスマン》」ユリシーズはいった。

「そう、それ。《タリスマン》。マシンみたいなもの」

「そうだな、そう呼んでもいい。だが〝マシン〟という単語は、少し意にそぐわない。技術だけでは造れないんだ。だから、ひとつしか存在していない。きみの数えかたでいえば、およそ一万年前に生きていた神秘家によって造られた、たったひとつのもの。それがどういうものか、どういうふうに造られたか、きみに教えてあげたいけれども、わたしにはできないし、きちんと説明できる者は誰もいないと思う。多くの者が《タリスマン》と同じものを造ろうとしたが、成功した者はいない。唯一無二の《タリスマン》を造った神秘家は、設計図や複製図や詳細な記録はもちろん、メモひとつ残さなかったのだ。ゆえに、《タリスマン》に関して、なんらかのことを知っている者はひとりもいない」

「なにか理由があって、同じものを造ってはいけない、というわけじゃない気がする。つまり、べつに神聖なタブーではないってこと。同じものを造っても、神聖冒瀆《ぼうとく》にはあたらないと思う」イーノックはいった。

「そういうことだ。じっさい、ぜひともうひとつ、《タリスマン》が必要なのだ。じつをいえば、いま現在、《タリスマン》はない。ずっと以前に失われてしまったのだ」

イーノックは椅子からとびあがった。「失われた？」

「失われた。置き場所がわからなくなった。盗まれた。いずれにしろ、どうなったのか、誰も知らない」

「だけど、おれは……」

ユリシーズはすまなそうな笑みを見せた。「きみはそのことを小耳にはさんだこともない。そのとおりだ。気軽に話題にできるようなことではないからね。あえて口にすることもできない。広く知られてはならないことなのだ。少なくとも、しばらくのあいだは」

「けど、秘密にしておけるのかい？」

「それはたいしてむずかしいことではないんだ。あれがどんなふうに用いられていたか、知っているだろう？《タリスマン》を管理している媒介者が星から星へと運び、大勢の人々が集まる会が開かれ、そこで《タリスマン》を通して超自然力とコンタクトすることになる。いつどこに《タリスマン》が現われるか、スケジュールは決まっていない。媒介者の気持次第だ。ひとつの星を媒介者が再度訪問するのに、百年かかるか、それ以上かかるか、わからない。人々は媒介者が来るかどうか、期待すらできないのだ。いつか来てくれるだろうと、単純に信じてる。いつか、媒介者が《タリスマン》とともにやってくると、信じてる」

「それなら、秘密を何年も隠しておけるね」

「そういうことだ。トラブルもなく」

「もちろん、指導者たちは知っているんだよね。行政上の指導者たちは」

ユリシーズはくびを横に振った。「わたしたちはほんの少数の者にしか話していない。本当に信頼できる者にしか。当然ながら、銀河本部は知っているが、わたしたちは口が堅いんだ」

「だったら、なぜ……？」

「なぜきみに話したか。そうなんだ。話すべきではなかった。なぜきみに話したか、自分でもわからない。いや、なんとなくわかってる。友よ、なさけぶかい聴罪師になった気分はどうかね？」

「あんたは不安でたまらないんだね。あんたが不安がっている姿を見ることになるなんて、思いもしなかった」

「確かに」ユリシーズはいった。「《タリスマン》が行方知れずになってから、もう何年もたっている。そして、それを知っている者は、銀河本部を除けばほんの少数だ。あとは、霊的能力を重視している神秘家集団の、なんていったっけ、そうだ、ヒエラルキーのトップにいる神秘家たちも知っている。しかし、そのほかの者は誰も知らないにせよ、銀河の結束は弱まってきている。ほころびはじめているんだ。そのうち、ばらばらになってしまうだろう。いまにして思えば、《タリスマン》は銀河の星々の諸種族の気持をひとつにまとめる力の象徴で、たとえその影響力は目に見えなくても、銀河全体に広く深く浸透していたのだろう」

「だけど、たとえ失われたとしても、どこかにある」イーノックは指摘した。「とすれば、影響力はいまでも及んでいる。破壊されたはずはない」

「きみは忘れている。適切な媒介者、すなわち、鋭敏な感性をもつ感応者がいなければ、あれが作動しないことを。《タリスマン》それ自体は、手品のマシンではないんだよ。感応者と超自然力とのあいだをつなぐ媒体として機能するだけだ。あれは感応者の感性を高め、広げる。感性と行動をリンクして、その可能性を拡大するんだ。感性を効果的に高めて、機能をめいっぱい働かせるようにするんだ」

「《タリスマン》が行方不明になったことと、今回の地球での事件とに、なにか関係があると?」

「地球ステーションの問題か。そうだな、直接の関係はないだろうが、典型的な例といえる。このステーションに関する出来事は、いわば兆候なんだ。つまらない論争や、小さな諍いが、銀河のいたるところで起こっていることも、兆候といえる。むかしならば、そう、きみがいったとおり、紳士的で品位のある態度がとられただろうが」

つかのま、イーノックもユリシーズも黙りこみ、風が破風飾りを吹きぬけていく音を聞いていた。

「心配しなくていい」ユリシーズがいった。「きみが心配することではない。やはり、いうべきではなかったな。軽率だった」

「つまり、おれは知らん顔をしてろってこと?　そんなことができないのはわかってるだろうに」

「わかってる。きみに知らん顔ができるとは思わない」

「あんたは本気で、銀河同盟内の関係が悪化すると案じている?」

「一度は諸種族がひとつにまとまったんだ。意見の相違があって当然だが、そういう相違を乗り越えてきた。ときにはうわべだけの妥協で満足のいかないこともあったが、妥協にしろ、継続的な約束にしろ、双方ともにそれを維持しようと努力した。みんなが維持したいと強く望んだからだ。そこには、共通の目的が、知性の大いなる共同作業の邁進《まいしん》という目的があった。すべての種族が知識と技術を提供し、それは驚異的な量となった。みんなで力を合わせ、その知識や技術をまとめあげることによって、単一の種族だけでは決してなしえない、深い意味と意義をもつ高みにまで到達することができた。多くのトラブルを抱え、意見の相違もあるが、それでも、わたしたちは前進してきた。いくつもの小さな悪意や反感をはねのけ、ささいな意見の相違は絨毯の下に掃きこみ、大きな問題だけをとりあげた。大きな問題を解決できれば、小さな問題は自然に消えてしまうと考えたからだ。しかし、それがいまはちがっている。絨毯の下からささいな問題をひっぱりだし、大きくふくらませる一方で、主要で重要な問題を放置するようになってきた」

「地球のことみたいだ」イーノックはいった。

「いろいろな点で、おおむね、そうだといえるな。だが、状況は多岐に分かれるだろう」

「おれがあんたに取っておいた新聞を読んでるよね?」

ユリシーズはうなずいた。「地球は平穏安泰には見えないね」

「新たな戦争が起こりそうだ」イーノックはぶっきらぼうにいった。

ユリシーズはおちつかないようすだ。

「戦争はないんだよね」

「銀河では、という意味だね。そう、そう決めてあるから、戦争はない」

「高度に文明化されてるから？」

「皮肉はやめたまえ。かつては危機一髪のようなときも何度かあったが、この数年、そういうことはない。いまは多くの種族が銀河同盟に加わっているが、彼らの歴史もまた戦いの連続だった」

「なら、おれたちにも希望はある。成長できる希望が」

「おそらく、いつかは」

「確実ではない？」

「そう、確実とはいえない」

「おれ、チャートを作って研究してるんだ」イーノックはいった。「統計のミザル・システムを基にして。そのチャートは戦争が起こるといっている」

「それを知るのに」ユリシーズはいった。「チャートは要らない」

「だけど、チャートはほかのことも教えてくれる。戦争が起こるかどうかがわかるだけじゃなくてね。おれは、どうすれば平和を維持していけるか、チャートが教えてくれるかもしれないと期待してた。なにか方法があるはずなんだ。公式みたいなものが。それを考えつくか、あるいは、どこを見ればいいか、誰に訊けばいいかわかれば……」

「戦争を防ぐ方法はある」

「あんたは知ってる……？」

「荒療治だ。最終手段としてしか使えない」

「おれたち人類は、まだ、最後の最後には至ってない？」

「いや、もうそこまで至っているかもしれない。次の戦争は、地球の進化が何千年も止まってしまうような戦争になるだろう。地球上のあらゆる文化が跡形もなく消えてしまい、文明の残滓《ざんし》のほかはいっさいが消えてしまうような類《たぐい》の戦争になるだろう。この星の生命体のほとんどが消去されてしまう可能性がある」

「その最終手段って――これまでに使われたことがあるのかい？」

「何度か」

「で、うまくいった？」

「まちがいなく。それがうまくいかないことなど、考えられない」

「地球でも有効だろうか？」

「きみならその使用を嘆願できる」

「おれが？」

「地球の代表者として。きみが銀河本部に行き、最終手段を使いたいと訴えるんだ。きみは地球の人類の一員として証言できるし、訴えを聞いてもらえる。きみの嘆願にメリットがあるようなら、銀河本部は調査団を任命し、調査団の報告に基づいて決定をくだす」

「おれが地球代表に、といったよね。地球の者なら誰でもいいのかい？」

「銀河本部に発言を聞いてもらえる者なら、誰でもいい。だが、そのためには、銀河本部のことを知る者でなければならない。地球上では、それはきみだけだ。しかも、きみは銀河本部のスタッフの一員でもある。長いあいだ、このステーションの管理人を務めてきたからね。きみの経歴はりっぱなものだ。わたしたちはきみの話を傾聴するだろう」

「けど、たったひとりで！　たったひとりで全人類を代表するなんて、無理だ！」

「資格があるのは、地球人のなかではきみだけなんだよ」

「ほかの地球人に相談できればいいんだけど」

「それこそ無理だ。それに、たとえ相談できるとしても、きみのいうことを誰が信じる？」

「そうだね」

そういうことだ。イーノックにとっては、銀河同盟や広範囲の星間移動などという考えは、もはや少しも奇抜なものではない。驚異を覚えることはあっても、奇妙だという感覚はほとんどなくなっている。とはいえ、そうなるには長い年月がかかった。目の前に突きつけられた物理的な証拠を完全に受け容れられるようになるまでには、相当な時間が必要だった。しかし、そんなことをほかの人間にいっても、頭がおかしい者の虚言妄言と受けとられるだろう。

「それで、その最終手段というのは?」イーノックは返事を聞くのが怖くて、ショックに耐えられるように心を踏んばった。

「愚鈍化《ぐどん》だ」ユリシーズはきっぱりいった。

イーノックは息を呑んだ。「愚鈍化? どういうことか理解できない。地球人はいまだって、もう充分に愚かじゃないか」

「きみは愚かという概念を理知という範疇《はんちゆう》でとらえている。地球にかぎらず銀河の星々でも、そういう類《たぐい》の愚かしいことはたくさんある。だが、わたしがいっているのは、知性の低さ、つまり、知的能力の低さのことなんだ。知的無能力化。そうすると、人類は、戦争をするために必要な科学や技術を理解できなくなる。戦闘に必要なマシンを、的確に操作するだけの知的能力がなくなるからだ。人類は自分たちがこれまでに造ってきた機械や、高めてきた技術、それに科学の進歩を、包括的に理解できなくなる。知識がある者は忘れる。知識がない者は学ぼうとする気がなくなる。車輪や梃子《てこ》といった単純な時代に逆もどりするんだ。車輪や梃子では、戦争はできない」

イーノックは冷たい恐怖に襲われた。体は硬直し、声も出ない。頭のなかでは、支離滅裂な思考がぐるぐると渦を巻いている。

「荒療治だといっただろう。そうでなくてはならないんだ。なにかを止めるための戦いは、莫大な代償を必要とする。高い代償を」

「おれにはできない！　誰にもできっこない！」

「そう、きみにはできないかもしれない。だが、考えてごらん。もし地球上で新たな戦争が起こったら……」

「わかってる。もし戦争が起こったら、もっと悪いことになる。だけど、その最終手段では、戦争を止めることはできない。おれが期待していたのはそういうことじゃない。だって、愚鈍になっても人間は戦えるし、敵を殺せるんだから」

「棍棒で。弓矢で。あるいは、手元にライフルがあり、弾薬が尽きるまではライフルででも。だが、弾薬が尽きれば、火薬の作りかたも、弾丸を作るための金属を手に入れる手段も、はたまた弾丸そのものの作りかたさえ知らないのだ。そうなると、戦闘はあっても、大虐殺は起こらない。核弾頭によって、都市という都市が消失してしまうこともない。ミサイルを飛ばせる者も、核弾頭を装塡できる者もいないからだ。それどころか、ミサイルや核弾頭がなにかさえわからないだろうね。コミュニケーション手段は途絶えてしまう。もっとも簡単な移動手段さえなくなるだろう。狭い地域での限定的な戦闘は別として、大規模な戦闘にはならない」

「たいへんなことになるな」

「戦いとはそういうものだ」ユリシーズはいった。「選択はきみ次第だ」

「だけど、どれぐらい？　どれぐらいつづくんだい？　おれたちは永久に愚かなままなのかい？」

「何世代かはつづくだろうな。そのころには、えーっと、きみのことばでなんといったっけ、そう、その処置の効果も徐々に薄れはじめるはずだ。人類はゆっくりと腑抜け状態から抜け出し、ふたたび知性の階段を昇りだすだろう。要するに、二度目のチャンスを与えられるわけだ」

「数世代もたてば、まさにいまと同じ状態にまでたどりつくだろうね」

「ありうるな。だが、わたしは期待しない。文化がまったく同じ過程をたどって発展する可能性は、ほとんどないからだ。ただし、人類がよりよき文明を築き、より平和な性格になれるチャンスではある」

「たったひとりでは、とてもしょいきれない……」

「希望はもてる。この最終手段は、救うだけの価値がある種族にしか用いられないからね」

「時間がほしい」イーノックはいった。

だが、そんな時間などないことは、イーノックにもわかっていた。

23

職についている者が、あるとき突然に、その仕事ができなくなる。その者だけではなく、周囲の者すべてが同様だ。というのも、彼らはそれまでこなしていた仕事に関する知識も、経験も失ってしまうからだ。もちろん、努力はするだろう——しばらくのあいだは仕事をつづけようと努力はしても、それも長くはつづかないはずだ。そして、仕事をつづけることができなくなれば、企業や法人や工場や、なんでもいいが、職場の業務は停止してしまう。だが、職場が公的に、あるいは法的に、廃止されたというわけではない。単に業務を停止するのだ。人々が仕事をつづけられなくなり、ビジネスセンスが失われるだけではなく、ビジネスを円滑に動かしていた移送手段も、コミュニケーション手段も停止してしまうからだ。

操縦のしかたを憶えている者がいなければ、列車を走らせることも、飛行機を飛ばすことも、船を航行させることもできない。そういうものを動かすために、大勢の者が技能を習得していても、その技能も失われてしまうのだ。あきらめずに動かそうとする者もいるだろうが、悲惨な結果が待っているだけだ。車やトラックやバスの運転をぼんやりと憶えている者も少しはいるだろう。その手の乗り物は簡単な操作で動くし、人間にとって、車の運転はいわば第二の天性になっているからだ。しかし、いったん故障したら、修理するためのメカニカルな知識をもつ者がいないために、車輛が動くことは二度とない。

そうなると、数時間もたたないうちに、人類は立ち往生してしまう。〝距離〟が重要なファクターとなり、世界はまた広くなるからだ。世界はどんどん広くなり、海で隔てられてしまう。一マイルという単位は、ふたたび充分に長い距離となる。誰も理解できない事態に直面し、数日のうちにパニックが起こり、人々は右往左往し、逃げまどい、絶望するだろう。

都市の倉庫に収まっている食料が底をつき、飢えに襲われるようになるまで、どれぐらい時間があるのだろうか。送電が停まったら、なにが起こるだろう。そういう状況のもとでは、どれぐらいのあいだ、シンボリックな数字を印刷した紙きれやコインがその価値を保っていられるだろう。

流通機構は破綻する。商業や産業は壊滅する。政治を維持する手段も知能もなくなるため、政府は実体のない影と化す。コミュニケーションは途絶える。法や秩序は崩壊する。世界は未開状態に逆もどりするが、やがて、ゆっくりと調整されていくだろう。調整は何年もかかり、その間、死や疫病が蔓延し、人々はかつてない悲嘆や絶望に襲われるだろう。

だが、時間はかかっても、いずれ調整がうまくいけば、世界には新たな息吹が生じ、それなりにおちつくはずだ。とはいえ、その過程では何度も大きな振幅があり、そのせいで生命を失う者や、こつこつと積み重ねてきた努力や、暮らしていくうえでの目的などを失ってしまう者が続出するだろう。

考えるだに恐ろしい話だが、戦争よりも恐ろしいだろうか？

おそらく、多くの者が寒さや飢えや病気（薬もまたほかの品々同様、使用方法がわからなくなるはずだ）で命を落とすだろうが、核爆弾の恐ろしい威力で、一瞬にして何百万もの人々が壊滅してしまうようなことはないだろう。空から有毒な灰が降ってくることもなく、水はきれいに澄んでいるだろうし、土壌も汚染されることなく地味豊かなままだろう。変化の第一段階が過ぎれば、人類が生活を立て直し、社会を再構築するためのチャンスが巡ってくる。

ひとつだけ確かなことがあるとすれば、それでもまた戦いは起こるだろうということだ。戦いを避けることはできないだろう。そして、戦いを選択をするのは、決してむずかしいことではない。だが、世界が戦争を避けるという可能性はつねに存在する。もろく、あやうい平和をなんとか守りつづけることは可能だ。その場合、銀河本部による、戦争防止のための最終的な荒療治は不必要となる。

イーノックは自分にいいきかせた――決意する前に、確認しなければならない。だが、どうすれば確認できる？　デスクの引き出しに入っているチャートは、避けようもなく戦争が起こるといっている。大多数の外交官や知識人は、来《きた》るべき平和会談は戦争の引き金をひくこと以外に、なんの成果もないだろうと見ている。しかし、それが正しいという保証はない。

たとえ保証があるとしても、ひとりの人間――たったひとりの人間――が、いったいどうすれば、神の役割を代行できるというのだろうか？　どんな権利があって、数十億の人間すべてに影響を及ぼす決定をするというのか。その権利があるとして、決断に踏み切ったとしても、彼、イーノック・ウォレスは、後年、自分の選択を正当だったといいきることができるだろうか。

戦争と、知性の愚鈍化のどちらが恐ろしいか、どうすれば比較検討できるというのだ？　できない、というのが正解だろう。どちらにしろ、起こりうる被害を予測する方法などないのだ。

しかし、どちらを選択するにしろ、時間がたてば、正当化できるようになるだろう。時間があれば、確信が徐々に深まっていき、決断が可能になるはずだ。たとえ正当化できなくても、それなりに良心と折り合いをつけることは可能だ。

イーノックは立ちあがり、窓辺に行った。ステーションの中に、足音がうつろに響く。腕時計を見ると、もう真夜中をすぎていた。

銀河には多種多様な種族がいる。彼らなら、人類の論理よりもっと明確な論理に導かれ、もつれた思考を一刀両断し、たいていの問題に、すばやく、かつ、的確な決断をくだすだろう。もちろん、決断を可能にするという意味においては、それはいいことだが、決断に達する過程では、いわば、森を見ずに木だけを見ることになりがちではなかろうか。決定それ自体よりも、人類にとって意味があるかもしれない状況の、ごく限られた面だけを見てしまうのではないだろうか。

イーノックは窓辺に立ち、暗い森の下に広がる、月光に照らされた野原を眺めた。雲は風に流され、おだやかな夜だ。ここはずっとおだやかなままだろう。人家もまばらで、核戦争のターゲット地点からも遠く離れている。ここでも、古《いにしえ》の、記録にもない遠いむかし、先史時代にはごく小規模な戦いはあっただろうが、それはとうに忘れ去られ、それ以降は戦いもなく、今後もないだろう。とはいえ、この先、憤怒に狂った魔の瞬間が生じ、世界のあちこちから恐ろしい兵器が放たれたなら、この場所もまた、水も土も汚染されるという世界共通の運命から逃れることはできまい。そして、放射能の雲でおおわれた空からは、地上にまだ人間が残っていようがいまいが関係なく、死の灰が降ってくるだろう。遅かれ早かれ、戦争はイーノックのもとにもやってくる。すさまじいエネルギーの爆発による、すさまじい閃光という形ではなくても、空から降りそそぐ死の灰という形で。

イーノックは窓辺を離れ、デスクまで行くと、今朝届いた数社の新聞をまとめて古新聞の山に重ねた。そして、いつものようにユリシーズのために取っておいた新聞を、今回ばかりはユリシーズが持っていかなかったことに気づいた。ユリシーズは動揺していたのだ。そうでなければ、新聞を忘れるはずがない。

神よ、我らを救いたまえ——我らはともに、深い苦しみを抱えております。

イーノックは思う——今日は忙しかった。タイムズ紙の記事を二、三本読んだだけだ。どの記事も平和会談に触れてあった。恐ろしい時代だ。あまりにも恐ろしい。

およそ百年というもの、イーノックは平穏にすごしてきた。いいときもあれば悪いときもあったが、概して、恐怖や不安をかきたてる出来事もなく、のどかな生活がつづいた。それが今日になって一転し、のどかな暮らしは、耳を聾さんばかりの音をたてて崩壊してしまった。

かつては、地球も銀河という家族の一員に受け容れられる日が来るという希望がもてた。その承認を得るために、イーノックは自分が密使として貢献できるかもしれないと思っていた。しかし、いまやその望みはこなごなに打ち砕かれた。この、地球のステーションが閉鎖されるということだけではなく、閉鎖の理由が人類は野蛮だという事実に基づいているせいだ。銀河の政治的駆け引きのうえで、地球は身代わりの犠牲に使われているが、いったん押された烙印《らくいん》はそう簡単に消えるものではない。たとえ、いつか烙印が消えるにしても、いま現在、銀河本部にとって地球という星は不穏な存在であり、その地球を救うには、地球の人間がみずから進んで、苛烈で不名誉な救済方法の実施を申請しなければならないのだ。

自分になにかできるのは、イーノックにもわかっている。地球の人間として、同胞に情報を引き渡すことができる。こまかいことまで丹念に、長い年月をかけて集め、書きとめた情報を。情報だけではなく、個人的な出来事や感想や取るに足りない事柄までこまごまと書きこんである日誌が、壁の棚にずらりと並んでいる。その日誌と、イーノックが手に入れて読み、秘蔵してきた、数々の異星人の書物。そして、異星からやってきたさまざまな機器や工芸品。これらすべてのものから、地球人はなにかを得られるはずだ。それが助けとなって、ひいてはほかの星々に行くとか、豊かな知識を得て、宇宙についてさらに理解を深めるとか、そういう道が開けるはずだ。地球の遺産となる、知性の正しい在《あ》りかたを知ることができるだろう。しかし、その日が来るまで長い時間がかかるだろう。今日という日に起こったことのせいで、その日は以前よりももっと遠くなった。イーノックがほぼ一世紀をかけて苦労して集めた情報は、さらに一世紀かけて（あるいは千年かけて）集められるかもしれない、いっそう完全な知識にくらべれば、なさけないほどお粗末だろう。だが、いま、イーノックが地球の同胞にさしだせるのはそれしかない。

もっと時間があれば。

だが、もちろん、時間的余裕などない。いまこのときにも、この先にもない。それに、知識は膨大に増えつづけ、イーノックが何世紀かけて努力しようと、集められるのはごくわずかな、それも断片的な知識でしかないだろう。

イーノックはデスクの前の椅子にどさりと腰をおろした。そして初めて、どうするかを考えた――銀河本部と訣別することができるのか、たとえイーノックがこの惑星の住人だとはいえ、地球という一個の惑星のために、銀河同盟と交渉できるのか。

疲れきった頭脳を必死で回転させて答を探してみるが、頭脳はなんの答も見出せずにいた。

たったひとり。

たったひとりでは、地球と銀河の双方に対峙することはできない。

24

窓からさしこむ陽光を受けて、イーノックは目が覚めた。そのまま身動きせずに、暖かい陽光をたっぷりあびる。陽光にこころよい、強い感情をいだき、そのぬくもりに元気づけられる。つかのま、イーノックは不安と疑問を忘れた。しかし、いつもより太陽がいやに近く感じられる。イーノックはまた目を閉じた。もう少し眠れば、そのあいだに太陽は移動し、もう一度目を覚ましたときには、陽光も消えているだろう。

なにかおかしい。不安と疑問のせいだけではなく、なにかがへんだ。

くびと肩が痛い。体じゅうが妙にこわばっているし、枕が固すぎる。

イーノックは目を開けた。両手をついて上体を起こす。ベッドで寝ていたわけではなかった。椅子にすわったままで、頭は枕ではなくデスクにのせていたのだ。口を開け、また閉じる。口中におかしな味がする。

のろのろと立ちあがると、イーノックは屈伸して関節や筋肉のこわばりをほぐした。そうこうしているうちに、どこかに隠れていた不安や問題、早急に答を出さなければならない疑問などが、じわじわと脳裏にもどってきた。だが、イーノックはそれらをすべて頭の片隅に追いやった。一掃することはできなかったが、少しばかり後退させて、またの出番まで頭の隅で待機させることにしたのだ。

料理用ストーブにコーヒーポットがあるかと思ったが、そこにはなかった。それで、昨夜、コーヒーテーブルのそばの床に置いたことを思い出した。コーヒーテーブルまで行くと、テーブルの上にはカップがふたつ、残っていた。カップの底には褐色のコーヒーかすがへばりついている。カップを置くスペースを空けるために、ユリシーズがテーブルの片側に押しやった品々のなかで、あの球体のピラミッドがまだきらきらと光りながら回転していた。各球体が、隣合う球体とは逆向きに回転している。

イーノックは手をのばし、球体のピラミッドを持ちあげた。指先で注意深く、ピラミッドの底辺を探る。これを作動させるためのなにか——レバーとか、くぼみとか、つまみとか、ボタンとか——があるのではないかと思ったからだ。だが、なにもなかった。なにもないことは承知していた。前にも調べてみたのだから。だのに、昨日、ルーシーはなにかをどうにかして、これを作動させたのだ。そして球体のピラミッドはまだ作動しつづけている。すでに十二時間以上作動しつづけているのに、止まりそうなようすはない。よく調べれば、止まらない理由がわかるのではないか。

球体のピラミッドをコーヒーテーブルにもどし、イーノックはカップをふたつ重ねて持ちあげた。床のコーヒーポットも持ちあげる。だが、その間《かん》も、球体のピラミッドからは目を離さなかった。

頭がおかしくなりそうだ。作動させる装置はないのに、どういうわけか、ルーシーには作動させることができた。そして、これを止める方法はないのだ——作動していようが止まっていようが、べつに問題はないのだが。

イーノックはシンクにカップとコーヒーポットを持っていった。ステーションの中は静かだ。重苦しい、圧倒的な静寂。だが、重苦しいと感じるのは、イーノックの心情によるものだろう。

メッセージマシンをチェックしたが、メッセージはなにも届いていない。夜のあいだに届いたメッセージはなかった。あると期待したほうがばかだ、とイーノックは思った。もしメッセージが届けば、聴覚用のシグナルが作動し、ボタンを押してキーをたたくまで鳴りつづけるのだから。

このステーションがすでに放棄され、すべての移動装置がここを迂回《うかい》するように変更設定されてしまった、という可能性はないだろうか？　地球ステーションの放棄はそれ以上の意味をもつため、そう簡単に放棄できないはずだ。スパイラルアームに張りめぐらされたネットワークをショートカットして、新しいルートを作ることは不可能なのだ。通常、数時間、あるいは丸一日、旅人がひとりも通過しないというのは、決してめずらしいことではない。旅人たちの往来は不規則で、定まったパターンはない。予定どおりに到着した旅人たちを、出発までケアする設備があるのだが、旅人がひとりも来ない場合（いまもそうだが）、その装置はいかにも手持ちぶさたに鎮座ましましている。

考えすぎだ、とイーノックは思った。神経質になりすぎている。

このステーションを閉鎖するなら、その前に、銀河本部はそう通知してくるだろう。なにはさておき、それぐらいの礼儀は心得ているはずだ。

イーノックは料理用ストーブにもどり、コーヒーポットを火にかけた。冷蔵庫の中に、竜座《ドラコ》のジャングル星のひとつで栽培された穀物をマッシュしたパックがあった。いったんはそのパックを取りだしたが、すぐに元にもどし、代わりに卵を二個、とりだした。一週間ほど前に、郵便配達人のウィンズロウが町から買ってきてくれた一ダースの卵の残りだ。

腕時計を見てみると、思っていたよりも遅くまで寝ていたことに気づいた。そろそろ日課の散歩の時間だ。

料理用ストーブにのせたフライパンに、バターをひとかたまり投げこむ。バターが溶けるのを待ってから、卵を割り入れる。

今日は散歩をやめてもいい、とイーノックは思った。激しいブリザードが吹き荒れたときに、一度か二度、散歩ができなかったのを除けば、意識的に散歩をやめるのは、今回が初めてだ。しかし、いつもそうしているからといって、必ずそうしなければならないというわけではない。散歩をとりやめ、あとで郵便物を取りにいくことにする。そうすれば、昨日やりそびれたことをやってしまうための時間がたっぷりとれる。デスクの上には新聞が山積みになっていて、彼に読んでもらうのを待っている。昨日の分の日誌も書いていない。書くことはたくさんある。なにがあったのか詳細に書かなければならないし、書くべき出来事はどっさりあるのだ。

このステーションがスタートした、その初日に、イーノックが自分に課したルールがある。決して日誌を書くことを休まない、というルールだ。ときどき書くのが少し遅れることがあっても、遅れたから、時間がないからといって、考えたこと感じたことをはしょることはしない。語るべきことをすべて語るよう求められているかのように。

向かい側の壁の棚に、ずらりと並んでいる日誌を眺め、日誌にすべてが書きしるされていることを思うと、イーノックの胸に誇りと満足感がこみあげてくる。ずらりと並んだ日誌には、百年の出来事が詰まっているのだ。一日たりとて抜かしたことはない。

これはおれの遺産だ、とイーノックは思った。世界に渡す遺産。人類の仲間にもどるための入会費。百年のあいだ、銀河の星々にいる異星人たちとつきあってきたイーノックが、見て、聞いて、考えたことのすべて。

日誌の列を見ているうちに、イーノックが頭の隅に追いやっていた数々の疑問が、ここぞとばかりにもどってきた。今度こそ、それを押しとどめることはできない。短い時間だったが、イーノックは数々の疑問をペンディングにした。頭脳をクリアにするための、また、肉体を休ませるための時間が必要だったからだ。いまこうしてよみがってきた数々の疑問を追い払う気はない。逃げることができないのなら、受け容れるだけだ。

イーノックは卵をフライパンから皿に移した。コーヒーポットを火からおろし、テーブルについて朝食をとる。

ふたたび腕時計に目をやる。

まだ、日課の散歩をつづけている時間帯だった。

25

泉のほとりで、ニジンハンターが待っていた。

まだ小径を下りきっていないうちから男の姿が見えて、強い怒りがこみあげてくると同時に、イーノックはなぜだろうかと不審に思った。ヘイザーの遺体を返せないというためにイーノックを待っていたのだろうか。なにかが起こったのか、想定外の困難にぶつかったのか。

イーノックは、昨夜、ヘイザーの遺体を返さなければ殺してやるといったことを思い出した。そんなことをいうとは、賢明ではなかった。ひとを殺すのが初めてではないにせよ、自分の手で誰かを殺すことができるだろうか。とはいえ、イーノックがひとを殺し、あるいは殺されそうになったのは、ずいぶんむかしのことだ。

イーノックは目を閉じ、また開けた。幻が見える。土煙をたてて斜面を登ってくる男たちの長い列。丘を登ってくる男たちの目的はひとつ、イーノックの命を奪うことだろう。そして、丘の上に誰かほかの者がいるなら、その命も奪うつもりだろう。

これが最初ではなく、また、最後でもなかったが、イーノックは純粋な殺意を感じた。自分を殺そうと、決意を固めて斜面を勢いよく登ってくる男たちの長い列を見た、永遠ともいえるほど長い一瞬に。

その瞬間、イーノックは戦争の狂気を身をもって知った。いずれ無意味なものとなるだけの無益な行為、原因などとっくに記憶のかなたに去っているのに、怒りという感情だけは大きく育っているという不条理。人間が死か苦痛によって正義を証明し、大義を是認するという、徹底した不合理。

過去の歴史のどこかで、人類は大義のために狂気を容認し、狂気が大義に変わってから、全滅への道を歩んできた。人類の全滅ではなくとも、少なくとも、人類が苦労してようやく手に入れて人間性のシンボルとして形成されてきた、有形無形のあらゆるものが崩壊する道を。

倒木に腰かけていたニジンハンターのルイスは、イーノックが近づいてくるのを見て立ちあがった。

「ここで待ってた」ルイスはいった。「あんたの気にさわったのでなければいいが」

イーノックは泉をはさんでルイスと向かいあった。

「死体は今日の夕方にはここに届く。ワシントンからマディソンまでは飛行機で、マディソンからここまではトラックで運ぶ」

イーノックはうなずいた。「それを聞いてうれしいよ」

「ワシントンに強くいわれた。もう一度、あの死体がなんなのか、あんたに訊くようにと」

「昨夜もいったとおり、なにもいえないんだ。できるものなら、話したいんだけどね。おれはもう何年も、話を打ち明けることができればいいと思っていたが、それはできないとわかった」

「あの死体は地球外のものだな。それは確かだ」

「あんたはそう思う」これは質問ではなかった。

「そして、あの家は、やはり異星人のためのなにかだ」

「あの家は」イーノックはぶっきらぼうにいった。「おれのじいさんが建てた」

「だが、どこかが変わった。建った当時とは変わっている」

「歳月がたてばなんでも変わる」

「すべてが、ね。あんた以外は」

イーノックはにやりと笑った。「それが気になるのか。不当だと思っているんだな」

ルイスはくびを横に振った。「いや、不当だというんじゃない。ほんとうとは思えないだけだ。この数年、あんたを監視してきて、わたしはあんたを、あんたのすべてを受け容れる気になった。当然ながら、理解しているわけではないが、完全に受け容れている。ときどき、自分で自分をばかだと思うけれど、その思いはそのときだけのものだ。わたしはあんたをわずらわせないように努めてきた。すべてをあるがままにしておくように努力してきた。こうしてあんたに会えて、とてもうれしいよ。だが、このままではいけない。わたしたちは敵同士であるかのように、見知らぬ犬同士であるかのように、ふるまっている——それは得策ではない。あんたとわたしには、共通点がたくさんあると思っている。なにかが起こっているのはわかるし、わたしとしては、それに干渉するようなまねはしたくない」

「だが、あんたは干渉した」イーノックはいった。「遺体を盗むという最悪の干渉をした。おちついてよく考えれば、あんなまねはできなかっただろう。しかも、それはおれだけに関わることではない。おれだけの問題じゃないんだ。あんたは人類全員に害をなすことになった」

「理解できない」ルイスはいった。「すまないが、わたしには理解できない。墓石に書いてあった……」

「あれはおれが悪かった。墓石にはなにも書くべきではなかった。だが、あのときは、そうすべきだと思えたんだ。考えもしなかったよ、まさか誰かが墓を掘りおこして……」

「あんたの友人だったのか？」

「おれの友人？　ああ、そうか、あの遺体のことだな。そうだな、厳密な意味ではそうではない。それほど特別な仲ではない」

「ともあれ、あんなことをしてしまった。すまない」ルイスは謝罪した。

「あやまるだけではどうにもならない」

「だが、ほかにどうしようもない――それとも、なにかできることがあるか？　死体を返すことのほかに？」

「そうだな」イーノックはうなずいた。「あるかもしれない。おれには助けが必要なんで」

「いってみてくれ」ルイスは急いでいった。「できることがあるなら……」

「トラックが一台、要る。あるものを運搬するために。あるものというのは、日誌や記録のたぐいだ。早急にトラックがほしい」

「トラックはある。待機させてあるんだ。荷物を積みこむ人手もある」

「誰か権威のあるひとと話をしたい。大統領か、国務長官か、国連の誰かか。おれには誰がいいのかわからない。よく考える必要がある。彼らと話す段取りをつけてもらうだけではなく、おれがいうことをきちんと聞くという保証も必要だ」

「手配しよう。可動式の短波装置をすぐに準備させる」

「話を聞いてもらう相手は？」

「だいじょうぶだ。あんたが指名してくれれば」

「もうひとつ」

「なんでもいってくれ」

「忘れることだ」イーノックはいった。「もしかすると、いまいったことは必要なくなるかもしれない。トラックも、ほかのことも。その場合は、あんたをはじめ、これに関係した者はすべて、おれがたのんだことをきれいに忘れてくれるか？」

「できると思う。だが、監視はつづけることになる」

「それは願ってもない。あとで、助けが必要になるかもしれないからな。だが、干渉はお断りだ」

「ほかにはないか？」

イーノックはくびを横に振った。「ほかにはなにもない。あとは、おれがひとりでやらなければならない」

イーノックは思う――しゃべりすぎたかもしれない、と。だが、このルイスという男を信用するには、ほかにどうすればいいというのか？　誰かを信用するのに、話をする以外、なにか手段があるというのか？

イーノックが銀河本部と訣別し、地球と運命を共にするのならば、人間の助けが必要だ。日誌や異星のちょっとした品々をイーノックが持ちつづけることに関しては、異星人たちから異論が出るかもしれない。日誌や異星の品々を持っていたいのなら、早急に手を打たなければならない。

だが、自分は本気で銀河本部と訣別したいのだろうか？　銀河との関係をあきらめることができるだろうか？　どこかよその星のステーションの管理人になるというオファーを、きっぱりあきらめることができるだろうか？　来るべきときがきたら、異星人たちとのつながりや、数々の異星の謎との関わりをすべて断ち切ることができるだろうか？

すでにイーノックは、その道に一歩踏みだしている。この数分間で、とっくに決心がついたといわんばかりに、地球の一員にもどる道に足を踏みだしてしまった。

イーノックは自分のとった行為を自分でも不思議に思った。

「これからは毎日、必ずここに誰かをよこす」ルイスはいった。「この泉に。わたしが来られないときは、わたしと連絡がとれる者をよこす」

イーノックは上《うわ》の空《そら》でうなずいた。

「毎朝、あんたが散歩をするときに、誰かがあんたと会うようにする。あるいは、あんたがわたしたちに会いたいときは、いつでもここに来てくれればいい」

陰謀みたいだとイーノックは思った。子どもたちがやっている〈警官と泥棒〉ゲームみたいだ。

「おれは日課の散歩をつづける。郵便物を受けとる時間に。でないと、おれになにかあったのかと、ウィンズロウが不審に思うだろう」

そういって、イーノックは斜面を登りはじめた。

「ではまた」ルイスが声をかける。

「ああ、ではまた」イーノックは答えた。

胸の内に暖かい光がひろがっていくのを覚えて、イーノックは驚いた。なにかがまちがっていたのだが、それがいま、正されたかのような、失っていたものを取りもどしたかのような、イーノックはそんな思いに満たされていた。

26

道路からステーションに至る小道を半分ほど下《くだ》ったところで、イーノックは郵便配達人に出会った。ウィンズロウのおんぼろ自動車が草のおい茂ったわだちにタイヤをとられて大きく揺れ、道ばたにおおいかぶさっている灌木をなぎ倒すような勢いで走ってきたのだ。

ウィンズロウはイーノックを見ると、車を停め、イーノックが下ってくるのを待った。

「わざわざここまで登ってきたのかね」イーノックは車に近づくと、ウィンズロウにいった。「いつものルートを変えたのかい？」

「あんたが郵便箱んとこにいなかったんでな。どうしてもあんたに会わなきゃなんなくてな」

「なにか重要な郵便が？」

「んにゃ、郵便じゃない。ハンク・フィッシャーのことだ。あいつ、ミルヴィルにやってきてな、エディーの居酒屋で酒をかっくらって、ぺらぺらしゃべってやがったんだ」

「金を払って酒を飲むなんて、ハンクらしくないな」

「で、あんたがルーシーを誘拐しようとしたって、誰かれかまわず吹いてるんだよ」

「誘拐なんかしてない。ハンクがあの娘を牛の鞭で打ったんで、彼が冷静になるまで、ルーシーを匿《かくま》ってたんだ」

「そんなことはすべきじゃなかったな、イーノック」

「そうかもしれない。けど、ハンクはルーシーを折檻《せっかん》しようと、捜しまわってたんだよ。すでに何度か鞭でひっぱたいたうえに」

「ハンクのやつ、あんたに仕返しをするつもりだ」

「そうするといってたな」

「あいつがいうには、あんたはルーシーを誘拐しておいて、怖くなったんで返してよこしたんだと。あんたがあの娘を家ん中に隠したんで、助けだそうとしたけど、家ん中には入れなかったんだと。おかしな家だといってる。窓ガラスで斧の刃がこぼれちまったとか」

「おかしな家じゃないよ。ハンクの思いちがいさ」

「いまんところは、どうってことはない。お日さまが照ってて、みんなが正気のあいだは、なにも起こりっこない。けど、夜になって、しこたまきこしめしたやつらが正気を失えば、話はべつだ。酔っぱらったやつらが、あんたんとこに押しかけてくるかもしれん」

「おれの体のなかには悪魔がいると、ハンクはいってるんだろうな」

「そんなもんじゃないよ。こっちに来る前に、しばらくやつの話を聞いてたんだが」

ウィンズロウは郵便鞄に手を入れて、新聞の束を取りだすと、イーノックに渡した。

「イーノック、あんたが知っといたほうがいいことがある。あんたは気づいちゃいないだろうが。みんなを煽《あお》ってあんたに反感をもたせるのは簡単なんだ——あんたの暮らしかたとか、なにもかもが気にくわないと思わせるのは。あんたは変人だ。いや、あんたの頭がおかしいっていうんじゃない。おれはあんたを知ってるし、あんたの頭がおかしくないこともわかってる。けど、あんたのことを知らない連中は、つまらないことを吹きこまれたら、あっさりと丸めこまれるだろうよ。これまで連中があんたのことをかまわずにいたのは、あんたがあいつらにつけこまれるようなことをなにもしなかったからだ。けど、連中がハンクの話をうのみにして、頭に血が昇ったら……」

ウィンズロウは口ごもり、最後のことばは宙ぶらりんになってしまった。

「殺気だった連中が大勢で押しかけてくるというんだね」

ウィンズロウは黙ってうなずいた。

「ありがとう。警告しにきてくれて、感謝するよ」

「ほんとかね?」ウィンズロウは訊いた。「あんたんちに入ろうたって入れないってのは」

「そうだね。力ずくで入ろうとしても入れないし、火をつけても燃やせない。彼らにはどうにもできないよ」

「おれがあんたなら、今夜はじっとしてるよ。家んなかに閉じこもってる。外に出ようなんて気にはならないね」

「そうしよう。いい考えだ」

「んなら、なんとかなるだろう。いやね、どうしてもあんたに知らせなくちゃならないと思ったもんで。そろそろ道路にもどるとするか。けど、ここでUターンするのはむずかしいね」

「家の前まで登ってしまうといい。家の前ならスペースがあるから」

「道路までたいした距離じゃない。バックしたってどうってことないな」

ウィンズロウは車をゆっくりとバックさせた。

イーノックはじっと見守った。

ウィンズロウの車が無事に道路にもどったのを見て、イーノックは片手をあげて敬礼した。その先の角を曲がれば、車は見えなくなるからだ。ウィンズロウが手を振り返す。車はすぐに、道路の両端におい茂っている灌木の向こうに消えていった。

のろのろとイーノックは体の向きを変え、足どりも重くステーションにもどりはじめた。

暴徒。暴徒が押しよせてくる！

暴徒はステーションを取り囲み、ドアや窓を打ちたたき、弾丸をばんばん撃ちこむだろう。それで、銀河本部がステーションの閉鎖をためらっている、最後のかすかなチャンスも消えてしまう——まだチャンスが残っているとすれば、の話だが。暴徒の騒動は、スパイラルアームへの拡張計画を遺棄すべきという銀河の論争に、大いに勢いをつけるだろう。

イーノックは不思議だった——なぜ、なにもかもいちどきに起こってしまうのだろう？長年なにごともなくすぎてきたのに、この数時間にいろいろなことが起こってしまった。そのすべてが、イーノックに敵対する動きを見せているように思える。

暴徒が押しかけてきたら、それはステーションが閉鎖されることを意味するだけではなく、別の星のステーションの管理人というオファーを、イーノックが受けざるをえなくなることでもある。たとえイーノックが心から望むとしても、地球にとどまることは不可能になるのだ。それどころか、別の星のステーションへの移動というオファー自体が、白紙撤回される可能性が高くなる。暴徒がイーノックの血を求めて押しかけてくれば、人類は野蛮だという告発に、イーノック自身も否応なく含まれることになってしまうはずだ。

泉に行き、もう一度ルイスに会ったほうがいいかもしれない。暴徒を抑える手だてがあるかもしれない。しかし、そうすれば、どうしても説明に追われ、しゃべりすぎてしまうかもしれない。それどころか、暴徒が押しかけてくるかどうかは、まだわからないのだ。ハンク・フィッシャーの話を信用する者がいなければ、なんの騒ぎも起こらずに事態はおさまるだろう。

イーノックはステーションの中にとどまり、最良の結果を願っていればいい。暴徒がやってきて——やってくるとしての話だが——も、時を同じくして、異星からの旅人が到着することはないだろう。それなら、銀河本部に知られずにすむ。イーノックに運があれば、そうなるかもしれない。また、平均化の法則によれば、イーノックにはそこばくの幸運がもたらされるはずだ。この数日、幸運とはまったく無縁だったのだから。

庭との境を示すこわれたゲートにたどりつくと、イーノックは立ちどまり、家を見あげた。自分でも理由はわからないが、子ども時代に見慣れていた家として、イーノックはその建物を見ようとしていた。

建物は、いつもと同じたたずまいを見せている。かつては窓に色褪せてすりきれたカーテンが掛かっていたのをべつにすれば、むかしと少しも変わっていない。建物を囲む庭は、少しずつ成長する植物のせいで、むかしとはちがっている。ライラックの木々の丈が高くなり、茂みが野放途《のほうず》に広がり、春が過ぎるたびに葉が茂って枝がもつれている。イーノックの祖父が植えた楡《にれ》は、六フィートの細い若木からどっしりした大木に育ち、台所の角にあった黄色い薔薇の茂みは、思い出せないほどむかしに冬の犠牲となって枯れてしまい、花壇はなくなり、ゲートのそばの小さなハーブガーデンは、雑草に埋めつくされている。

ゲートの両側にのびていた石積みの古い塀は崩れ落ちて、いまは地面のこぶにしか見えない。百回もの霜、はびこる蔓《つる》や雑草、長年の放置が、この結果となったのだ。あと百年もたてば、地面のこぶも平らになって、かつて石積みの塀があったことを示す跡形すらなくなってしまうだろう。斜面に沿って下方に長くのびていた石積みは、とっくに風化して、跡形もなくなっている。

じっくりと時をかけて変化がつづいていたのに、イーノックは気にもしていなかった。いまになって、ようやく気づいたといえる。そしてなぜ、いまここで気づいたのか、イーノックは自分に問うた。それはいま、自分がふたたび地球の一員にもどりつつあるからだ。これまでも地球の土や陽光や空気と無縁だったわけではなく、物理的に地球から離れたこともなかったが、人間の一般的寿命よりも長い時を生きてきたあいだに、意識は、天空のかなたの、いくつもの星々をさまよっていたのではないだろうか。

晩夏の陽光のなか、立ちつくしていたイーノックは、ひんやりした風にぶるっと震えた。非現実の異次元から吹いてきたような風になぶられながら、イーノックは初めて（意識して考えるのはこれが初めてだ）、自分がどういう人間か、客観的に分析してみた。

いまのままでは、異星人でもなく、地球人でもなく、どっちつかずの忠誠心に引き裂かれながら、日々をすごさなければならない幽霊になってしまう。地球にしろ、ほかの星にしろ、どこで暮らすことになろうと、古い影を引きずることになるのだろうか。地球のこともほかの星々のことも理解しないまま、恩義ばかりをこうむってなにひとつ返すことができない、文化の雑種になるのだろうか。故郷もなく、実体もなくさまよい、正義と悪とのさまざまな定義（と論理）をあまりにも多数見てきたために、なにが正しくてなにが悪なのかもわからなくなった生きものになってしまうのだろうか。

先ほど、泉から斜面を登ってきたとき、イーノックは人間性をとりもどし、ふたたび人類の一員となって地球のチームと子どもじみた陰謀をめぐらしたことで、胸いっぱいに薔薇色の光が満ちていた。だが、イーノックに人間としての資格はあるのだろうか。もし資格があるのなら、あるいは資格を得たいと思うのなら、それならば、百年の長きにわたって抱きつづけてきた、銀河本部への忠誠心はどうなる？

イーノックは迷った――自分は、ほんとうに人間としての資格を欲しているのだろうか。頭のなかでその疑問がぐるぐると回っている状態で、イーノックはゲートをゆっくりと通った。答のない疑問が、次から次へと果てしなく湧いてくる。いや、そうではない、とイーノックは気づいた。答がないのではなく、ありすぎるのだ。

今夜にでも、メアリやデイヴィッドや他の幻影たちが来てくれれば、この話ができるのに――次の瞬間、イーノックは思い出した。

幻影たちはもう来ないのだ。メアリも、デイヴィッドも、他の者たちも、もう来ない。魔法がとけて幻影が砕けてしまったために、彼らはもう来ない。イーノックはひとりぼっちだ。

胸の内でイーノック自身の苦々しい声が響く――おまえはずっとひとりだったんだ。彼らは幻影にすぎなかったのだから。実体ではなかったのに、そこには目を向けず、何年も自分をだましていた。嬉々《きき》として自分をだまし、炉端のこぢんまりとしたスペースで、想像の産物である幻影たちと膝をつきあわせておしゃべりを楽しんでいたのだ。異星人の技術に助けられ、人間の姿を見たい、声を聞きたいという孤独感に押され、イーノックは幻影を実物そっくりにこしらえて感覚をもたせることには成功したが、幻影にさわることもさわられることもできなかった。

そして、彼らの人格を無視した。

半人間。影でもなく実体でもない、哀れな半人間。

幻影にしては人間らしすぎ、人間にしては実体がない。

イーノックは思う——メアリ、わかっていさえすれば——最初からあんたたちをこしらえたりはしなかった。おれは孤独なままでいたのに。

いまとなっては、もはやその過ちを正すことはできない。できることはなにもない。

おれはいったいどうしたんだ？

おれになにが起こった？

なにがどうなっているんだ？

イーノックは迷いのない思考ができなくなっていた。押しかけてくるかもしれない暴徒を避けて、ステーションの中に閉じこもっていようと、自分にいいきかせた——だが、ステーションの中に閉じこもっているわけにはいかない。日が暮れたら、ルイスがヘイザーの遺体を返しにくるからだ。

ルイスが遺体を返しにきたときに、暴徒が押しかけてきたら、とんでもない騒動が起こるだろう。

そう思うと、心が麻痺して、イーノックは決断ができなかった。

ルイスに危険を知らせたら、彼は遺体を返しにこないかもしれない。だが、遺体は返してもらわなければならない。夜が明ける前に、ヘイザーを無事に墓におさめなければならない。

イーノックは決めた――いちかばちかやってみるしかない、と。

暴徒は現われないかもしれない。たとえやってきても、的確に対処する方法があるにちがいない。

なんらかの方法を考えつくだろう。

なんらかの方法を考えつかなければならない。

27

出たときと同じく、ステーションの中は静かだった。メッセージは届いていないし、ときどきなにやらつぶやいたりするマシン類は、しんと黙りこくっている。

イーノックはデスクの上にライフルを置き、そのわきに、ウィンズロウが配達してくれた新聞の束をどさりと放った。上着をぬぎ、椅子の背に掛ける。

読まなければならない新聞が山積みだ。今日届いた分だけではなく、昨日の分もあるし、日誌も昨日の分を書かなければならない。しかも、日誌を書くには、ずいぶんと時間がかかりそうだ。たとえ内容を要約して書いても数ページをついやすことになりそうだし、論理的に、かつ、時系列に沿って書かなければならない。そうすれば、昨日の出来事は昨日の出来事として記され、一日分が抜けずにすむ。

すべての出来事を、各出来事のすべての面を書きしるし、ひとつひとつの出来事にイーノックがどう対応したか、なにを考えたかを書く。それが彼のいつものやりかただし、今度もぜひそうすべきだ。いつもそうできたのは、地球のためでもなく銀河のためでもなく、自分のために、〝存在意義〟とでもいうべきささやかながらも特別な居場所を、自分で作りだしたからだ。そして、中世の修道士が狭い居室にこもって修行するように、イーノックもまたその特別な居場所の枠内でおのれの視点を広げてきたのだ。彼は観察者にすぎなかったが、ただ観察することだけに満足するのではなく、積極的な関心をもつ観察者に徹した。観察したことを掘りさげる努力もしたが、基本的にも本質的にも観察者という立場からは抜けだせなかった。というのも、自分の周囲で起こっていることに積極的に、あるいは個人的に、関わることはできなかったからだ。しかし、この二日間で、イーノックは観察者という立場を失った。地球と銀河の双方が彼の意志決定を迫ってきて、彼がひっそりと身を置いていた、ささやかで特別な位置は消え失せ、イーノックは個人的に関わらざるをえなくなった。客観的な視点を失ったいま、書くという行為の揺るぎない土台になっていた、正しい判断や冷静な見解に基づいて考えるという姿勢を貫くことは、もはや不可能となった。

イーノックは日誌が並んだ棚まで行き、一冊を取りだした。ぱらぱらとページをめくり、最後に書きこんだ箇所を捜す。それはほとんど終わりに近いページにあった。白紙のページはあと数枚しかない。書かなければならない出来事を網羅するには、おそらく、これでは足りないだろう。最後のページを使いきっても書ききれず、新しいノートに書きつづけることになるだろう。

立ったまま、手にした日誌の最後の箇所、一昨日の書きこみに目をやる。ほんの一昨日のことなのだ。なのに、はるかむかしに書いたように思える。文字すら薄れて見える。そんなものかもしれない、とイーノックは思う。というのも、それはいまとは異なる時代に書かれたものだからだ。イーノックの世界が音をたてて崩れ落ちる前の、最後の書きこみだったのだ。

イーノックは疑問に思う——日誌を書きつづけることにどんな意味があるだろうか、と。日誌の役目は終わった。重要なことはすべて書いてある。この先、このステーションは閉鎖され、イーノックは故郷を失うことになる——彼がここにとどまろうと、別の星のステーションに移動しようと、それには関係なく、地球は地球ではなくなるのだ。

イーノックは腹立たしげにぴしゃりと日誌を閉じ、棚の元の場所にもどした。そしてデスクに向かった。

いまの地球を失う。イーノックもまたいまの自分を失う。怒りと困惑のみが残る。運命(これを運命というのなら)に怒り、愚かさに怒る。地球の理知的愚鈍さにではなく、銀河の星々の理知的愚鈍さに怒っているのだ。友好的な異星人たちの、銀河の辺境であるスパイラルアームにネットワークを拡張するという前向きの姿勢を阻止しようとする、狭量な異星人たちの思惑から始まったつまらない論争が、銀河の派閥争いにまで発展してしまったことに怒っているのだ。地球にも、当然ながら銀河にも、凝った芸術品が無数にあり、崇高な思想があり、文化を発展させるための賢明な知恵と広くて深い知識があるのに、文明化に関しては愚昧《ぐまい》なのだ。真の文明化には、芸術的な品々や崇高な思想よりも、もっと微妙で繊細ななにかが必要なのだ。

イーノックはじっとしていられなくなった。じっとしていられないほどの強い緊張感に襲われる。檻の中を行ったり来たりする獣のように、ステーションの中を歩きまわるとか、外に走りでて肺がからっぽになるまで支離滅裂なことを大声で叫ぶとか、なにかをぶちこわすとか、とにかく、なんとかして怒りと絶望を発散させたい衝動に駆られている。

デスクの上に置いてあるライフルに手がのびる。もう一方の手が引き出しを開け、弾薬の箱をつかみだす。箱を破り、弾薬を残らずポケットにおさめる。

ライフルを手に、イーノックは一瞬、立ちつくした。ステーション内の静寂が耳に痛いほどで、寒々とした冷気が骨身にしみる。イーノックはライフルをデスクの上に置いた。

非現実に対して、怨恨や怒りを抱くのは、子どもっぽすぎる。しかも、その怨恨にも怒りにも、確たる理由がないというのに。これは、はっきりと自覚し、認めるべきパターンだ。これこそが、長いあいだ人間が陥ってきたパターンなのだ。

イーノックはステーションの中を見まわした。静寂はつづき、装置類は待機している。やがて時が満ちて、なにかが自然に動きだす、まさにその瞬間を待っているかのようだ。

イーノックは低い声で笑い、ふたたびライフルに手をのばした。

非現実であろうとなかろうと、ライフルは、イーノックの心を占めている数々の問題が渦巻く荒海から、しばらくのあいだなりとも、抜け出させてくれるだろう。射撃練習をするべきだ。最後に射撃場に行ってから、もう十日以上はたっている。

28

地下室は広い。明かりのスイッチを入れると、薄ぼんやりした光が隅々にまで届かないぐらい広い。丘の稜線を押しあげている岩を深くえぐり、いくつかの小部屋とトンネルが作られている。

ここには、旅人たちを休息させるためのさまざまな種類の溶液が入ったタンクが、大量に備蓄されている。ポンプや発電機は、人間が発電する方法とはまったく異なる原理で動いている。地下室の床のはるか下には、酸とどろどろした物質の混合液が入ったタンクが、これまた大量に収蔵されている。地球のステーションにやってきた旅人たちがほかの星に移動するさいに、次の星では役に立たない肉体の殻をぬぎすてていくため、その殻を処理する装置だ。

イーノックはタンクや発電機のそばを通り、えんえんとのびている通路のとっつきまで行った。この通路は前方の暗がりのなかにのびていて、先のほうは見えない。スイッチを押して明かりをつけ、通路を進む。通路の両側には金属の棚が設置されている。この棚には、異星からの旅人たちがイーノックに土産として持ってきてくれた工芸品などの品々を収納してある。一階のステーション内に置く場所がなくなったので、ここに置いてあるのだ。床から天井までの高さの棚には、銀河のあちこちの星から集まった品々がぎっしりと並び、さながら銀河のがらくた置き場といったおもむきだ。しかしイーノックは、決して本気でがらくた置き場だと思っているわけではない。この品々のなかに、本物のがらくたが混じっている可能性は低いからだ。どの品もなんらかの意図をもって造られていて、その意図さえ理解できれば、実用的な品かあるいは芸術的な品かが判明するのだ。すべての品をとはいかないまでも、人類がその意図を理解して、用途どおりに利用できるようになるかもしれない。

ずらりと並んだ棚の列のいちばん端の下方は特別なセクションで、ていねいに、てぎわよく包まれた品々で埋まっている。どの包みにもナンバーが書きこまれたタグがつけられ、そのナンバーはカードカタログと日誌に登録してある。それはつまり、イーノックが用途を理解できた品々で、ものによっては、人類がその原理を応用できるかもしれない。たわいもない品もあれば、潜在的に高い価値を秘めた品もある。だが、たいていの品々は、いま現在の人類の生活形態とは無縁のものばかりだ。また、数は少ないが、そんなものがあると思うだけで寒けをもよおす品もある。それには赤いタグをつけてある。

さらに通路を進んでいく。異星人の幽霊でも出そうな通路に、イーノックの足音が大きく反響する。

ようやく通路が広くなり、楕円形の小部屋になっているところに着いた。この小部屋の三方の壁には灰色の物質が厚く貼られていて、弾丸をめりこませ、跳弾となるのを防ぐ役目を果たしている。

イーノックは壁の奥深くに埋めこまれたパネルに向かった。パネルに手をのばし、親指で回転金具《タンブラー》をまわすと、すばやくうしろにさがって、小部屋の中央に立った。ゆっくりと小部屋が暗くなっていき、ふいに炎が燃えあがった。そこはもはや小部屋ではなく、イーノックにとっては未知の世界だった。

小さな丘の上に立っているイーノックの目前に、湿地の分だけ幅が広くなった流れのゆるい川に、陸地がなだらかな斜面をなして下《くだ》っている風景が現われた。湿地の縁と、イーノックが立っている小さな丘のふもととのあいだには、丈の高い、葉のもじゃもじゃした草がびっしりと生えている。風はないが、草はさざ波のようにさわさわと揺れている。風もないのに草が揺れるのは、草むらのなかで餌をあさる生きものたちがうごめいているからだ。騒々しい鳴き声も聞こえる。千匹もの怒れる豚が、百しかない水槽の水をひとくち飲もうと、先を争っているかのような鳴き声だ。また、遠くのどこかから、おそらくは川のどこかから、しわがれて疲れきった悲鳴のような単調な音が、轟くように響いてくる。

イーノックは髪の毛が頭皮に貼りつくような感じを覚えながら、ライフルをかまえた。

不思議だ。イーノックは危険を察知していると同時に、じつは危険などないと承知しているのだ。にもかかわらず、この場所——ここがどこにしろ——の空気が、危険をはらんでじわじわと迫ってくる。そう思える。

イーノックはくるっと体の向きを変えた。いつのまにか暗くて深い森が川岸の斜面を降りてきて、イーノックが立っている丘をぐるりと囲んでいる草むらのとっつきで止まっているのが見えた。川岸の向こうの丘陵のそのまた向こうに、黒っぽい紫色の空に溶けこむように、するどい頂きの連なる山脈が現われたが、どの峰も紫色に染まっているだけで、雪をいただいているわけではない。

二匹の獣が森の奥から走りでてきて、森の端で立ちどまった。二匹はその場にすわりこんで尻尾をくるりと四肢に巻きつけると、イーノックににんまりと笑いかけた。狼か犬のように見えるが、そのどちらでもない。イーノックが見たこともなければ聞いたこともない獣だ。弱々しい陽光のなかで、油を塗ったかのように毛皮がつやつやと光っているが、毛におおわれているのはくびのあたりまでで、顔面にも頭部にも毛は一本も生えていない。狼の毛皮をまとって仮装し、仮面をはずして顔をさらけだしている邪悪な老人のように見える。だが、口からこぼれる長い舌のせいで、せっかくの仮装も台なしだ。骨のように白い顔に、舌が異様に赤く見える。

もう森は動かない。不気味な獣が二匹、森の端にすわりこんでいるだけだ。すわりこんでいる獣たちは、歯をむきださずに、にんまりとイーノックに奇妙な笑みを向けている。

森は暗く、木々がもつれるように生えている。ほとんど黒く見えるほど濃い緑色の葉むらが厚く枝をおおっている。葉の一枚一枚に光沢があり、誰かの手でぴかぴかに磨きあげられたかのように見える。

イーノックは川を見ようと、もう一度体の向きを変えた。そして、湿地の草むらの縁に、丈が三フィートもあるヒキガエルたちがうずくまっているのに気づいた。怪物めいたヒキガエルたちは六フィートもの長さで列をなしている。死んだ魚の腹の色をしたヒキガエルは、どれも目が一個しかない。いや、目とおぼしいものがひとつだけあるというべきだろうか。それが鼻づらの上の広い部分を占めている。薄陽《うすび》を受けて、ヒキガエルたちの目が切子面のようにきらめいている。狩りをしているネコの目が光条のなかできらりと光るのに似ている。

川からはまだ悲鳴のような轟音が聞こえ、轟音と轟音の合間に、かすかにブーンという音が聞こえる。怒れる蚊が攻撃しようと、敵意のある羽音をたてて飛びまわっているような音だが、通常の蚊の羽音よりもっとするどい。

イーノックはさっと顔をあげて、空を見あげた。上空高くに、点がいくつも連なっている。地上からでは距離がありすぎて、点の正体がなんなのか、さっぱりわからない。

頭をさげて、うずくまっているヒキガエルもどきの列に目をやったところ、目の隅でなにかの動きをとらえ、視線を森に向けた。髑髏《どくろ》めいた顔をもつ狼もどきたちが、音もたてずに斜面からイーノックのほうに向かって進んでくる。走っているようには見えない。走るという動作ではない。水道管を水が流れるような、そんな動きだ。

イーノックはライフルを持ちあげ、肩に銃床をあてた。ライフルが体の一部であるかのような、なめらかな動きだ。照門のノッチに照準を合わせ、先頭の狼もどきの髑髏のような顔を狙う。引き金を絞ると同時に反動で銃身が跳ねあがる。ターゲットを倒したのかどうかを確かめる時間も惜しんで、右手でボルトを引きながら、銃口を二匹目の狼もどきに向けた。ふたたび銃身が跳ね、二匹目の狼もどきが宙でひっくりかえったかと思うと地面にどさりと落ち、じたばたともがきながら斜面をころがり落ちていった。

ふたたびイーノックはボルトを引いた。はじきだされた真鍮《しんちゅう》の空薬莢《からやっきょう》が、陽光にきらりと光る。イーノックはすばやく体の向きを変えた。

ヒキガエルもどきが近づいてきていた。こっそりとしのびよってきていたのだが、イーノックが向き直ったとたんにぴたりと止まり、うずくまって彼を見あげた。

イーノックは片手をポケットに入れ、弾薬を二個取りだすと、空になった弾倉に詰めた。

川の轟音はやんでいたが、今度は、どこと見当がつきかねるところから、ブーッという音が聞こえてきた。油断なく体の向きを変えながら、イーノックはその音の正体を探ろうとしたが、それらしいものはなにも見えない。森のほうから聞こえてくるように思えたが、森をすかしみても、動くものはいない。

ブーッという音は間をおいて鳴っているが、その合間にブーンという音もまだ聞こえる。しかも、音が大きくなっている。イーノックは空を見あげた。点々が前より大きくなっていて、もはや列をなしてはいない。いまは円陣をつくり、らせん状に降りてこようとしているようだが、まだ距離がありすぎて、イーノックには点の正体がわからない。

ヒキガエルもどきのほうを見ると、彼らはさらに近づいてきていた。イーノックが目を離したすきに、じりじりと這いよっていたのだ。

イーノックはライフルを持ちあげ、肩に押しあてる前に引き金をひき、腰だめで撃った。先頭のヒキガエルもどきが破裂し、石を水に投げこんだときのようなしぶきが飛んだ。そのヒキガエルもどきは跳ねあがりもせず、もがくこともしなかった。誰かに踏みつぶされたかのように、ぺしゃりと地面に貼りついただけだ。ぺしゃんこにつぶれたヒキガエルもどきの、ひとつしかない目はなくなり、丸い穴が開いている。その穴にねっとりした黄色の液体がたまっている。それが血液なのだろう。

ほかのヒキガエルもどきたちは用心しながら、のそのそとあともどりしている。イーノックが立っている丘から遠ざかり、湿地の草むらの端までいって、ようやく止まった。

ブーッという音が近づいてくる。ブーンという音はますます大きくなっている。ブーッという音が丘陵のほうから聞こえてくるのはまちがいない。

イーノックはさっと丘陵のほうを向いた。それが空を背景に稜線を降りてくるのが見えた。ブーッという悲痛な音をたてながら、木々のあいだを抜けてくる。丸くて黒いそれは、ぶわっと膨脹したかと思うと、ブーッという音をたてながらしぼんでいく。胴体のまんなかから吊りさげられているかのように、膝が曲がらない、ひょろ長い四本の肢を駆使して、ひょこひょこと歩いている。四肢の上部とつながっている肢のつけ根が弓なりに高くあがると、肢ぜんたいが木々よりも高くもちあがって、大きな歩幅をかせいでいる。ひょこたんとした歩きかたながら、木々よりも高く肢をあげては振りおろして、らくらくと進んでいるのだ。肢をおろすたびに枝がばきばきと折れる音や、木の幹がなぎ倒される音がする。

イーノックは、背中からくびすじにかけて、日除《ひよ》けが勢いよくまきあがるように、肌がちりちりとひきつり、うなじの毛が逆立つのを感じた。恐怖と、闘争心をふるいたたせようとする原始の本能とがせめぎあっている。

恐怖のあまり棒立ちになっていても、脳の一部はライフルを撃つことを憶えており、イーノックはポケットに手を突っこんで弾薬を取りだし、弾倉に詰めた。

ブーンという音がいっそう大きくなり、調子《ピッチ》が変化した。速度をあげて近づいてきているのだ。

空をあおぐと、点々はもはや円陣を解き、ひとつの点を先頭に縦に列をなして、急降下の態勢をとっている。

イーノックは顔を下げ、ブーッと音をたてつつ、竹馬のような肢でひょこたんと森の斜面を駆け抜けてくる風船獣に目をやった。風船獣はまだ遠いが、空の点々の動きは速く、そちらのほうが先にイーノックに向かってきそうだ。

ライフルを持ちあげ、銃床を肩に押しあてかまえる。急降下していた点々は、もはや点々には見えず、醜悪な流線型の胴体に、頭部から長剣《レイピア》が突きでている生きものだと判明した。この生きものはどうやら鳥のようなので、この長剣はくちばしなのだろうとイーノックは見当をつけた。地球上のどんな鳥よりも体長が長くて厚みがないうえに、大型で、おそろしく凶暴なようだ。

ブーッという音がキーッというかんだかい悲鳴に変わり、悲鳴はどんどん高まって、歯の浮くような高さにまで達すると、メトロノームで測定しているかのように、黒い風船獣はそのかんだかい音に合わせて、大股で斜面を駆け降りてきた。

それと意識せずに、自然に両腕が動き、イーノックはライフルの銃床を肩に押しあて、急降下してくる怪鳥たちの先頭の怪鳥が射程距離に入ってくる、その瞬間を待った。

怪鳥たちは空から石が落ちるように、次々にすーっと急降下しはじめた。イーノックが見当をつけていたよりもはるかに大きい——その大きな怪鳥たちが、イーノックめがけて矢のようにまっすぐに飛んでくる。

ライフルが火を噴き、先頭の怪鳥は矢の形の体勢と飛行力を失い、くしゃくしゃに丸まって落ちた。イーノックはボルトを引き、ふたたび発砲した。先頭が落ちたために、くりあがって先頭を飛んでいた怪鳥がバランスを崩し、きりもみ降下をはじめた。イーノックはまたボルトを引き、三発目を撃った。三羽目の怪鳥は空中をすべるように移動し、体が斜めになったかと思うと、ばたつきながら川に落ちていった。

残りの怪鳥たちは急降下を停止し、急旋回して高く上昇していく。翼というよりは風車の羽根そっくりなのだが、ともかくその大きな翼をぐるぐる回して、必死で飛んでいる。

丘に影がさした。どこからともなく太い柱が下りてきて、丘の片側を押しつぶそうとしている。柱がどしんと下りると、地面が揺れ、草むらに隠れている湿地の水が高々と空に噴きあがった。

キーッという音がほかのあらゆる音を呑みこみ、四肢の上で揺れるばかでかい黒い風船が、勢いよく近づいてきた。顔が見える。これほど醜悪で、これほどいまわしい造作《ぞうさく》を顔というのならば。とがった鼻づらとその下に大きな口がある。そのほかに十以上はある器官は、もとは目だったらしい。

肢は逆さVの字形で、逆さVの字の内側にあたるほうが外側より少し短い。四本の肢の関節のまんなかに、胴体とおぼしい風船が吊られている。顔は下向きについていて、そのため、肢もとの猟場がくまなく見えるのだ。

しかし、逆さV字形の肢の外側のつけ根部分に補助関節があり、それがたわんで、獲物を確認できるように胴体を動かしている。

またもやそれと意識せずに、自然にライフルをかまえて発砲したが、確実に反動が肩にきて、イーノックはあとずさった。自分ではなく、自分の分身がライフルをかまえて発砲したとでもいうように、イーノックは薄く煙を吐いている銃口をみつめた。

黒い風船から大量の肉片が飛び散り、胴体にじぐざぐの亀裂が走ったかと思うと、その亀裂から液体があふれだして霧と化し、霧は雲となって、雲からは黒い液体がしたたり落ちた。

引き金を絞ったが、かちりと音をたてただけで、弾丸は発射されなかった。弾薬を撃ちつくしてしまったのだが、もう発砲する必要はない。風船獣は長い肢は折りたたんで震えているし、ふくらみの失せた胴体は、痙攣《けいれん》するたびに亀裂から霧が吹きだし、どんどんしぼんでいる。もうブーッという音もキーッという音もない。聞こえるのは、霧の雲からしたたり落ちる黒いしずくが、斜面の丈の短い草を濡らす、ぽとぽとという音だけだ。

胸が悪くなる臭いがする。イーノックの服に黒い飛沫がかかり、それが流れて、冷たいオイルのように鼻を刺す臭いを放っているのだ。イーノックが目をあげると、竹馬と風船の合体物だったような大きな生きものがばったりと地面に倒れるところだった。

と、世界が急速に薄れていき、存在しなくなった。

イーノックがいるのは、ほの暗い裸電球に照らされた楕円形の小部屋だ。火薬の臭いがたちこめ、イーノックの足もとにはライフルからはじきだした空薬莢がいくつも落ちていて、裸電球の明かりを受けて光っている。

イーノックは地下室にもどってきたのだ。射撃練習は終了した。

29

イーノックはライフルを下ろし、ゆっくりと慎重に息を吸いこんだ。いつもこんなふうだ。非現実の世界に行ったあとは、本来の世界にもどるために、時間をかけて自分をおちつかせる必要があるのだ。

パネルのタンブラーをまわせば、めくらましが始まるのはわかっているし、すべてが終わったときにはそれがめくらましだったともわかっているが、開始から終了までのあいだは、めくらましではないのだ。すべてがほんとうのことのように、現実感も存在感もある。

ステーションが設置されたとき、イーノックはいわれた――なにか趣味があるか、と。趣味を活かしたいなら、ステーションの内部にイーノック専用の娯楽施設を造ることは可能だと。

イーノックは答えた――ライフルの射撃場がほしい、と。イーノックとしては、列をなして動くアヒルや、輪の上にのって回転している素焼きのパイプを狙うような、遊園地のゲームめいたものをイメージしていた。だが、奇抜なことに慣れている異星人の建築家にとっては、そんなものを造るのは児戯に等しくてつまらなかったのだろう。その建築家はデザインに凝り、それをステーションの建設作業員たちがらくらくと造りあげた。

最初、異星人たちは、ライフルの射撃場なるものがなんなのか、まったく理解していなかったため、イーノックはまずライフルがどのようなもので、どのような性能をもち、どのように使われるかを説明した。秋晴れの朝にリスを撃ったり、初雪が降った日に薪用の枯れ枝の山から跳びだしてきた震えているウサギを撃ったり（ウサギに関しては、ライフルではなく散弾銃を使う者が多いが）、秋の夜にアライグマを狩ったり、川岸に降りてくる鹿を待ち受けたりする話をしたものだ。しかし、いわなかったことがある。かつて、四年ものあいだ、ライフルを狩猟以外の用途に使ったことは、イーノックはあえて話さなかった。

イーノックは異星人たちに、子どもころ、いつかアフリカに狩猟に行くのが夢だったと語った（じつに話しやすい異星人たちだったからだ）。そう話しながら、イーノックはそれがどれほど実現不可能な夢だったか思い知ったものだ。

そしてそれ以降、イーノックはアフリカが誇る生きものたちとはくらべものにならない、奇天烈《きてれつ》な生きものたちを狩ることになった（狩ると同時に狩られる立場でもあったが）。

標的となるのは、異星人たちが設置したテープにおさめられた幻影の生きものたちだが、それが空想の産物ではなく、どこかに実在しているのかどうか、イーノックにはまったくわからない。何千回もこの射撃場を使ってきたが、これまでのところ、同じ風景や同じ生きものが現われたことは一度もなかった。だが、いつかどこかで品切れになるにちがいない。そのときは、またスタートにもどって、同じコースをたどるはずだ。だが、同じでもかまわない。というのも、テープが巻きもどされて再生するにしても、何年も前に体験した冒険を、イーノックがかなりこまかいところまで憶えている可能性はほとんどないからだ。

この胸躍る狩猟を可能にしている技術や原理に関しては、イーノックはまるきり理解できずにいる。ほかの事物同様に、理解する必要性を感じることなく、素直に受け容れているだけだ。それでも、いつか、盲目的に受け容れてきたことが、すとんと理解できて納得できる日がくるかもしれない――射撃場のことだけではなく、ほかのいろいろな事物のことも。

イーノックはしばしば考えたものだ――彼がライフルの射撃場や、ライフルという、人間を殺傷できる原始的な武器にこだわっていることについて、異星人たちはどう思うだろうか、と。

イーノックは殺戮を楽しむためではなく、危険を回避したり、ライフルよりも高度な技術をそなえ、狡智に長《た》けた戦力に応じるために、ライフルとその使用にこだわっているのだ。しかし、彼がライフルに固執していることが原因で、異星人たちは人類の本質に危惧をいだいてしまったのだろうか。異星人は、人類が、人類とは生命形態が異なる生きものを殺すことと、自分たちの同胞を殺すこととのあいだに線引きができるのかどうか、疑問に思ったのではないだろうか。狩猟をスポーツとして楽しむことと、戦争をスポーツととらえることには相違があるにしても、その相違を、論理的な検証をもとにして説明することは可能だろうか。異星人にとって、そんな区別を認めることじたい、かなり困難なのではないだろうか。異星人の目から見れば、人類に狩られる生きものは、その生命形態や特性において、おおかたの異星人よりも、狩る人間のほうに近いのだから。

戦うというのは、人間の本能なのだろうか。戦争に対して、政策立案者や政治家と同様に、一般大衆のひとりひとりに責任があるのなら、そういうことにならないか。そんなことはありえないようにも思えるが、しかし、人間ひとりひとりの内面の深いところに、戦闘本能、攻撃衝動、競争心という暴力的な意識がひそんでいるのかもしれない——そして、そのすべてが玉突き状態で次々に衝突していき、ついに戦争という結果に至るのではないだろうか。

イーノックはライフルを小脇に抱え、パネルまで行った。パネルの底部のスロットから、短いテープが突きでている。

イーノックはそれを抜きとり、そこに記された記号を懸命に読み解いた。いい評価とはいえない。今日の練習の出来はよくなかった。

突進してくる、老人の顔をもつ狼もどきを狙ったとき、最初の一発がそれてしまったのだ。それを思えば、あの非現実世界の過去のどこかには、イーノック・ウォレスだったもののずたずたに裂けた肉と、折れた骨の山を前に、怪物どもが歯をむきだして笑っている光景があるはずだ。

30

イーノックは通路をもどった。通路の両側の棚には、異星人たちからの多種多様な贈り物が収まっている。こういう品々は、ふつうの人間の家ならば、乾燥していて埃っぽい屋根裏部屋に押しこまれるだろう。

今日の射撃評価テープは辛口で、ほとんどの弾丸が命中したのに、最初の一発をミスしたことを責めている。彼が撃ちそんじることはめったにない。それに、この射撃場でも訓練を積んできた。次になにが起こるかわからないという射撃場で、これまでに何千回も狩猟エリアに立ち、〝殺さなければ殺される〟ということを学んできたのに。おそらく、この数日、練習をさぼっていたせいだろうと、イーノックは自分を慰めた。じっさいのところ、熱心に練習をしなければならないという理由はない。というのも、彼にとって射撃は娯楽でしかなく、毎日の散歩にライフルを持っていくのは軍隊時代の習慣にすぎず、これという格別な理由はないのだ。イーノックが散歩にライフルを携行するのは、ほかの者がステッキを持って歩くのとかわりはない。もちろん、最初に散歩に出たときは、いまとは異なるライフルだったし、いまとは異なる時代だった。当時は、外に出るさいに銃を携行するのは、決してめずらしいことではなかった。しかし、時代は変わった。イーノックは内心で苦笑する——彼を見た人々は、さぞいろいろと噂をしているにちがいない。

通路の出口の手前で、イーノックは、棚の下段に置かれている黒くてかさばったトランクが、通路にはみだしているのに気づいた。壁に押しつけてあるものの、大きすぎて棚板に収まりきれず、二フィート近く通路にはみだしている。

イーノックはそのそばを通りすぎたが、はっとしてふりむいた。あのトランクは、そう、亡くなった老ヘイザーのトランクだ。いったんはその遺体が盗まれたが、今日の夜、墓にもどされることになっている老ヘイザーの遺品だ。

イーノックはトランクのところまでもどり、棚にライフルを立てかけた。かがみこんでトランクを引っぱりだす。

このトランクをここまで運んできて棚に収めたときにざっと中をあらためたが、あまり興味をもたなかったことは憶えている。だがいま突然に、好奇心が大きくふくれあがってきた。

慎重に蓋を開け、棚にもたせかける。

蓋の開いたトランクの上に身をのりだし、手を触れずに、荷物のいちばん上の品々をリストアップして頭にたたきこむ。

光沢のあるマント。きちんとたたんである。イーノックにはわからないが、儀式用のものの上にちっぽけな瓶が一本。大きなダイヤモンドの中をくりぬいてこしらえたかのように、薄暗い照明の光を受けて、ちっぽけな瓶はきらきらと輝いている。マントの横には、いくつものボールがくっついたものがある。ボールはすべて不透明な濃い紫色で、きらめきひとつない。誰かがいくつものピンポンボールを接着剤でくっつけて、一個の大きな球体にしたような感じだ。

だが、そのようなものではなかった。前にトランクの中をあらためたときに、この品に魅せられて手に取ってみたところ、接着剤でくっつけられてないのに、全体の形状は崩れずに、ボールの一個一個が自在に動くことを知ったのだ。どんなに力をこめて引っぱっても引きはがすことはできないが、液体の中に浮いているかのように、ボールは軽く動く。一個だけでも、全部いっしょにでも、ボールを動かすことができるが、一個の大きな球体という形状は変わらない。イーノックはある種の計算機なのかと思ったが、とてもそうは見えない。ボールはすべて、そっくり同じで、たとえちがいがあるにしても、人間の目では識別できない。いや、少なくとも人間の目には識別する能力がないというべきか。では、ヘイザーの目なら、識別できるのだろうか。もしこれが計算機だとすれば、いったいなにを計算するものなのだろう？　数学か？　それとも、倫理学か？　あるいは哲学？　いやそれはばかげている。倫理学や哲学に計算機を使うことがあるのか？　というより、人類がそんなことをするか、というべきか。計算機ではないのなら、なにかまったく別のものだろう。もしかすると、ゲーム機かもしれない――ひとり遊び用のゲーム機。

時間をかければこれがなんなのか、つきとめられるかもしれない。しかし、そんな時間はないし、一個の特殊な品に膨大な時間を費やすわけにはいかない。なにしろ、これと同じように魅力的で理解不能な品が、ほかにも何百とあるのだから。特定の品にくびをひねっているあいだも、つねに意識の隅で、数ある品々のなかで、もっともつまらないものにこだわって、時間をむだにしているのではないかと考えてしまうだろう。

イーノックはなにがなにやらわけのわからない断片に取り囲まれ、いわば、疲れきった博物館の学芸員症候群になっているのだ。

イーノックはボールの球体にではなく、マントの上のちっぽけな、きらきら輝く瓶に手をのばした。瓶を手に取り、まぢかに見てみる。ガラス（それともダイヤモンド？）の表面に一行だけ、なにか文字が彫りこまれている。じっくりとその文字を読み解いていく。かつては、決して流暢《りゅうちょう》にではないまでも、そこそこ意味をくみとれるようになるまで、相当長い時間をかけてヘイザーたちの言語を学習したものだ。だが、この数年は読んでいないので、文字をほとんど忘れかけているため、つっかえつっかえ、ひとつの記号文字を次につなげていった。ごくおおざっぱに翻訳ができた。瓶にはこう記してあった。

〈最初の兆候が現われたときにこれを服用すべし〉

これには薬が入っているのか！

最初の兆候が現われたときにこれを服用すべし——兆候があまりにも急激に現われ、急速に容態が変わったために、この瓶の持ち主、あの老ヘイザーは薬に手をのばすこともかなわず、ソファからころげ落ちて死んでしまったのだ。

ほとんどうやうやしい手つきで、イーノックは瓶をマントの上にもどした。マントにかすかに残っている、瓶の形のくぼみにぴったり納まるように気をつけてもどす。

多くの点で、地球人と異星人には相違があるが、似ている点も少しはあるのだと思い、イーノックはなんとなく驚いていた。薬の入った瓶といい、その表に記されている但し書きといい、地球のどこにでもある、角の薬局で処方される薬剤とよく似ている。

小さなボールがくっついて一個の大きな球体となっている品の横には、箱があった。イーノックはその箱を手に取った。木でできている箱で、蓋にはシンプルな留め金がついている。留め金をはずして蓋を開けると、ヘイザーたちが紙として使っている金属素材のシートの束が入っていた。

一枚目のシートを慎重につまみあげてみると、複数のシートの束ではなく、一枚の長いシートがアコーディオン状に折りたたまれているものだった。その下に、細長いシートが数枚ある。長いシートと同じ金属素材のようだ。

折りたたまれていた長いシートにはなにやら書いてある。文字が薄れて消えかけているため、イーノックは目を近づけて読んでみた。

〈わたしの＊＊、＊＊友人へ〉と読めるが、もしかすると、これは〝友人〟ではなく〝血をわけたきょうだい〟という意味かもしれない。あるいは、〝同僚〟か。その文字の前の形容詞は、イーノックの言語感覚とはかけ離れている。

全文を読み解くのは困難だ。正式な文書のようでもあるが、書き手の個性が表われていて、渦巻き飾りや花文字が多用されているため、正式文書の書き文字とは大きくはずれている。イーノックはゆっくりと文章を読んだ。こまかいところはほとんどわからなかったが、書かれていることの大意はくみとることができた。

この文書の書き手は、ほかの星を訪問したか、あるいは、ある場所から別の場所に行ったようだ。その場所の名前も、その星の名前も、イーノックにはぴんとこなかった。ともあれ、書き手はそこにとどまっていたあいだに、なんらかの役目（どんな役目なのか正確なところはわからない）を果たした。その役目は書き手を死に近づけるたぐいのものだ。

イーノックは驚いて、もう一度、その行を読みなおした。読みなおしても、ほとんど解読不能だったが、それでも、その箇所だけはよくわかった。

〈わたしの死が近づく〉

確かにそう書いてある。誤訳ではありえない。わたしの・死が・近づく。この三語ははっきりと書かれている。

書き手は良き〝友人（？）〟に、自分の役目を引き継ぐよう訴えていた。それは道を平らに、明瞭にするといっている。

それ以上の説明はなく、参考にできる言及もない。書き手は死に至るのは覚悟のうえで、あることをしたのだと、おだやかに主張している。死期が近づいているのを知りながらも、恐れていないばかりか、ほとんど気にもしていない。

次の節（段落はないが）では、書き手が会った人物について書かれている。ふたりが話したある事柄についても書かれているが、イーノックにはさっぱり意味がわからなかった。わけのわからない専門用語の森に迷いこんだような気がする。

〈わたしは○○（この秘密めかしたシンボルを単純に翻訳すると、《タリスマン》となる）の新しい媒介者の凡庸さ（無能？　無力？　弱さ？）が気になってならない。前任者が亡くなってから、その後＊＊（意味から察するに、これは長い時間を示しているようだ）年間、《タリスマン》はほとんど機能していない。じっさいに、真の＊＊（感応力がするどい？）媒介者が正しく機能させてから、＊＊（ここも長い時間を示しているようだ）年がたった。そのあいだ、多くの者が試されたが、資格のある者はいなかったし、資格のある者がいないために、銀河は生命の原則を統《す》べる存在と近しく同化する術《すべ》を失った。この＊＊（寺院？　聖域？）に集《つど》う者はみな、人々と△△（イーノックには解読不能）とを結ぶ適切な媒介者がいなくては、銀河がカオスと化すのではないかと、懸念し憂いている（このあとの行は解読不能）〉。

次の行では、話題が変わって、新しい事項——文化的なフェスティバルのために進行している計画——について書かれている。その内容は、イーノックがベストを尽くしても、おぼろげにしかわからなかった。

イーノックはていねいに手紙を折りたたんで、箱にもどした。手紙を読んでしまったことに、かすかなうしろめたさを覚えている。自分には知る権利のない友人関係を、のぞき見てしまったといううしろめたさだ。

手紙には、〈寺院あるいは聖域に集う者はみな——〉と書いてあった。とすると、手紙の書き手はヘイザーの神秘家で、古い友人であるヘイザーの哲学者に宛てたものだろう。ほかの手紙も同じ神秘家の手によるものである可能性が高い。亡くなった老ヘイザーにとって、この手紙は、旅をするにも持ち歩くほどたいせつなものだったのだ。

イーノックの肩にかすかに風が吹いてきた。いや、風ではなく、冷気を帯びた空気が微妙に揺れたのだ。

イーノックはふりむいて、通路の奥に目をやったが、動きのあるものはもちろん、なにもない。

風が吹いたのだとしても、もう止まっている。吹いたかと思うと、次の瞬間には止まってしまったのだ。まるで幽霊が通ったようだ、とイーノックは思った。

ヘイザーは幽霊になるのだろうか？

老ヘイザーが死んだとき、ヴェガXXI星の人々はそれを感知しただけではなく、彼の死の状況も感知した。遺体が消えたときも、それを感知した。そして、手紙の書き手は、自分に迫りくる死について、たいていの人間にはとうてい不可能なほどごく穏やかに、穏やかすぎるほど淡々と書きしるしている。

ヘイザーたちは同胞の生と死に関しては、明確に察知できるのだろうか？　それとも、銀河では、個々の生命体の誕生と死亡の日時がきちんと書き記された書類が存在し、それがどこかに保管されているのだろうか？

そういうことだろうか？　イーノックは考えこんだ。

その場にしゃがみこんだまま、イーノックは思う——もしかすると、誰がなんのために生きるのか、どんな運命をたどるのか、それをすべて知っている者がいるのかもしれない、と。

そう思うと、気持がやすらいだ。宇宙の均衡という神秘的な謎をすでに解き明かした知的存在がいると信じられることが、奇妙なやすらぎをもたらしてくれる。そして、その神秘的な均衡は、時間や空間や、宇宙を統合している諸々のファクターにとって理想的なきょうだいである、超自然力とつながっているのかもしれない。

イーノックは、超自然力に触れたらどんな気持になるのか、想像してみようとしたが、できなかった。接触することができれば、その気持を表わすことばがみつかるのだろうか。いや、不可能かもしれない。一生涯、時間と空間から逃れられずに生きているのに、時間や空間がどんな意味をもち、あるいはどんな気持をもたらしてくれるのか、ことばにすることができないように。

ユリシーズはイーノックに、《タリスマン》に関して、すべてを話したわけではなかった。それが消え失せたこと、銀河にはいま《タリスマン》がないことは話したが、前任者のあとを継いだ媒介者が、人々と超自然力とを適切につなぐ役目を果たせずにいたことは黙っていた。そのために超自然力の栄光とパワーは薄れていき、時がたつうちにその影響が広がり、銀河同盟の結束がほころびはじめたのだ。過去数年間には起こらなかったことが、いまは起こっている。ほとんどの異星人が認めるよりも長きにわたって、じわじわと侵食されてきたのだ。だが、さらに考えてみると、ほとんどの異星人は、まだそれを知らないというほうがありそうだ。

イーノックは手紙が入っている箱の蓋を閉め、トランクにもどした。いつかそのうち、精神状態がおちついていて、さまざまな出来事のプレッシャーで感情が揺れてなくて、他人の信書を盗み見てしまったといううしろめたさが薄れたときに、この箱の中の手紙を学究的な資料として、誠実に翻訳しようという気になれるだろう。そうすれば、ヘイザーという不可思議な種族をもっと深く理解できるような気がする。もっと深く理解できれば、彼らの人間性をもっとよく知ることができるかもしれない。〝人間性〟は狭い意味で人類といっても、地球の人類に共通している人間性ではない。人類にかぎらず、どんな種族であろうと、その行為の概念を示すことばになっているが、人類にかぎらず、どんな種族であろうと、その行為・行動の基底には、厳然とした規範があるはずで、それを〝人間性〟といってもさしつかえはないのではあるまいか。

イーノックは立ちあがってトランクの蓋を閉めたが、ふと、ためらった。

先ほどは、いつかそのうち、と思ったけれど、そんな日は来ないかもしれない。いつも〝いつかそのうち〟と考えてしまう。これはステーションの内部環境によってのみ可能な精神状態なのだ。ステーション内部にいれば、終わりのない日々がある。永遠の日々が約束されている。ステーション内部は、時間というものに関する人間の概念からはずれていて、イーノックは長い、ほぼ終わりのない時間という道の前方のみを、無頓着に見ていればよかった。だが、それももう終わったのかもしれない。ふいに、時間が正しいありようにもどったのかもしれない。このステーションを出なければならないとすれば、時間が停滞している日々も終わるのだ。

イーノックはもう一度トランクの蓋をいっぱいに開け、棚にもたせかけた。手をのばして手紙の入った箱を取りだして床に置いた。箱を階上《うえ》に持っていき、持ち出したい品々に加えるつもりだ。もし、このステーションを去らなければならないのなら、持ち出したい品々をまとめておく必要がある。

もし？　いや、もはや仮定の話ではなくなったのか？　いつのまにかイーノックは、苦しい決断をしてしまったのだろうか。気づかないうちに決断して、それがいまイーノックの意識の表面にふっと浮かびあがってきたのだろうか。

本気でその決断に達したのなら、なんとかして、もうひとつの問題にも解答をみつけなければならない。ステーションを去るのなら、銀河本部で異星人たちを前にして、地球を救済してほしいと訴える立場を失うことになる。

ユリシーズはイーノックにいった——きみが地球の代表だ、地球を代表できるのはきみだけだ、と。

だが、ほんとうにイーノックが地球の代表になっていいのか？　人類の代表だといいきれるのか？　十九世紀の人間であるイーノックが、二十世紀の人間の代表になれるものなのか？　現在では、世代ごとに、いわゆる人間性はどの程度変化しているのだろう？　彼は十九世紀の人間であるだけではなく、世間とは切り離された特殊な環境で、百年もの歳月を生きてきたのだ。

イーノックはがっくりと膝をついた。畏《おそ》れと、少しばかりの憐憫《れんびん》をもって、自分をみつめる。自分は何者だ？　人間でありながら、知らず知らずのうちに、さまざまな異星人たちのさまざまな観点を混然と吸収してしまい、それに影響されて、いわば雑種になっているのではないだろうか。つぎはぎだらけの、銀河の怪しげな雑種に。

のろのろとトランクの蓋を下ろし、きっちりと閉める。トランクを棚に押しこむ。

イーノックは手紙の入った箱を小脇に抱えて立ちあがると、ライフルをつかんで、階段に向かった。

31

台所の片隅に空き箱が重ねてある。郵便配達人のウィンズロウがイーノックの注文に応えて、町で買った品々を入れて運んでくれたものだ。イーノックは手ごろな空き箱をみつけると、荷造りを始めた。

大きな箱には日誌を年代順にきちんと並べて入れ、それがいっぱいになると、別の箱に詰める。マントルピースの上に飾ってある、ヴェガ星人にもらった十二本のダイヤモンドの瓶を、古い新聞紙でていねいに包み、それをまた別の箱に入れる。割れないように、すきまにはしっかりと詰め物をする。キャビネットからオルゴールを取りだし、やはりていねいに梱包した。別のキャビネットからは異星の書物を取りだして、四つ目の箱に詰めた。雑然としたデスクの上には、たいしたものはない。がらくたばかりだ。引き出しの中を調べる。書きつづけてきたチャートがある。イーノックはそれをくしゃくしゃに丸めて、デスクの横のくずかごに捨てた。

詰め終えた箱を、すぐに持ち出せるようにスライドする壁の前まで運ぶ。ルイスはトラックを持っているだろうが、イーノックがトラックの手配をたのんでも、着くまでには時間がかかるだろう。しかし、前もって重要な品々をすべて荷造りしておけば、ステーション内から外に持ち出して、トラックが着くのを待てばいい。

イーノックは考える――重要な品々。どうやって選別すればいいのだろうか？　もちろん、なによりも、日誌と異星の書物。だが、あとは？　なにが重要だろう？　重要といえば、すべて重要だ。なにもかも持ち出すべきだ。それは可能なのではないか？　時間があれば、そして、新たな厄介ごとが起こらなければ、この部屋と地下室にあるすべての品を運びだせるのではないだろうか。イーノックには持ち出す権利がある。すべて、彼がもらったものだからだ。だが、たとえ彼に権利があっても、銀河本部が強硬に反対しないとはかぎらない。

銀河本部が反対すれば、もっとも重要な品々を持ち出すのは命がけの大仕事になるだろう。地下室に降りて、用途がわかっている、タグのついた品々を階上《うえ》まで運びあげなければならない。なにがなんだかわからないものよりも、数は少なくても、多少なりとも用途がわかっているもののほうが、資料として役に立つはずだ。

イーノックは優柔不断なおももちで、部屋の中を見まわした。コーヒーテーブルの上にある品々は、ルーシーが作動させた球体のピラミッドを含め、すべて持ち出すつもりだ。

イーノックがペットと名づけた品が、いつのまにかテーブルの上を移動したらしく、床に落ちていた。イーノックはそれを拾いあげ、目の高さに持ちあげた。最後に見たときとはちがい、こぶのようなものがふたつほど増えていて、全体がかすかにピンクがかっている。最後に見たときは、さえざえとしたコバルトブルーだったのに。

ペットと名づけたのがいけなかったのかもしれない。たぶん、生きものではないのだろう。だが、もし生きものなら、どういう種類の生きものなのか、イーノックには想像もできない。金属でもなく、石でもないが、そのどちらにもかぎりなく近い物質でできている。研磨された痕跡はない。イーノックはなんの効果もないことは百も承知で、一、二度、かなづちでたたいてみようかと思ったこともあった。ペットはゆっくりと変化し、動いたが、どういうふうに動くのかは不明だった。イーノックが目を離したすきに動いている。といっても、わずかな距離を動くだけで、決して遠くまで動くことはない。しかも、見られていることを察知すると、見られているあいだは動かない。これまでのところ、それがなにかを食うのをイーノックは見たことがないし、排泄もしていないようだ。色は変わるが、季節とは関係がないし、わかりやすい理由があるようでもない。

これをくれたのは、二年ほど前、射手座の方角にあるどこかの星からやってきた旅人で、本に出てくるような生きものだった。じっさいには植物ではないにせよ、見た目は植物そのもの――きれいな水が不足し、良好な土壌に恵まれないところで育つひょろひょろの植物。だが、十セントストアで売っている腕輪のような実がたくさんついていて、その生きものが動くたびに、その実が、千もの銀のベルが鳴るような涼しい音をたてた。

イーノックはその植物星人に、贈り物がどういうものなのか訊いてみようとしたが、彼は実をチリンと鳴らして、そこいらじゅうにベルの音《ね》を響かせただけでなにも答えようとはしなかった。

しかたなく、イーノックは贈り物をデスクの端に置いた。そして、植物星人が去ったあと、数時間たってから、贈り物がデスクの反対側の端に移動しているのに気づいたのだ。

しかし、品物がみずから動くなどということは、考えるだけでもばかげていたので、イーノックは置き場所をまちがえて記憶していたのだと、自分を納得させた。だが、それがみずから動くことを確信するまで、それほど長い日数は必要なかった。

ステーションを去るときには、このペットも、ルーシーの球体のピラミッドも、のぞきこむたびに異なる風景を見せてくれるキューブも持っていかなければならない。ほかの多数の品々も。

ペットを持ったままぼんやり立っていたイーノックは、ここにきて初めて、自分はなぜ荷造りなどしているのだろうと、不思議に思った。

イーノックは銀河同盟対地球という構図を描き、地球を選ぶことに決めたとばかりに、ステーションを出ていく前提で行動している。だが、いつ、どのようにして、そんな決断をくだしたのか？　すべてを測って決めるべきことなのに、イーノックはまだなにも測っていない。有利な条件や不利な条件をきちんと並べることもしていないし、妥協点を見いだそうともしていない。なにひとつ、きちんと考えていなかった。だのに、いつのまにか、こうするべきだと思いこんでいた――不可能に思える決断だったのに、しごくあっさりと、そうすることに決めこんでしまったのだ。

無意識のうちに異星人たちの思考や価値観をごちゃごちゃに吸収し、自覚がないままに彼なりに育てあげ、新しい思考方法を身につけてしまったのだろうか。おそらくその新しい思考方法は、必要とされるときがくるまで――つまりいままで――作動しなかったのだろう。

差しかけ小屋にも空き箱があったのを思い出し、イーノックはそれを取ってきて、持っていくことにした品々をすべて詰めようと思った。そのあと地下室に行き、タグをつけた品々を階上に運びあげよう。

ふと、窓に目をやって、太陽が沈みそうになっているのを知り、驚いた。急がなければならない。もうすぐ日が暮れる。

昼食をとっていないことを思い出したが、食事をしている時間はない。食べるのはあとでいい。

ペットをテーブルにもどそうとしたとき、実体化装置が作動する音がした。かすかな音だが、イーノックが聞きそこねることはない。数えきれないほど何度も聞いている音なのだ。聞きそこねるはずがない。

これは公式の緊急訪問にちがいない。メッセージも送られてきていないのに、旅人が到着するはずはないからだ。

ユリシーズだろう、とイーノックは思った。ユリシーズがまたやってくるのだ。あるいは、銀河本部のほかのメンバーかもしれない。ユリシーズならば、先にメッセージを送ってくるはずだ。

実体化装置のコーナーが見えるように、イーノックが急いで足を踏みだしたとき、到着サークルから黒っぽい、ほっそりした人物が降りてきた。

「ユリシーズ!」イーノックは声をあげたが、すぐにユリシーズではないことに気づいた。

一瞬、イーノックは、訪問者がシルクハットに燕尾服、白いタイという正装でやってきたのかと思った。だが、すぐに、それは直立して歩くネズミだとわかった。体じゅうが黒い毛におおわれ、あごが斧のようにするどく尖った齧歯類《げっしるい》の顔。その顔がイーノックのほうを向いたとき、ぎらりと目が赤く光った。そのあとすぐに、ネズミはまた実体化装置のほうを向いた。手をあげて、荷物を引っぱる。ホルスターからぶらさがっている荷物は、暗がりのなかでも金属のきらめきを放っている。

おかしい。訪問者はイーノックにあいさつして然《しか》るべきだ。あいさつのことばをかけてから、到着サークルから降りてくるべきだ。だが、直立ネズミはイーノックを赤い目でぎろりと見ただけで、すぐにその目を荷物のほうに向けた。

金属の荷物がホルスターから離れた。銃にしか見えない。少なくとも、銃に似た武器に見える。

これがステーションを閉鎖するときのやりかたなのだろうか。問答無用で撃つ。撃たれたステーションの管理人は死ぬ。ユリシーズではなくほかの者が来たのは、ユリシーズだと長年の友人を殺せるとは信じてもらえなかったからだろう。

ライフルはデスクの上にあり、ぐずぐずしている時間はない。

しかし、ネズミに似た異星人は部屋の中を見ようともしない。実体化装置コーナーのほうを向いたきり、光る武器を手にした腕を徐々にあげている。

頭のなかで警報が鳴り響き、イーノックは叫び声をあげながら、すばやく腕を振りあげて、持っていたペットを異星人めがけて投げつけた。思わず、肺の奥から叫び声が湧きあがってきたのだ。

異星人は管理人を殺すのではなく、ステーションを破壊するつもりだったようだ。実体化装置コーナーには、標的となって然るべきものがひとつある。ステーションの神経中枢ともいえる、コントロール複合体だ。もしこれが破壊されれば、ステーションは機能しなくなる。復活させるには、いちばん近いステーションから技術者の一団を宇宙船に乗せてここに送りこむしかない。その旅は、何年もかかるだろう。

イーノックの叫び声に異星人はびくっと体をひきつらせ、しゃがみこもうとした。が、回転しながら飛んできたペットに腹を一撃され、異星人は壁までふっとんだ。

イーノックは異星人を捕まえようと、両腕をのばしてとびかかった。異星人の手から武器が飛び、床に落ちて、くるくる回転しながらすべっていった。イーノックは異星人にのしかかった。異星人の体臭が鼻をつく。胸が悪くなるほどおぞましい悪臭だ。

異星人を抱えこみ、持ちあげる。予想したほど重くはない。イーノックは力をふりしぼって異星人を実体化装置コーナーから引きずりだすと、はずみをつけて放り投げた。異星人は床の上をすべっていった。

異星人は椅子にぶつかって止まった。そして鋼のコイルが伸びるようにぴょんと跳び起きると、床に落ちている武器にとびついた。

イーノックは大股で二歩進み、異星人のくび根っこをつかんで持ちあげ、激しく揺さぶった。異星人はせっかくつかんだ武器を取りおとした。イーノックに揺さぶられるたびに、異星人の肩から下がっている紐つきのバッグが、毛深い胸のあたりにがんがんとぶつかる。

悪臭がきつい。目に見えるような気がするほどきつい。異星人を揺さぶりながら、その悪臭にイーノックは喉が詰まった。

ふいに悪臭がいっそう強くなった。イーノックの喉の奥で炎が燃えあがり、頭のなかをハンマーで殴られているようだ。腹に一発、胸に一発げんこをくらったように、肉体的な苦痛に見舞われる。イーノックは異星人をつかんだ手を放すと、体をふたつに折り、吐きそうになりながらあとずさった。少しでも悪臭を避けようと片手で鼻孔と口をおおい、もう一方の手で目をこすろうとした。

イーノックの涙でぼやけた目に、異星人が立ちあがり、武器を拾いあげ、差しかけ小屋との境の壁に向かって走っていく姿が映った。暗号を唱える声は聞こえなかったのに、壁がスライドしてドアが開いた。異星人はとびだしていき、姿を消した。ドアはぴしゃりと閉まった。

32

イーノックはよろよろとデスクまで行き、デスクにつかまって体を支えた。悪臭が薄れてきて、頭もすっきりしてきたが、イーノックはいましがた起こった事態がどうしても信じられなかった。あの異星人は公式緊急訪問の実体化装置を使って到着した。このルートを使えるのは、銀河本部のメンバーに限られている。そして銀河本部のメンバーなら、ぜったいに、あのネズミに似た異星人のような行動はとらない。また、あの異星人はドアを開ける暗号を知っていた。暗号を知っているのは、イーノックと銀河本部だけだ。

イーノックは手をのばしてライフルをつかんだ。

だいじょうぶだ。なにも害はこうむっていない。ただし、異星人を地球に野放しにしてしまった。決して許されないことだ。地球は異星人には開放されていない。銀河同盟に承認されていない星なので、本部公認の者以外は、異星人は立ち入りを禁止されている。

ライフルを手に、イーノックは背筋をしゃんとのばした。なにをすべきか、よくわかっている——あの異星人を捕まえて、ステーションに連れもどさなければならない。地球から排除しなければならない。

壁に向かって暗号を唱え、スライドした壁から差しかけ小屋に行き、差しかけ小屋のドアから外に出て、家の角を曲がった。

異星人が野原を走っているのが見えた。もう少しで森の手前に着いてしまう。

イーノックも必死で走ったが、野原を半分も行かないうちに、異星人は森に駆けこみ、姿が見えなくなった。

森の中は早くも暗くなってきている。沈みゆく太陽の陽光が天蓋のような葉むらの上をななめに照らしているが、森の地面には影が集まりはじめている。

森に駆けこむと、異星人が小さな谷を駆け降り、次の斜面にとりついているのが見えた。異星人の体はなかばまで、みっしりと生えたシダの茂みに埋もれている。

異星人がそのままその方向に進んでくれればありがたいと、イーノックは思った。小さな谷の向こうの斜面は岩だらけで、そこで行き止まりになっているからだ。岩場は崖の端から突きでている。崖の両側はすっぱりと断ち切られたようになっていて、岩場のある崖の先端だけが空中に突きでているのだ。異星人が抵抗すれば、岩場から連れだすのは少し骨が折れるが、少なくとも、相手は罠にはまったも同然で、どこにも逃げられない。とはいえ、イーノックには時間がない。太陽は低く、じきに沈んでしまう。

小さな谷のとっつきに回りこもうと、イーノックは逃げていく異星人からは目を離さずに、わずかに西に向きを変えた。異星人はまだ斜面を登っている。イーノックはそれを確認してから、一気に速度をあげた。異星人は罠にかかった。行き先を変更できる地点を越えてしまったのだ。もう行き先を変えることはできないし、崖の先端からもどることもできない。じきに崖っぷちに出るだろうが、そこまで行けば、あとはもう、岩と岩のすきまに隠れるしかないのだ。

懸命に走り、イーノックはシダの茂みを突っ切った。岩場までは百ヤード程度の距離があるが、勾配の急な斜面のふもとにたどりついたのだ。斜面には下生えの茂みと木々がまばらに生えているだけだ。森の床となっている土壌はやわらかく、何年にもわたって冬の霜に傷められた岩がもろく砕けて、その破片が斜面を転がり落ちた跡が残っている。ごろごろと地面に落ちている岩の破片はすっかり苔むして、気をつけないと足をすべらせてしまいそうだ。

走りながら、イーノックは岩場を見てみたが、異星人の姿はなかった。と、視界の端でなにかが動いた。イーノックはすばやくハシバミの茂みの陰にとびこみ、腹這いになった。茂みのすきまから、空を背景にして、崖の先端に立っている異星人の姿が見えた。すぐにも使えるように油断なく武器をかまえて、顔だけ動かして下の斜面を見ている。

イーノックはライフルを握った手をのばしたまま、じっと動かずにいた。ライフルを握った手の、一直線になった五本の指の関節に痛みが走った。ハシバミの茂みの陰にとびこんださいに、岩の破片ですりむいたらしい。

異星人の姿が岩の陰に隠れた。イーノックはいつでも撃てるように、ライフルを握った腕を引き寄せた。

だが、イーノックは迷った——自分に撃てるだろうか？ 異星人を殺せるだろうか？ ステーション内で、凶暴な悪臭にノックアウトされたイーノックを、異星人は殺すことができた。だが、殺さなかった。殺さずに逃げ出した。あのとき、異星人はただもう怯《おび》えていて、逃げることしか考えていなかったのだろうか？ あるいは、異星人もまた、彼にとっては異星人である地球のステーションの管理人を殺すことに、ためらいを覚えたのだろうか？

イーノックは目をあげて崖の上の岩場を見た。動くものはなく、岩しか見えない。斜面を登るべきだとイーノックは思った。それも、すばやく。時間がかかれば、それだけイーノックが不利に、異星人が有利になる。三十分もたたないうちに暗くなってしまう。闇の帳《とばり》が下りないうちに、この事態を収拾しなければならない。もしここで異星人に逃げられたら、みつけるチャンスはほとんどなくなる。

もうひとりのイーノックがイーノックに訊く——異星人たちの紛糾について考えるべきじゃないか？ おまえは独断で、銀河にはさまざまな異星人が存在しているという情報や、異星人たちの科学知識を、人間たちに公開する覚悟があるのか？ おまえが習得した知識が、おまえの内なるパワーになっているというのか？　逃げている異星人がステーションを破壊しようとしたとき、おまえはなぜ阻止した？　ステーションが破壊されれば、この先何年も、地球が孤立することは確実になったというのに。もしステーションが破壊されれば、ステーション内ではこうしたいあしたいと願うしかなかったことが、自由にできることになったのではないか？　おまえが優位に立って、さまざまな出来事をなりゆきに任せることができただろうに。

だが、おれにはできない！

イーノックは胸の内で叫んだ。

おれにはできないのがわからないのか？　理解できないのか？

左手の茂みがかさこそと音をたて、イーノックはライフルを持ちあげてかまえた。

二十フィートほど離れたところにいるのは、ルーシー・フィッシャーだった。

「こっちに来るな！」ルーシーには聞こえないことも忘れて、イーノックはどなった。

だが、ルーシーはイーノックの気配を感じたようだ。左のほうに動き、ゆるやかに腕をあげて、岩場のほうを示した。

たのむから、行ってくれ。

イーノックは歯をくいしばってつぶやいた。

ここから離れてくれ。

イーノックは彼女にもどれ、ここにいてはいけないという身ぶりをした。

ルーシーはくびを横に振ってイーノックのたのみを拒み、しなやかな動きでさらに左に寄り、軽く膝をまげて助走体勢に入ると、斜面を駆け登りはじめた。

イーノックは急いで立ちあがり、ルーシーを追いかけた。走っているイーノックの背後の空気がじゅっと音をたて、きついオゾンのにおいを発した。

イーノックは反射的に地面に身を伏せた。彼の背後の斜面で、一ヤード四方の地面が煮えたぎり、蒸気が立っている。地面は高熱にさらされ、土も石ころもぐつぐつ煮えるプディングと化していた。

レーザー光線だとイーノックは思った。異星人の武器は、細い光線に強力な威力をこめたレーザー光線銃だ。

気をとりなおし、イーノックは短い距離をダッシュして、ねじ曲がったカバノキの木立に駆けこみ、うつぶせに倒れこんだ。

ふたたびじゅっという音がしたかと思うと、一瞬の間もおかずに熱波が押しよせてきた。またもやオゾンのにおいがたちこめる。先ほどとは反対側の斜面の一部から蒸気が立っている。降ってきた灰がイーノックの腕に積もった。すばやく目をあげると、カバノキの木立の上半分が失せていた。レーザー光線によって切断されると同時に、燃えつきて灰となったのだ。木々の切断された面から、巻きひげのような煙が幾筋も立ち昇っている。

異星人はステーション内でしなかったことを、あるいは、しそこねたことを、いまはやりとげようとしている。自分が追いつめられたことを知り、凶暴になっているのだ。

イーノックは地面にうずくまり、ルーシーのことを案じた。彼女の無事を祈るばかりだ。ばかでなければ、ここにとどまったりはしない。ここはルーシーがいていい場所ではない。そもそも、ルーシーは今日という日のこの時間に、森の中なんぞにいるべきではないのだ。父親のハンクに娘がまた誘拐されたと思わせ、捜しまわらせることになるではないか。ルーシーはいったいなにに取り憑かれて、こんなまねをしているのだろうか。

夕闇が濃くなってきた。いまはもう、最後の陽光が木々の梢のてっぺんを照らしているだけだ。谷底からじわじわと冷気が這いあがってきて、湿りけのある、気持のいい土のにおいがただよってくる。どこかの木の空洞《うろ》で、ホイッパーウィルヨタカが悲しげな声で鳴いている。

イーノックは思いきってカバノキの木立からとびだし、斜面を駆け登った。倒木があったので、それを盾にして、その陰に身をひそめる。異星人の姿は見えず、レーザー光線が発射されることもなかった。

前方を確認する。あと二回、ダッシュすればいい。最初は岩がいくつか集まっている小さな岩場まで、次は崖の上の岩場まで。そうすればイーノックは、岩と岩のあいだに隠れている異星人の上に立てる。そして、そこでなにをなすべきだろう。

隠れている異星人をみつけだす。それは当然だ。いまここで今後の作戦を考えることはできない。とにかく岩場の端まで行き、運が味方して有利な立場にたてたら、臨機応変に行動するしかない。異星人を殺してはならないという点では不利だが、とにかく捕まえて、必要ならば蹴ったりどなったりして、安全なステーションまで引きずっていくだけだ。

広い空の下なら、密閉されたステーションとちがい、異星人の悪臭による防御も効果は薄いだろう。それならば捕まえるのもらくになる。

イーノックは岩が寄り集まっている箇所を次から次へと見てみたが、異星人がいる場所を特定できるような手がかりはひとつもなかった。

体をくねらせて、次のダッシュの準備をする。音をたててはまずいので、慎重に動く。

イーノックは目の隅で、流れるように斜面を登ってくる影をとらえた。すばやく体を起こし、ライフルをかまえる。しかし、銃口を動かす間もないうちに、すでに影はイーノックの頭上に来ていて、彼を押し倒し、大きくて平たい指のついた手で彼の口をふさいだ。

「ユリシーズ!」イーノックはもがもがと叫んだが、異形のユリシーズはしっと制止する音をたてた。

ゆっくりと、イーノックの体から重みが去っていき、口から手が離れた。

尋ねるように、ユリシーズは岩が重なりあっているほうを手で示した。イーノックはうなずいた。

ユリシーズは頭を低くして、イーノックのそばに這い寄った。地球人の耳もと近くに口を寄せ、ユリシーズはささやいた。「《タリスマン》だ！　彼は《タリスマン》を持っている！」

「《タリスマン》を！」イーノックは思わず叫び声をあげそうになったが、上方にいる異星人にこちらのいどころを知られないためには音をたててはいけないことを思い出し、とっさに声を低く抑えていた。

崖の上のすわりの悪い石が揺らぎ、斜面をころがりはじめた。イーノックは倒木の陰にうずくまった。

「伏せろ！」イーノックはユリシーズにいった。「伏せろ！　やつは銃を持っている！」

ユリシーズはイーノックの肩をつかんだ。「イーノック！　イーノック、見ろ！」

イーノックは背筋をのばした。暗い空を背景に、岩場の上でふたつの影がもみあっているのが見えた。

「ルーシー！」今度こそイーノックは叫び声をあげた。

ふたつの影のうち、ひとつはルーシーで、もうひとつはあの異星人だ。

ルーシーはこっそりと異星人に近づいたにちがいないと、イーノックは思った。考えなしのおてんば娘は、こっそりと異星人に近づいたのだ！　異星人が斜面を警戒するのに気をとられているあいだに、ルーシーは音もなくしのびより、異星人につかみかかったようだ。手に棍棒のようなものを持っている。枯れ枝だろう。ルーシーはそれを頭上に振りかぶり、振りおろそうとしたが、異星人に腕をつかまれて、振りおろせなくなっていた。

「撃て！」ユリシーズが平べったい、なんの感情もこもっていない声でいった。

イーノックはライフルをかまえたが、かなり暗くなっているせいで、目が利きにくくなっている。それに、もつれあったふたつの影は、あまりにも接近しすぎている！

「撃て！」ユリシーズは叫んだ。

「撃てない」イーノックは泣き声だ。「暗すぎて撃てない」

「撃つしかないんだ」ユリシーズの声は固くこわばっている。「チャンスをものにしろ」

イーノックはライフルをかまえなおした。前よりよく見えるような気がする。問題は暗さではなく、射撃場で竹馬もどきの怪物を撃ちそこねた、あの体験にあるのだと、イーノックは悟った。あのときは撃ちそこねた。今度も撃ちそこねるかもしれない。

ネズミに似た異星人の頭に照準を合わせる。その頭がぐらりと横に揺れたが、すぐにもとにもどった。

「撃て！」ユリシーズは叫んだ。

イーノックは引き金を絞った。銃声が響き、頭を半分吹っ飛ばされた異星人は、ほんの一瞬、静止した。まだうっすらと明るさの残っている西の空に、肉片が黒い虫のように飛び散るのがはっきりと見えた。

イーノックはライフルを放し、地面に倒れこんだ。薄く苔でおおわれた土にしがみつくように指を突き立てる。まかりまちがっていればと思うと、寒けがする。そうならなかったのは、何年もあの不可思議な射撃場で訓練を積んだおかげだ。その努力がようやく実を結んだことをありがたく思うと同時に、気が抜けてしまったのだ。

なんと奇妙なことか、とイーノックは思った。たいして意味もないことが運命を形づくるとは。あの射撃場は無意味なしろものだ。ビリヤードやカードゲームと同じく、特別重要な意味があるわけではない――地球のステーションの管理人を楽しませるという、たったひとつの目的のためにデザインされたものだ。しかし、イーノックがそこで費やした時間の積み重ねは、ついに集約された。この狭い斜面で、たった一度のチャンスをものにするという形で活きたのだ。

いやな気分は体の下の大地に吸いこまれていき、かわって、じわじわと安らぎに満たされていく。木々や森の平穏さが、そして夜の始まりの静けさが、安らぎとなってイーノックの体にしみこんでくる。空や星々をはじめ、宇宙空間そのものがイーノックに近づいてきて、おまえもこの宇宙の一員だとささやきかけてくる。その一瞬、イーノックは大いなる真実の一端をつかんだような気がした。そしてそれには、イーノックがこれまで知らなかった励ましと崇高さがともなっていた。

「イーノック」ユリシーズが低い声でいった。「イーノック、我がきょうだいよ……」

異星人の声には涙が隠れているようだった。ユリシーズはいまこのときまで、地球人を〝きょうだい〟と呼んだことはなかった。

イーノックは膝立ちしてから、立ちあがった。不安定な岩場に、やわらかな、不思議な光があった。やわらかくてやさしい光。巨大なホタルが光を放っているようだが、その光は点滅せず、輝きつづけている。

その光が岩場を降りてきた。光とともにルーシーも降りてくる。まるでランタンを手に降りてくるように。

暗がりのなかで、ユリシーズが手をのばし、イーノックの腕を強くつかんだ。

「見えるかね？」ユリシーズは訊いた。

「うん、見える。あれは……？」

「あれが《タリスマン》だ」ユリシーズは驚喜している。喉に息がからまって、声がしわがれている。「そして、彼女が新しい媒介者だ。わたしたちが長いあいだ探し求めていた媒介者だ」

33

重い足どりで森を抜けながら、イーノックは胸の内で自分にいった――おまえは慣れたわけではなかった。そこに気づかなかったことなど、一瞬たりとてなかった。胸に抱きしめて永久に離さないでいたいと願い、たとえそれが離れていっても、永久に忘れられないことに慣れたりはできなかったのだ。

書きつくすことのできないこと――母の愛、父親の誇り、恋人をあがめる心、戦友たちとの絆。そういうもろもろの事柄。それらが遠い距離を近くし、複雑なことを単純にし、恐怖や悲しみを遠ざけてくれるのだ。というのも、その瞬間はこんなにつらく悲しいことは生涯に二度とないと思っても、次の瞬間にはそれを忘れ、前と同じ悲しみに浸ることは決してできないからだ。だが、そうとは限らないこともある。今回は、あの瞬間の高揚した気持がまだつづいているからだ。

イーノックとユリシーズにはさまれて歩いているルーシーは、《タリスマン》の入った袋を胸に押しあて、両腕でしっかりと抱きしめている。《タリスマン》が放っているやわらかい光につつまれたルーシーは、かわいがっている仔ネコを抱いている少女のようだ。

「百年ものあいだ」ユリシーズはいった。「いや、数百年かもしれない。いやいや、これがこんなにも輝いたことは、過去に一度もなかったかもしれない。わたし自身、こんな輝きを見たのがいつだったか、思い出せないほどだ。じつにすばらしい。そうじゃないかね？」

「そうだね」イーノックはうなずいた。「じつにすばらしい」

「これで、わたしたちはまたひとつになる。いままさに、それを感知できる。わたしたちはばらばらの種族ではなく、ひとつにまとまることができる」

「でも、あの異星人は……」

「狡猾なやつだった」ユリシーズはいった。「《タリスマン》を人質にしていたのだ」

「なら、あいつが盗んだのか」

「まだ状況がすべてわかっているわけではない。もちろん、きちんと解明するつもりだがね」

三人は黙って森の中を歩いた。木々の梢の向こう、東のかなたで月が昇りつつあることを告げるように、空に白い光がさした。

「わからないことがある」イーノックはいった。

「いってみなさい」

「あの異星人はこれを持っていながら、どうして感化されなかったのだろう？　なにも感じなかったのだろうか。だって、感応できたなら、盗んだりしなかっただろう？」

「きみたちのことばではなんというのかな、そう、これに同調できるのは、おそらく宇宙全体で数千億人にひとりしかいないのだろう。きみでもわたしでも、これにはなにも起こらない。わたしたちにはなにも反応してくれない。たとえ永久に我がものにしていても、なにも起こらないはずだ。だが、数千億人にひとりの誰かが指を一本触れるだけで、これは生気を帯びる。ある種の共感性、するどい感受性――どう表現すればいいのか、わたしにはわからない――が、この奇妙なマシンと宇宙の超自然力とのあいだの架け橋となるのだ。超自然力に手をのばし、とんとんとたたいて注意をうながすのは、マシンそれ自体ではない。わたしたちに理力をもたらしてくれるのは、マシンのメカニズムの助けを借りた、生身の生命体の意識なのだ」

マシン。メカニズム。単なる道具にすぎないもの――長柄《ながえ》の鍬《くわ》やスパナやかなづちなど――よりも高度な技術をもつ兄弟。地球がまだ、ごく若かったころ、この星の生命体に入りこんだ最初のアミノ酸で人間の脳が生じたように、遠い星々で高度な技術が産声をあげた。道具がいきつくところまでいった、頭脳のもつ発明の才が究極までいった、という者もいるだろう。

だがその考えかたは危険だ。そこには限度というものがないからだ。究極に〝限度〟という条件はあてはまりそうもない。単数の、あるいは、複数の生きものが、ある点で立ち止まり、もうこれ以上は行けない、これ以上進んでも無意味だといいきることができるとはとうてい思えない。新開発には副次的な作用がともない、多くの可能性が生まれる。進むべき多くの道が生じ、そのひとつを選んでも、その道もまた、いくつにも枝分かれしているだろう。終わりはないのだ――なにごとにも終わりはない。

森を抜けて野原に出ると、三人は野原を横切ってステーションに向かった。斜面になった野原の上のほうから、走ってくる足音が聞こえた。

「イーノック！」暗がりのなかから大きな声がした。「イーノック、あんたかい？」

イーノックにはその声の主がわかった。

「そうだよ、ウィンズロウ。どうしたんだ？」

暗がりのなかから、《タリスマン》の光の届く範囲に、ぬっと郵便配達人が現われて足を止めた。走ってきたために、はあはあと息を切らしている。

「イーノック、やつらがやってくる！　貨車二輛分の人数だ。けど、おれが邪魔してやった。道がカーブしてて、道路からこの農場の小道に入るとこ、あの狭いとこのわだちに、屋根用の釘を二ポンドばかりばらまいておいた。それでしばらくはやつらも足止めをくらうだろう」

「屋根用の釘？」ユリシーズは不審そうだ。

「暴徒が押しかけてくる」イーノックは説明した。「彼らの狙いはおれだ。屋根用の釘というのは……」

「ああ、そうか」ユリシーズはうなずいた。「タイヤをパンクさせる」

ウィンズロウがゆっくりと一歩前に出てきた。袋の中の《タリスマン》が放っている光に目を奪われている。

「そこにいるのは、ルーシー・フィッシャーだよな？」ウィンズロウは念を押した。

「もちろん、そうだよ」イーノックは答えた。

「少し前に、その子のおやじが町にとんできて、また娘がいなくなったとわめきちらした。そのときまでは、みんなおとなしくて、どうってことはなかったんだ。けど、ハンクのやつがまたみんなを煽《あお》りやがった。だもんで、おれは金物屋に行き、屋根用の釘を買って、ここに先回りしてきたんだ」

「暴徒というのは？」ユリシーズはまた不審そうに訊いた。「どういうことか、わたしにはわからない……」

ウィンズロウがユリシーズをさえぎった。ありったけの情報を伝えようと、あせってあえいでいる。「あのニジンハンターがあんたの家で待ってる。トラックで来てるよ」

「そうか」イーノックはいった。「ルイスがヘイザーの遺体を運んできたんだ」

「なんだか動揺してたよ」ウィンズロウはいった。「あんたが待ってるはずなのにっっていってた」

「とにかく」ユリシーズがいった。「ここに突っ立っているべきじゃないね。わたしのささやかな推理によれば、いろいろなことが、いっぺんに危機を迎えたようだ」

「おい」ウィンズロウが叫ぶ。「ここで、いったいなにが起こってるんだ？　ルーシーが持ってるのはなんだ？　それに、あんたの連れは誰なんだ？」

「あとで」イーノックはウィンズロウにいった。「あとで話すよ。いまは説明してる時間がない」

「けど、イーノック、暴徒なんだぜ」

「そのときがきたら、おれが話をつけるよ」イーノックはきっぱりいった。「いまはもっと重要なことがあるんだ」

ウィンズロウを含めて四人となった一団は、腰までもある草の茂みをよけながら、斜面を駆け登った。前方のステーションが、夜空を背景に黒く見える。

「あいつら、もうそこまで来てる」ウィンズロウはぜいぜい息を切らしながらそういった。「あ、尾根を光が登ってくる。あれは車のヘッドライトだ」

庭に駆けこむと、四人は家に向かってさらに走った。《タリスマン》の光のなかで、トラックが黒くかさばったシルエットを見せている。トラックの影から人影が離れ、四人のほうに小走りにやってきた。

「ウォレス、あんたか？」

「そうだ」イーノックはいった。「待ってなくて悪かった」

「あんたの姿が見えなかったんで」ルイスはいった。「ちょっとあわてたよ」

「予想外のことが起こってね。どうしてもなおざりにできないことだったんで」

「あの名誉あるひとの遺体が？」ユリシーズは訊いた。「あの車の中に？」

ルイスはうなずいた。「お返しできてうれしいよ」

「遺体を果樹園に運ばなくては」イーノックはいった。「車では行けない」

「前は」ユリシーズがいう。「きみが彼を運んだ」

イーノックはうなずいた。

「友よ、今回はわたしがその栄誉をになってもいいだろうか」

「ああ、もちろん、いいとも。きっと彼もうれしいと思うよ」

さらなることばが舌まで出かかったが、イーノックはそのことばを呑みこんだ。ここでいうべきことばではなかったからだ。遺体が返ってきたことでイーノックが償いをしなくてもよくなったことに対する、ユリシーズのその行為で法律条文から完全に解放されたことに対する、感謝のことばだったからだ。

イーノックの肘のあたりで、ウィンズロウがいった。「やつらがやってくるぞ。下の道路からやってくる足音が聞こえる」

ウィンズロウのいうとおりだ。

下の道から土を踏むやわらかい足音が聞こえてくる。急いではいない。急ぐ必要はないのだ。標的であるイーノックという怪物を襲い、踏みつぶすのに急ぐ必要はない。

イーノックは体の向きを変え、ライフルを少し持ちあげて、暗がりのなかを近づいてくる足音のほうに銃口を向けた。

イーノックのうしろでユリシーズがささやいた。「取りもどした《タリスマン》の光のもとで葬ってあげられれば、彼にとって最高の栄誉となるだろう」

「彼女にあんたの声は聞こえない」イーノックはユリシーズにいった。「彼女が聾啞だということを忘れないで。いまのことを彼女にわからせてやってくれ」

イーノックがそういったとたん、目もくらむような光が放たれた。

喉が詰まったような叫び声をあげて、イーノックは体をねじり、トラックのそばにいる三人のほうを向いた。

《タリスマン》が入っていた袋はルーシーの足もとにあった。ルーシーは誇らしげに、光り輝く《タリスマン》を高く掲げている。目のくらむような光が庭を照らし、古い家を照らしている。光は野原の端のほうにまで達していた。

静かだ。

世界じゅうが息をひそめ、心をひとつにして、畏《おそ》れをもって、まだ聞こえない音を待っている。聞こえるはずのない、だが、つねに待たれている音。

静けさとともに、永続的なやすらぎがもたらされ、それが体じゅうの細胞にしみこんでいくようだ。まがいものではない――誰かが平和を口にして、それがかなって表面的に平和になる、そんなまがいものではない。厳然とした、本物のやすらぎ。夏の日、長く暑い一日が過ぎて日没を迎えるときの、あるいは、光の粒がはじけてちらちらと揺れ動く春の夜明け――そんなときに感じるおだやかな気持。体じゅうでそれを感じ、周囲のすべてにそれを感じる。やすらぎはここだけではなく、四方八方に、無限大に広がっていく。そしてそれは体に深くしみとおっていき、最期の息をひきとるまで消えはしないだろう。

はっと我に返り、イーノックはのろのろと野原のほうに向きなおった。《タリスマン》の光が届く、ぎりぎりの縁に男たちが立っていた。灰色のごたまぜ集団。キャンプファイアの火明かりが届くぎりぎりのところをうろつく、神妙な狼の群れのようだ。

やがて、男たちは消えていった――《タリスマン》の光に浮きあがる土ぼこりのなかから、もっと暗い闇のなかへ。

だが、ただひとり、闇のなかを森に向かって駆け降りている男がいた。怯えた犬のように恐怖に狂い、わめきちらしながら走っている。

「ハンクだ」ウィンズロウがいった。「ハンクが丘を駈け降りてる」

「彼を怯えさせたのなら、残念だな」イーノックは冷静にいった。「怖がる必要なんかないのに」

「あいつが怖いのは、自分自身なんだよ」ウィンズロウはいった。「あいつの内には恐怖が巣くってるからな」

それは真実だと、イーノックは思った。それが〝人間〟なのだ。つねにそうなのだ。人間の内面には恐怖が巣くっている。そして、人間が怖いのは、いつだって自分自身なのだ。

34

からっぽだった墓に遺体がおさめられ、土が盛られた。立ち会った五人は、つかのまその場にとどまり、月の光をあびているリンゴ園を風が吹き抜ける音や、下方の川沿いの森のどこかの木の空洞《うろ》でホイッパーウィルヨタカたちが銀色の夜のなかで鳴きかわしている声に、耳をかたむけた。

月の光のもとで、イーノックは粗末な墓石に刻まれた碑文を読もうとしたが、月の光はそれほど明るくない。しかし、わざわざ読む必要はないのだ。イーノックは暗記していたのだから。

ここに遠い星から訪れし旅人が眠りについているが、彼にとってこの地は決して異郷ではない。彼は死してもなお宇宙に属している。

昨夜、この碑文を読んだヘイザーの外交官はイーノックに、あなたはわたしたちと同じように考えてくれたんだねといった。イーノックは否定こそしなかったが、ヘイザーはまちがっていた。というのは、死者を悼むのは、ヴェガ星人だけにかぎられたことではなく、地球人も同じだからだ。

のみで彫られた文字はふぞろいだし、ヘイザーの言語はそう簡単に習得できるものではないので、スペルのまちがいもいくつかある。墓石は大理石や、よく墓石に使われる花崗岩ほど硬くないため、彫られた文字もそう長くは保たないだろう。二、三年のうちに、陽光や雨や霜によって文字は薄れ、さらに数年たてば、完全に消えてしまうだろう。粗末な墓石には文字が刻まれていた痕跡だけが残ることになる。だが、そんなことは問題ではない。死者を悼む文言は、墓石だけではなく、イーノックの胸にもしっかりと刻みこまれているからだ。

イーノックは墓の向こう側にいるルーシーに目をやった。《タリスマン》はまた袋に入れられているため、その光はかなりやわらげられている。その袋をぎゅっと胸に抱きしめているルーシーの顔は誇らしげで、他者の目を意識していない。この世界に存在しているのではなく、どこかほかの世界、遠い異次元にいて、孤高を保ち、過去をすべて忘れてしまっているかのようだ。

「きみはどう思うかね?」ユリシーズがイーノックに訊いた。「彼女はわたしたちといっしょに来てくれるだろうか? わたしたちは彼女を擁していいだろうか? 地球は……」

「地球は」イーノックはいった。「なにもいえないはずだ。おれたち地球人は自由だからね。彼女次第だよ」

「彼女は来てくれるだろうか？」

「おれはそう思う。もしかすると、彼女が生まれてからずっと探しつづけていたのは、これだったのかもしれない。《タリスマン》を手にしなくても、彼女がその存在を感知していなかったとは思えないな」

というのも、ルーシーはつねに、人間には見えないものと触れあっていた。ルーシーには、ふつうの人間にはない能力がある。そう察することはできるが、それをなんと呼べばいいのかわからない。ルーシーが持っている能力には名前がないからだ。ルーシーはそれをどう使えばいいのかわからず、手探りで使いかたを学ぼうとしていたのだ。イボを取ったり、傷ついた蝶々を治したりするほかに、いろいろなことをしてきただろうが、なにをしたのかは誰も知らず、神のみが知っている。

「彼女の親はどうするのかね？」ユリシーズは訊いた。「先ほどわめきながらあっちに走っていった人間のことは？」

「あいつのことなら、わたしがなんとかする」ルイスがいった。「話をしてみる。わたしはかなりよくあいつのことを知っているから」

「あんたは彼女を銀河本部に連れていきたいんだね？」イーノックはユリシーズに訊いた。

「もし彼女が来てくれるなら。本部にすぐに連絡しなくては」

「で、そこから銀河じゅうに伝わる?」

「そうだ。わたしたちにはどうしても彼女が必要なんだ」

「それなら、一日か二日、貸してもらえるだろうか」

「貸す?」

「そう。おれたちにも彼女が必要なんだよ。なによりも彼女を必要としてるんだ」

「そうだな。だがわたしには……」ユリシーズは語尾を濁した。

「ルイス」イーノックはルイスにいった。「政府は、いや、国務長官は、ルーシー・フィッシャーを平和会談の代表団メンバーに加えるよう、選任担当者を説得できるだろうか?」

ルイスは口ごもった。いったん口を閉ざして、もう一度開く。「そのように手配することは可能だと思う」

「想像できるかい?」イーノックはいった。「平和会談の席上で、この娘と《タリスマン》がもたらす効果を」

「わたしはできる」ルイスはいった。「だが、確実に、国務長官は決断を下す前にあんたと話をしたがるだろう」

イーノックは顔をなかばユリシーズに向けたが、質問をことばにする必要はなかった。

「ぜひそうしてほしい」ユリシーズはルイスにいった。「わたしに報《しら》せてくれれば、わたしもその会合に出席する。そしてあなたから国務長官に、国際委員会を立ちあげるのは、決して悪いアイディアではないことも伝えてほしい」

「国際委員会？」

「地球が」ユリシーズはいった。「わたしたちの一員になる準備をするために。同盟のメンバーではない惑星出身の媒介者を、銀河が受け容れるわけにはいかないからね。そうだろう？」

35

月の光をあびて、たくさんの岩が先史時代の獣の骨のように白く光っている。崖っぷちに近いこのあたりは木々もまばらで、岩だらけの崖の先は空に突きでている。

イーノックはどっしりした岩のひとつのそばで立ちどまり、下方の岩のあいだに倒れている人影をみつめた。かわいそうに、あの異星人は故郷から遠く離れたところで、ずたずたになって死んでしまったのだ。さぞかし心残りがあるにちがいない。

だが、かわいそうというのは、イーノックの勝手な思いかもしれない。いまは手のほどこしようがないほどに砕けてぐしゃぐしゃになった頭には、まちがいなく、壮大な野望が宿っていたのだから。マケドニアのアレクサンダー大王や、ペルシアのクセルクセス王や、フランスのナポレオンが夢見た、壮大な野望と同じだ。絶大な権力を手に入れるという野望。すべての倫理観を捨て去り、押しつぶし、どれほど犠牲を払おうとも必ずや壮大な野望を達成するという傲慢な意欲。

イーノックはその野望が達成できるかどうか想像してみようとしたが、想像するまでもなく、ばかげているとわかる。認識することも思いつくこともできない、無数のファクターが待ちかまえているに決まっているからだ。

しかし、どんな計画だったにしろ、どこかでなにかが狂ったのだ。異星人の計画によれば、地球はトラブルに見舞われたときに潜伏するための場所でしかなかったのだ。岩のあいだで死んでいる異星人は、なかば自暴自棄になり、最後の賭けに出て、負けた。

イーノックは思う——失敗の鍵となったのは、逃亡中の異星人が《タリスマン》を、この星の感応者の手の届くところに持ちこんだことだろう。感応者がいるとは、銀河の誰ひとりとして思ってもいなかったこの星に。その点を考えてみると、ルーシーが《タリスマン》を感知し、磁石に鉄が引きつけられるように《タリスマン》に惹きつけられたのは、少しも不思議ではない。ルーシーは《タリスマン》がそこに在《あ》ること、自分がそれを手にしなければならないことしかわからなかった。それがなんなのかも知らず、それをみつけることができるのかどうかもわからず、ただひたすら孤独のなかで待ちつづけたものがそこに在る、という思いしかなかっただろう。思いがけず、クリスマスツリーのきらきら輝く飾りものを目にした子どものように、それが地球上でもっともすばらしいもので、しかも、自分のものだと知ったのだ。

死んだ異星人は能力があり、機略に長《た》けていたにちがいない。そもそも《タリスマン》を盗んで何年間も隠しおおせ、銀河本部の機密やファイルに手をのばすには、優秀な能力があり、なおかつ、機略に長けていなければ、成功するわけがない。それとも、《タリスマン》が効果的に作動している状態だったから、成功したのだろうか。《タリスマン》のエネルギッシュな効力のせいで、倫理観の欠如や貪欲さを正当な動機づけにすることができたのだろうか。

しかし、それも終わった。《タリスマン》は取りもどされ、新たな媒介者がみつかった。生まれも育ちも地球の人類のなかでは最下層に属する一族の娘がそうなのだ。おかげで、地球には平和がもたらされるだろう。そしてそのうち、地球は銀河同盟に加わることになるだろう。

問題は片づいた——イーノックはそう思った。もう彼が苦渋の決断をしなくてもいい。ルーシーがすべての者にかわって決断してくれたようなものだ。

ステーションは閉鎖されず、イーノックは荷造りした荷物をほどいて日誌を棚にもどせる。またステーションに腰をおちつけて、日々の任務にいそしむことができる。

残念だよ。

イーノックは胸の内で、岩のあいだに倒れている異星人に話しかけた。

おれがあんたをこの手で仕留めなければならなかったのは、とても残念だよ。

イーノックは体の向きを変えて、下の川まで垂直に切り立っている崖っぷちまで行った。ライフルを持ちあげたイーノックは、つかのま、じっとしていたが、次の瞬間、ライフルを放り投げた。そして、ライフルが月の光を受けながらくるくると回転して落ちていき、小さなしぶきをあげて川に沈むのを見守った。崖下を流れる川が、地球の果てまで旅をしていく満足げな音が聞こえる。

地球には平和がもたらされる。戦争はなくなる。ルーシーが平和会議の席につけば、戦争をしようと考える者などいなくなるだろう。内面に恐怖が巣くっている者たちが狂ったようにわめきちらしても、恐怖やうしろめたさがいかに深くても、そんな負の感情は《タリスマン》の光輝と平安に圧倒されて消え失せ、戦争には至らないだろう。

だが、まだまだ先は長い。真の平和という宝物が全人類の心にどっしりと据えられるまでは、長くて孤独な道のりが待っている。

恐怖（どのようなたぐいの恐怖であろうと）のせいで狂ったようにわめきちらし、暴力的になる人間がひとりもいなくなるまでは、平和だとはいえない。最後のひとりが武器（どんなたぐいの武器であれ）を投げ捨てるまでは、人類に平和は訪れない。そしてライフルは武器のひとつであり、人間が人間に残酷な行為をなす道具であり、破壊力のあるすべての武器のシンボルにほかならない。

イーノックは崖っぷちに立ち、川の向こう岸を眺めた。向こう岸の広大な森は黒く翳《かげ》っている。ライフルを手放したいま、喪失感はあるが、イーノックは新たな時間層に足を踏み入れたのだ。古い年月が削《そ》ぎ落とされ、過去のあやまちという汚点のない、輝くばかりの清新な地に立っているといえる。

眼下を渦を巻いて流れている川は、なにも気にしていない。川にとってはなんの関係もないのだ。マストドンの牙や、人間の肋骨や、サーベルタイガーの頭蓋骨や、落石やライフルを呑みこんできた川は、それらを泥や砂でおおってしまい、水音だけをたてて流れつづけている。

百万年前、この川はなかったし、あと百万年たてば、この川はなくなっているかもしれない。だがいまから百万年後には、人間ではないかもしれないが、少なくとも思いやりのある生きものがいるだろう。それが宇宙の神秘なのだとイーノックは思う。思いやり、気づかうことが。

イーノックはゆっくりと崖っぷちから離れ、足もとに気をつけながら岩場を通り、斜面を登っていった。小さな動物が落ち葉の上をかさかさと音をたてて走っていく。眠りを破られた鳥のねぼけたような鳴き声も聞こえた。森の中にはまだ、《タリスマン》が放った光の平穏と安らぎが残っている。《タリスマン》があったときほどの強さも、深みも、輝きも、めくるめくような感じもしないが、それでも、その効力は消えていない。

森を抜けて野原に出ると、斜面の上にしっかりと建っているステーションが見えた。いまのイーノックには、ステーションというだけではなく、我が家という気がする。百年ほど前までは、そこはまぎれもなく我が家だった。それ以外のものではなかった。その後は我が家ではなく、銀河の中継ステーションになった。

しかし、いまは、中継ステーションであることに変わりはないものの、また我が家になったのだ。

36

　イーノックはステーションに入った。静かで、その静けさは少しばかりこの世のものとは思えないところがある。デスクの上のランプは燃えているし、コーヒーテーブルの上の球体のピラミッドは〈狂騒の二〇年代〉にダンスホールを魔法の国に変えたミラーボールのように、色とりどりの光を放っている。小さな色つきの点々がちかちか光りながら部屋じゅうにあふれているさまは、テクニカラーのホタルの道化師たちが踊っているようだ。

　なにをすればいいのかわからず、イーノックはぼんやりと立ちつくしていた。この部屋からなにかが欠けている。イーノックにはすぐにそれとわかった。ライフルだ。長いあいだ、ライフルは壁に架かっているか、デスクの上に置いてあるか、そのどちらかだった。だが、ライフルはもうない。

　イーノックは自分にいいきかせた――気を取り直して、仕事にもどろう。荷物をとき、荷造りした品々を元の場所に片づけなければならない。日誌を書き、新聞や雑誌を読まなければならない。しなければならないことはたくさんある。

ユリシーズとルーシーは二時間ほど前に銀河本部に旅立ったが、《タリスマン》が放っていた〈気〉が部屋じゅうに残っている気がする。だが、それは部屋に残っているのではなく、イーノック自身の体の中に残っているのだ。おそらく、どこに行こうと、それはイーノックとともに在るのだろう。

のろのろと歩を運び、イーノックはソファにすわった。目の前に球体のピラミッドがあり、色とりどりの光を放っている。イーノックは手をのばして球体のピラミッドを取りあげたが、ゆっくりと元にもどした。仕組みを調べようとしてみたところで、いったいなんになるのか、と思ったからだ。これまで何度挑戦しても、この品の秘密をみつけることができなかったのに、いまならできるかもしれないと期待しているのはなぜだ？

美しいが、なんの役に立たないもの。

イーノックはルーシーのことを思った。彼女ならだいじょうぶだ。どこに行こうと、ちゃんとやっていける。

すわりこんでいないで、仕事にかかるべきだ。中断している仕事がたくさんある。それに、イーノックの時間はもはや彼だけのものではない。世界がドアまで迫ってきている。平和会談とか会議とかもろもろのことが始まり、数時間のうちに、ここに新聞社が駆けつけてくるだろう。そんな騒ぎが起こる前に、イーノックの力になろうとユリシーズがもどってくるだろうが、そのときはほかの異星人もいっしょだろう。

急いで食事をして、それから仕事にかかったほうがいい。夜遅くまで仕事をすれば、かなりはかどるはずだ。

孤独が身にしむ夜は仕事をするにかぎる。だが、いまのイーノックはひとりぼっちだが、孤独ではない。ほんの数時間前までは孤独だと思っていたが、いまはもう孤独ではない。いまの彼には地球と銀河があり、ルーシーとユリシーズ、ウィンズロウとルイス、それにリンゴ園の墓地に眠っているヴェガ星人の哲学者がいる。

ソファから立ちあがり、イーノックはデスクまで行って、ウィンズロウがイーノックのために造ってくれた彫像を手にとった。彫像をデスクランプの下に持っていき、手の中でそっところがしてみる。いまのイーノックにはわかる——この彫像にも孤独がにじんでいることが。ひとりで歩く人間がまとっている、絶対的な孤独。

しかしイーノックは、ひとりで歩くしかなかった。そうするしかなかった。ほかの選択肢はなかったのだ。彼が単独でおこなうべき仕事だったからだ。いまやその仕事は——いや、まだ終わっていない。なさねばならないことがたくさんある。第一段階が過ぎ、第二段階が始まったところだといえる。

デスクに彫像を置いたイーノックは、サバン星人の旅人が持ってきてくれた木材を、まだウィンズロウにあげていないことを思い出した。いまならウィンズロウに、木材の入手先を教えてやれる。古い日誌を調べれば、これまでに彼に渡した木材がどこからきたものか、ちゃんとわかる。

シルクの衣《きぬ》ずれの音が聞こえ、イーノックはくるっとふりむいた。

「メアリ！」

暗がりに立っているメアリは、球体のピラミッドの色とりどりの光をあびて、妖精の国からやってきたように見える。そうだ、そのとおりだとイーノックは思った。失った妖精の国がもどってきたのだ。

「来ないわけにはいかなかったわ」メアリはいった。「イーノック、あなたが寂しそうだったから、来ずにはいられなかった」

イーノックは思う――来ずにはいられなかった。それは真実だろう。

メアリの幻影に条件づけをするさい、彼が必要とするときは必ず来るように、強制措置をほどこしたからだ。

逃れられない罠。そこには自由な意志などなく、イーノックが組みこんだ、拒絶できないメカニズムがあるだけだ。

メアリはイーノックに会いにくるべきではなかった。それはイーノック同様、メアリ自身もわかっているが、彼女には抗うすべがなかったのだ。これはずっとつづくのだろうか、とイーノックは思った。永遠に、いつまでも？

メアリが必要だという気持と、実体のない彼女に対するむなしさとに引き裂かれ、イーノックはその場に凍りついた。メアリが近づいてくる。

本来なら、近づきすぎないところで止まるはずだった。イーノック同様、メアリもルールをよく知っているからだ。イーノックよりもメアリのほうが、自分が幻影であることを認めたくないはずだ。

しかし、メアリは止まらなかった。リンゴの花の香水がイーノックにも嗅ぎとれるほど近くに来た。そしてメアリは片手をさしのべ、イーノックの腕に置いた。

幻影の感触ではない。幻影の手ではない。イーノックの腕に、メアリの指の重さや冷たさが伝わってくる。

イーノックは硬直した。

あの光だ！　球体のピラミッドの光だ！

あの球体のピラミッドを誰からもらったか、ようやくイーノックは思い出した。アルファード星系の、浮世離れしたような種族にもらったのだ。その星系の文学分野から、イーノックは妖精の国を創り出す技術を学んだ。彼らはイーノックに球体のピラミッドを与えることで彼の手助けをしようとしたのだが、イーノックには理解できなかったのだ。コミュニケーションがうまくいかなかったせいだが、それはよくあることだった。銀河ではそれぞれの星の言語が氾濫していて、たがいに理解できないとか、相手の言語を知らないとか、そういうことは多々あった。

球体のピラミッドはすばらしい工芸品だが、メカニズムとしてはシンプルだ。これはあらゆる幻影を実体化し、妖精の国を実在のものにする定着作用因なのだ。創りあげた幻影に球体のピラミッドの光をあてると、幻影ではなく、実在のものとなる。

ただし、それにだまされてはいけない——イーノックは自分を戒めた。たとえ実在のものに転じても、それが幻影だったことは、自分がいちばんよく知っているのだから。

イーノックはおずおずとメアリを抱きしめようとしたが、メアリは彼の腕から手を放し、ゆっくりと一歩、うしろにさがった。

静寂——恐ろしくて寂しい静寂——のなか、イーノックとメアリは距離をおいて向かいあった。球体のピラミッドはネズミたちがたわむれるようにくるくると回転しながら、色とりどりの光を放ち、絶え間なく虹をこしらえている。

「残念だけど」メアリはいった。「うまくいかないわね。だって、わたしたちはふたりとも自分をだませないんですもの」

イーノックは恥じてなにもいえなかった。

「このときが来るのを待っていたのよ。こうなるといいと思い、こうなることをずっと夢見ていた」

「おれもそうだよ。まさかほんとうにこんなことが起こるなんて、思いもしなかった」

もちろん、これもまた道理だ。起こりえないことは、夢見るしかない。ロマンチックで、非現実的で、不可能。非現実的で不可能だったから、よけいにロマンチックだったのだ。

「これは、人形や、かわいがっているテディベアに生気が宿ったようなもの。でもね、イーノック、残念だけど、たとえ生気が宿っても、あなたは人形やテディベアを愛することはできない。生気が宿る前のことは決して頭を離れない。描かれた愚かしい笑みを浮かべている人形。詰め物がはみだしたぬいぐるみのテディベア。そのことは忘れられない」

「ちがう！」イーノックは大声で否定した。「ちがう！」

「かわいそうなイーノック。あなたにとってはむごいことになるわ。あなたを助けてあげられればいいのに。あなたは生命のつづくかぎり、その思いを抱えていくことになる」

「だけど！　きみは？　きみはどうするんだ？」

勇気があるのはメアリのほうだ。彼女には事態をあるがままに受け容れる勇気がある。

どうしてメアリはわかったのだろう？　どうして知りえたのだろう？

「わたしは去ります。もうもどってきません。たとえあなたがわたしを必要としても、決してもどってきません。そうするしかないの」

「だけど、きみはここを出ていけないよ。おれと同じく、ここに囚われているんだから」

「こんなことになるなんて、おかしいわね。わたしたちはふたりとも幻影の犠牲者……」

「だけど、きみはちがう」

メアリはきまじめな顔でくびを横に振った。「わたしはあなたと同じ。あなたは自分がこしらえた人形を愛することはできないし、わたしもおもちゃの製作者を愛することはできない。でも、あなたもわたしも愛せると思ってた。愛すべきだと思っているけれど、愛せないとわかっているから、うしろめたくて、みじめ」

「やってみることはできるよ。きみがとどまってくれさえすれば」

「そして最後には、あなたを憎む？　それより悪いことに、あなたがわたしを憎むようになるでしょうね。それよりは、うしろめたさとみじめな気分を抱えているほうがいいわ。憎しみよりはずっとまし」

メアリの動きはすばやかった。あっというまもなく、球体のピラミッドを手にして、高く掲げていた。

「だめだ、やめろ！」イーノックは叫んだ。「やめてくれ、メアリ……」

光を放ちつつ、球体のピラミッドはくるくる回転しながら空中を飛び、暖炉にぶつかった。光が消えた。ガラスか、金属か、石か、なんにしろ、球体の素材が床に落ちて涼しい音をたてた。

「メアリ！」イーノックは暗がりに駆け寄った。

だが、そこにはもう誰もいなかった。

「メアリ！」叫んだ声が嗚咽《おえつ》に変わる。

メアリは行ってしまった。もうもどってこない。

たとえイーノックがどれほどメアリを必要としても、もう二度と彼女は来てくれない。

イーノックは暗がりと静寂のなかに凝然と立ちつくした。百年を経た声が沈黙のことばで語りかけてきた。

その声はいった——すべてが困難だ。容易なことなどひとつもない。

近所の農夫の娘も、門の前を通ったときにちらりと見かけた南部美人も、そしていままたメアリも、永久にイーノックのもとから旅立っていってしまった。

イーノックはのろのろと体の向きを変え、キッチンテーブルを手探りしながら歩を進めた。テーブルがみつかると、明かりのスイッチを入れた。

テーブルのそばに立ち、部屋の中を見まわす。彼が立っている場所は、もとは台所だった。そして、いまも暖炉がある場所は居間だった。なにもかも変わってしまった——変わってしまってから長い年月がたった。だが、変わる前の状態を、イーノックはありありと目に浮かべることができる。

日々は過ぎ去り、そのときを生きた人々も逝《い》ってしまった。

イーノックだけが残っている。

イーノックは世界を失った。彼の世界を背後に置き去りにした。

しかし、今日というこの日ばかりは、ほかの者たちも同じだ——いまこの瞬間に生きている人類はみなそうだ。

彼らはまだ知らないが、彼らも自分たちの世界を背後に置き去りにしたのだ。もう二度と元にはもどれない。

いろいろな事柄に、愛する者たちに、無数の夢に、別れを告げたのだ。

「さようなら、メアリ」イーノックはつぶやいた。「おれを許してくれ。きみに神のご加護がありますように」

イーノックはキッチンテーブルにつき、目の前にある日誌の山から、いちばん上の一冊を取った。ぱらぱらとめくり、埋めなければならない空白のページを探す。

イーノックには仕事がある。

その仕事をする準備ができた。

最後のさようならはもういった。

シマックとSF

SF作家・評論家
森下一仁

アメリカ中西部、ウィスコンシン州の荒れ地に建つ一軒家。この古びた建物と、ここに住む一人の男が銀河系の諸文明と深い関わりをもち、人類全体の運命を握っていることを誰が知っていただろうか。自然豊かな土地でひっそりと暮らす、いっぷう変わった男の日常を追ううち、読者は壮大な宇宙文明を覗き見ることになる……。

本書『中継ステーション』は、米国SFを築いた作家の一人、クリフォード・D・シマックの代表作である。一九六四年のヒューゴー賞長篇部門を受賞した。

ちなみに、この年のヒューゴー賞長篇部門の他の候補作を眺めてみると――

ロバート・A・ハインライン『栄光の道』（矢野徹訳／ハヤカワ文庫SF）

アンドレ・ノートン『魔法の世界エストカープ』（厚木淳訳／創元推理文庫――〈ウィッチ・ワールド・シリーズ1〉）
フランク・ハーバート『デューン／砂の惑星』（矢野徹訳／ハヤカワ文庫SF）――雑誌連載版。後に単行本化されヒューゴー賞受賞。
カート・ヴォネガット・ジュニア『猫のゆりかご』（伊藤典夫訳／ハヤカワ文庫SF）

それぞれ半世紀を経た現在まで読み継がれている傑作揃いである。こうした作品を退けての受賞とあれば、本書の評価がいかに高かったかがわかるだろう。

お読みになった方にはいうまでもないことだが、ここにはいくつもの魅惑的なSFのテーマが盛り込まれている。銀河文明、宇宙旅行のためのゲートウェイ、不老不死、異星人、人造人間、超能力、人類の運命……ひとつひとつを派手にひけらかすのではなく、うまく嚙み合わせ、しっくりと全体をまとめ上げているのだ。SFの好みにうるさい翻訳家の伊藤典夫氏は〈SFマガジン〉一九六四年四月号の連載コラム「マガジン走査線4」でいち早くこの作品を紹介し、「いいSFとはこんなものだとしみじみと感じた」とコメントしている。まさにこのような特徴ゆえの感想だろう。

とはいっても読者の印象に強く残るのは、いかにもSFめいた科学や技術文明の部分よりも、むしろ、一見、SFらしくない部分なのではないか。川が流れ、雑木林があり、畑が広がっている――物語が進行するのは、未来都市でも遠い惑星でもなく、ウィスコンシンの田舎だ。なつかしい田園風景の中で展開する驚きの物語――ここにこそシマックの真骨頂があることは、多くのSFファンが認めてきたところである。「牧歌的」、「田園風」、「都会嫌い」あるいは「保守的」といった言葉が、彼の作風を説明する時の常套句なのだ。シマックのもうひとつの代表作は『都市』というタイトルをもっているが、内容は人類がいかにして都市文明を捨て、自然と共存する生活を得たかという過程を描くものなのである。

こうした作風の背景に、シマックの生まれや育ちが影響していることはいうまでもない。彼の生地はウィスコンシン州ミルヴィル――つまり、本書の舞台となっている土地――の農場だった。川と丘陵とが特徴的なこの土地への愛着が、シマックのSFを特異なものにした。同様のことが中西部のイリノイ州で幼少年期を過ごしたレイ・ブラッドベリにもいえるが、ブラッドベリに比べ、シマックの故郷がさらに緑濃い環境であったことが、作品からも見て取れる。

ここでシマックの生涯をおさらいしておこう。

クリフォード・ドナルド・シマックが生まれたのは一九〇四年八月三日――今から百十年以上も前、日露戦争が勃発した年のことだ。幼い頃にH・G・ウエルズの作品を読み、

SFファンになったという。といっても、世界初のSF雑誌〈アメージング〉が創刊されるのは一九二六年、シマックが二十二歳になる年のこと。まだ「SF（サイエンス・フィクション）」という言葉も使われていなかった時代に、この種の小説を追いかけるのは楽ではなかったはずだ。シマックより十六歳下のアイザック・アシモフの世代になると（シマックはアシモフと仲が良かった）、もの心ついた頃からドラッグストアのラックにあるSF雑誌を買い求めることができたから、読書環境はずいぶんと違う。

成長したシマックはウィスコンシン大学マディソン校で学び、一九二九年から中西部のあちこちの新聞社で働くようになった。十年後の一九三九年、〈ミネアポリス・スター〉紙に職を得て一九七六年までずっとそこに勤めた。退社したのは七十二歳の年だから、新聞人として生涯をまっとうしたといっていいかもしれない。大恐慌の年から第二次大戦、ベトナム戦争の時代を経てバイキング一号が火星に到達した年まで。この間に手掛けた記事は「医学の分野から犯罪にまでおよび、その中には、映画化されて話題を呼んだ有名な小説『サイコ』のヒントとなったウィスコンシン州の殺人事件も含まれている」という（「笛吹く古井戸」前書き／広瀬順弘訳。カービー・マッコーリー編『闇の展覧会―敵』ハヤカワ文庫NV所収）。

しかし、シマックにはもう一つの顔があった。いうまでもなく、SF作家としてのそれである。

作家デビューは一九三一年。"The World of the Red Sun"が〈ワンダー・ストーリーズ〉誌十二月号に掲載された。これは何者かがウィスコンシンの田舎にやって来るというタイムトラベルものだそうで、シマックは最初からシマックだったといえそうだ。

その後、彼はいったん筆をおいたが、一九三八年、ジョン・W・キャンベル・ジュニアが〈アスタウンディング・ストーリーズ〉の編集長に就任すると、またSFを書くようになる。

私見では、キャンベルこそが、SFを読み応えのあるしっかりとした小説に育て上げた功労者である。奔放なスペースオペラ作家としてスタートした彼は経験を積むうちに読者の心をつかむスタイルを会得し、編集者としてそれを作家たちに伝え始めた。具体的にいえば、どのように書くと読者の想像力を効果的に刺激し、内容をリアルに感じさせることができるか、指導したのである。作家たちに彼が口を酸っぱくしていったのは「もしそれをあり得る《ポシブル》ことにできなければ、それを論理的《ロジカル》にしろ。もしそれを調査《リサーチ》できなければ外挿しろ《エキストラポレイト》」ということだった（シオドア・スタージョン「ジョン・W・キャンベルについて」矢野徹訳『影が行く』ハヤカワ・SF・シリーズ所収）。

彼が育てたSF作家は多い。ハインライン、アシモフ、デル・レイ、スタージョン、ヴァン・ヴォクトらは皆、キャンベルが発掘した作家である。以前からの作家たちで、彼の下で真価を発揮するようになった者も多数いる。もちろん、シマックもその一人である。

編集者キャンベルとの出会いで、SF作家として復活したシマックは、その後、どんどん作品の質を高めてゆく。先に触れた『都市』は一九四四年から順次発表した連作をまとめたもので、一九五三年の国際幻想文学賞（英国のSF賞）に輝いた。一九五九年には「大きな前庭」でヒューゴー賞中篇部門を受賞し、六四年の『中継ステーション』での長篇部門受賞へと続く。

『中継ステーション』がシマックが還暦を迎える頃の作品だと知ると、ちょっと驚くが、彼の健筆は最晩年まで衰えず、長篇二十九冊、短篇集約二十冊を上梓している。なお、一九七七年には、永年の功績により、アメリカSF&ファンタジイ作家協会からグランド・マスター賞を贈られている。また、一九八一年に「踊る鹿の洞窟」でヒューゴー、ネビュラ、ローカス三賞の短篇部門を獲得しているのも特筆ものだろう。

亡くなったのは一九八八年四月二十五日。八十三歳だった。ちなみに、三歳年下のハインラインが亡くなったのは、同年五月八日、わずか二週間後のことだった。

シマックがこのように長く活躍し、人気を保った、その理由は何だったのだろう？

新聞人だったことは関係がないのだろうか？

一般の人に向けて、正確に、わかりやすく書くこと——これが記者のいちばんの心得である。シマックにもこの姿勢が身に付いていたはずだ。そうした筆力が、読みやすく、親しみやすい作品を生みだしたのではないかと思う。

その一方、ＳＦは基本的にファンに向けて書かれる、特定ジャンルの読み物である。ここには共通の約束ごとがあり、それを利用して作家は思考を飛躍させることができる。広く大衆向けに配慮した新聞記事を書いていたシマックは、ＳＦに向かう時、想像力の手足をのびのびと動かせる喜びを感じていたのではないだろうか。彼がＳＦから離れなかった理由のひとつはそこにあるようにも思う。

新聞記者であることとＳＦ作家であること——両者のバランスがうまく取れたことで、シマックという長命の作家が生まれたのだと考えてみたい。

もちろん、これだけでシマックを捉えることは不可能だ。

以下、思いつくままに挙げてみると、まず、ＳＦというジャンルが明確になる以前から、彼はその魅力に目覚め、核心をつかんでいた。そしてジャンルの発展とともに、さまざまなテーマを取り入れ、自《じ》家《か》薬籠中《やくろうちゅう》の物としていった。

同時に、自分自身が愛してやまないウィスコンシンの風土を、物語の舞台に取り入れた。いや、それだけではない。物語に登場する生きとし生けるものに、シマックは限りなく優しい視線を注いでいる。これはおそらく、農場や周囲の環境の中で過ごすうちに育まれた、大自然の生命に対する敬意と愛情から来たものだろう。この宇宙で誕生した生命の奇跡を、彼は強く意識していたのだ。五九頁にある次の記述を見てみればよくわかる。

これが地球だ。人間のために造られた惑星。しかし、人間のためだけに造られたわけではない。キツネやフクロウやイタチ、ヘビ、キリギリス、魚をはじめ、空中や地中や水中に棲息する、無数の、すべての生きもののための惑星でもある。

他の惑星に生まれた知性あるものにとっても、事情は同じである。だからこそ、自然豊かな、緑の色濃いウィスコンシンの田舎に、中継ステーションは設けられたのだ。多くの生きものが棲息する場所こそ、宇宙生命が行き来する中継点にふさわしい。辺鄙《へんぴ》な土地に建つ一軒家に秘められた恐るべき謎——本書の設定をこのように要約すれば、これは格好のホラー小説の題材である。

しかし、シマックはそこから恐怖やパニックを紡ぎ出そうとはしない。そうではなくて、希望と、愛と、日々の営みと生命の大切さ、そして一抹の寂しさとを描くのだ。そのような〝装置〟が、彼にとってのSFだった。多くのSF読者は、そうした彼の姿勢を愛したのである。

本書は一九七七年十月にハヤカワ文庫ＳＦから
刊行された『中継ステーション』の新訳版です。

訳者略歴　立教大学社会学部卒，英米文学翻訳家　訳書〈魔法の国ザンス・シリーズ〉アンソニイ，『夢の10セント銀貨』フィニイ，『七百年の薔薇』ガネット（以上早川書房刊）他多数

HM=Hayakawa Mystery
SF=Science Fiction
JA=Japanese Author
NV=Novel
NF=Nonfiction
FT=Fantasy

中継《ちゆうけい》ステーション
〔新訳版〕

〈SF2045〉

二〇一五年十二月 二十 日　印刷
二〇一五年十二月二十五日　発行
（定価はカバーに表示してあります）

著者　クリフォード・D・シマック
訳者　山《やま》田《だ》順《じゅん》子《こ》
発行者　早川　浩
発行所　株式会社　早川書房
郵便番号　一〇一‐〇〇四六
東京都千代田区神田多町二ノ二
電話　〇三‐三二五二‐三一一一（大代表）
振替　〇〇一六〇‐三‐四七七九九
http://www.hayakawa-online.co.jp

乱丁・落丁本は小社制作部宛お送り下さい。
送料小社負担にてお取りかえいたします。

印刷・株式会社亨有堂印刷所　製本・株式会社フォーネット社
Printed and bound in Japan
ISBN978-4-15-012045-0 C0197

本書のコピー、スキャン、デジタル化等の無断複製は著作権法上の例外を除き禁じられています。

本書は活字が大きく読みやすい〈トールサイズ〉です。